D1458489

AM FYD!

Huw John Hughes

ACC. No: 02765717

CYM
371.895
HUC

Testun: Huw John Hughes
Clawr / Cysodi: Y.G.Roberts
Golygydd Cyffredinol: Aled Davies

ⓗCyhoeddiadau'r Gair 2005

Dymuna'r cyhoeddwyr gydnabod cymorth
Adran Olygyddol Cyngor Llyfrau Cymru.

Ni chaniateir copïo unrhyw ran o'r deunydd hwn
mewn unrhyw ffordd oni cheir caniatâd y cyhoeddwyr.

Cedwir pob hawl.

Argraffwyd yng Nghymru.

ISBN 1 85994 516 3

Cyhoeddwyd gan:
**Cyhoeddiadau'r Gair, Cyngor Ysgolion Sul Cymru,
Ysgol Addysg, PCB, Safle'r Normal,
Bangor, Gwynedd, LL57 2PX.**

AM FYD!

Huw John Hughes

Rhagarweiniad

Hon ydi'r ail gyfrol yn y drioleg. Mae'r gyntaf, *Am Bobl!*, wedi'i chyhoeddi'n barod ac mi fydd y drydedd yn cael ei chyhoeddi rhag blaen.

Yn y gyfrol hon, sydd wedi ei hanelu'n bennaf at blant oedran yr ysgol gynradd, mae 100 o straeon yn ymwneud â byd natur. Mae'r straeon wedi eu hysgrifennu i gael eu darllen i'r plant a hefyd i'r plant eu darllen eu hunain. Gyda phob stori mae gweddi fer sydd o fewn profiad a dealltwriaeth y plentyn ynghyd â phwyntiau trafod syml. Gall yr arweinydd ymhelaethu ar y pwyntiau hyn.

Fel yn *Am Bobl!* mae dau neu dri o gysyniadau sy'n codi o'r stori yn cael eu nodi uwchben pob stori. Mae'r cysyniadau hyn yn bwysig gan eu bod yn annog yr arweinydd i dynnu oddi ar brofiad y plant. Bydd hynny yn ei dro yn eu galluogi i ddod i'w hadnabod eu hunain yn well a hefyd yn eu harwain i ymddwyn mewn ffordd Gristnogol tuag at eraill. Gellir trafod y cysyniadau cyn mynd at y stori neu ar ôl ei darllen.

Gellir defnyddio'r straeon fel rhan o addoliad neu ar gyfer cyfnod 'dweud stori' neu hyd yn oed weithgaredd dosbarth. Efallai nad straeon yn sôn am Dduw fel y cyfryw yw'r straeon hyn, ond mae'r cysyniadau yn dangos ymarweddiad y plant tuag at eraill a thuag at Dduw yn y pen draw. Ar y lefel hon, mae plentyn yn deall beth yw ei berthynas â chyd-ddyn a Duw. Bydd y weddi yn canolbwyntio meddwl y plant ac yn eu harwain i feddwl am ddimensiwn arall y tu hwnt iddyn nhw eu hunain.

Gyda phob dymuniad da.

Huw John Hughes

Cynnwys

Cynnwys

Cynnwys

Cynffon i'r Cangarŵ

Gofal / Dyfalbarhad / Ffyddlondeb

Amser maith yn ôl doedd gan y cangarŵ ddim cynffon. Byddai pob cangarŵ bryd hynny yn cerdded ar hyd y wlad heb gynffon. Ond os nad oedd gan y cangarŵ gynffon roedd ganddo ddigon o blant. Yn wir, roedd rhai o'r anifeiliaid eraill i gyd yn genfigennus – yn enwedig yr anifeiliaid nad oedd ganddyn nhw blant.

Un diwrnod daeth yr arth coala i ymweld â'r cangarŵ.

"Cangarŵ," meddai, "mae gen ti a'th wraig wyth o'r plant bach dela erioed. Ga i bedwar o'r plant? Does gen i ddim un plentyn."

Roedd y cangarŵ wedi dychryn pan glywodd yr hyn oedd gan yr arth coala i'w ddweud. "Na chei wir," meddai. "Mae fy ngwraig a minnau'n caru ein plant, bob un ohonyn nhw."

"Ga i dri ohonyn nhw? Mi wna i addo gofalu amdanyn nhw," meddai'r arth coala.

"Na ydi'r ateb unwaith eto," meddai'r cangarŵ yn benderfynol.

"Beth am roi un o'th blant i mi?" plediodd yr arth coala unwaith eto.

"Na, yn bendant," oedd ateb y cangarŵ unwaith eto. "Mi rydan ni'n caru pob un o'n plant fesul un."

"Reit," meddai'r arth coala. "Gan nad wyt ti am roi un o'r plant i mi, yna mi fydd rhaid i mi ddwyn un ohonyn nhw." Rhuthrodd tuag at un o'r plant a chythru ynddo. Rhedodd yn gyflym â'r cangarŵ bach yn ei bawennau. Roedd y tad cangarŵ a'i wraig ar ei sodlau. Dyma'r tad cangarŵ yn cael gafael yng nghynffon fach fer y cangarŵ bach a dechreuodd dynnu a thynnu. Digwyddodd rhywbeth rhyfedd. Roedd cynffon fach fer y cangarŵ bach yn tyfu'n hirach ac yn hirach ac yn hirach.

Dechreuodd mam y cangarŵ bach dynnu a thynnu a thynnu. Yna daeth ei frodyr a'i chwiorydd i ddechrau tynnu a thynnu a thynnu. Ac felly y buon nhw am oriau yn tynnu a thynnu a thynnu. Ond roedd yr arth coala'n dal yn dynn, dynn yn y cangarw bach.

Ond aeth pethau'n drech na'r arth coala a gollyngodd ei gafael yn y cangarŵ bach. Syrthiodd y cangarŵ bach ar lawr.

"Wyt ti'n iawn?" gofynnodd y tad iddo.

"Wyt ti'n iawn?" gofynnodd y fam iddo.

"Wyt ti'n iawn?" gofynnodd ei frodyr a'i chwiorydd iddo fesul un.

Trodd y cangarŵ bach i edrych ar ei gynffon. "Edrychwch," meddai mewn syndod, "mae gen i gynffon hir." Dechreuodd neidio o gwmpas, ac roedd yn gallu neidio'n well efo'i gynffon hir. A byth ers hynny mae gan bob cangarŵ gynffon hir sy'n eu helpu i neidio o gwmpas.

"Diolch i Ti, O Dduw, am rieni sy'n gofalu amdanaf bod dydd. Amen."

✦ Sut fuasech chi'n disgrifio'r arth coala?
✦ Sut rieni oedd rhieni y cangarŵ bach?

Cynffon i'r Cangarŵ

Y Blaidd Barus
Caredigrwydd / Amynedd / Gonestrwydd

Unwaith, roedd dyn yn byw ar ei ben ei hun yn y pentref. Dyn caredig iawn ydoedd. Byddai'r adar a'r anifeiliaid oedd o gwmpas y pentref yn galw i weld y dyn caredig. Byddai yntau'n sgwrsio efo'r adar a'r anifeiliaid ac yn rhoi bwyd iddyn nhw. Ond roedd ganddo un ffrind arbennig. Byddai hwnnw'n dod heibio bob awr ginio. Pwy oedd y ffrind arbennig hwn tybed? Blaidd! Ie, blaidd! Bob dydd byddai'r dyn caredig yn rhoi pryd o fwyd i'r blaidd.

Un diwrnod, roedd y dyn caredig wedi paratoi cinio pan glywodd sŵn cwynfanus o'r caeau cyfagos. Aeth allan o'r tŷ ar frys, gan adael y bwyd ar y bwrdd. Aeth i chwilio beth oedd yn gwneud y sŵn cwynfanus. Daeth y blaidd heibio'r tŷ yn ôl ei arfer. Aeth i mewn i chwilio am y dyn caredig. Aeth i bob ystafell yn y tŷ ond doedd yna neb yn unman. Galwodd arno ond doedd neb yn ateb. Aeth i'r gegin fach a dyna lle roedd y cinio wedi ei baratoi ar y bwrdd. "Mmm, mae hwn yn edrych yn flasus iawn," meddai wrtho'i hun. "Mi rydw i bron â'i fwyta ar un llowciad."

Edrychodd o'i gwmpas. Aeth allan i'r ardd ond doedd dim golwg o'r dyn caredig yn unman. Aeth yn ôl i'r gegin fach. Edrychodd eilwaith ar y bwyd blasus ar y bwrdd.

"Beth wna i?" gofynnodd y blaidd iddo'i hun. "Ddylwn i fwyta'r bwyd blasus yma? Ynteu ddylwn i aros nes bydd y dyn caredig wedi dychwelyd?"

Bu'n pendroni am ychydig. Aeth at y drws unwaith eto ond doedd dim golwg o neb yn unman. Rhedodd yn syth i'r gegin fach ac ymhen dim roedd wedi llowcio'r bwyd i gyd. Rhedodd allan drwy'r drws, i'r ardd, ar draws y caeau ac i fyny'r bryn i'w gartref.

Pan ddychwelodd y dyn caredig gwyddai'n iawn beth oedd wedi digwydd. Roedd y blaidd barus wedi bod yno ac wedi bwyta'i ginio i gyd – pob tamaid. Doedd dim briwsionyn ar ôl.

Am ddyddiau, bu'r dyn caredig yn disgwyl i'r blaidd ddod draw i'w weld. Ond doedd dim golwg o'r blaidd. Gwyddai'r blaidd ei fod wedi gwneud drwg ac roedd yn ofni dychwelyd i weld y dyn caredig.

Un diwrnod, pan oedd y dyn caredig yn paratoi cinio yn y gegin fach, clywodd sŵn wrth y drws. "Pwy sydd yna, tybed?" gofynnodd. Aeth at y drws a phwy oedd yno ond y blaidd barus.

Doedd y blaidd ddim yn gallu edrych ym myw llygaid y dyn caredig. Cadwodd ei ben i lawr. "Tyrd i mewn," meddai'r dyn caredig wrtho. "Rwy'n gweld dy fod ti'n teimlo'n euog. Ond paid ti â phoeni. Rydw i'n dal i fod yn ffrind i ti."

"O diolch yn fawr i ti," meddai'r blaidd. "Mae'n wir ddrwg gen i fy mod wedi dwyn dy ginio di."

"Y rheswm 'mod i'n dal i fod yn ffrindia efo ti ydi dy fod wedi bod yn ddigon dewr i ddod yn ôl i ymddiheuro," meddai'r dyn caredig wrtho.

Byth ar ôl hynny bu'r dyn caredig a'r blaidd yn ffrindiau agos. Bob dydd o'r flwyddyn byddai'r blaidd a'r dyn caredig yn cael cinio efo'i gilydd.

O Dduw, pan fydda i wedi gwneud drwg wnei di fy helpu i ddweud 'Mae'n ddrwg gen i'? Amen.

✦ Ydych chi'n credu fod y blaidd wedi bod yn ddewr?
✦ Pan fyddwch chi wedi gwneud drwg beth fyddwch chi'n ei wneud?

Y Blaidd Barus

Colomen Noa

Diolchgarwch / Gostyngeiddrwydd

"Mae'r arch yn barod," gwaeddodd Noa ar ei deulu. Fesul un daeth yr anifeiliaid at yr arch. Roedden nhw wedi clywed bod Noa yn mynd i ddewis yr anifeiliaid gorau. Dyna lle roedden nhw i gyd yn canmol eu hunain. Rhuodd y llew.

"Y fi ydi'r cryfaf o'r holl anifeiliaid. Mae'n siŵr y byddaf i yn cael mynd i mewn i'r arch."

Cerddodd yr eliffant yn araf tua'r arch. "Y fi ydi'r anifail mwyaf ar y ddaear i gyd. Byddaf i yn sicr o gael mynd i mewn i'r arch."

"Beth amdanaf i?" gofynnodd y mwnci. "Y fi ydi'r dringwr gorau yn y byd. Mi fyddaf i'n sicr o gael mynd i mewn i'r arch."

"Rydw i'n perthyn o bell i'r eliffant," meddai'r llygoden gan wichian. "Bydd yna ddigon o le i mi yn yr arch."

Dechreuodd yr anifeiliaid i gyd ganmol eu hunain.

"Rydw i'n rhoi gwlân i chi gael cadw'n gynnes," meddai'r ddafad.

"Dodwy wyau fydda i," meddai'r iâr dan glochdar.

"Fe alla i gario pobl ar fy nghefn," gweryrodd y ceffyl a'i ddau lygaid mawr yn pefrio.

"Os oes gen ti ddau lygad mawr, mae gen i gannoedd o lygaid bach, bach," meddai'r glöyn byw gan agor ei adenydd lliwgar led y pen.

"Peidiwch â chanmol eich hunain fel hyn," meddai'r parot coch a glas. "Mi fedra i siarad 'run fath â phobl. Fedrwch chi ddim gwneud hynny."

"Dydi hynna'n ddim byd," meddai'r sioncyn gwair. "Mi fedra i ganu efo 'nghoesau."

Erbyn hyn, roedd Noa druan wedi blino gwrando ar yr anifeiliaid yn canmol eu hunain. Sylwodd Noa fod y golomen wen yn clwydo ar y gangen uwchben. Doedd hi ddim yn dweud gair o'i phen. Bu'n gwrando'n astud ar yr hyn oedd gan yr anifeiliaid i'w ddweud.

"Oes gen ti rywbeth i'w ddweud?" gofynnodd Noa iddi. "Pam wyt ti mor ddistaw?"

"Dydw i ddim yn credu 'mod i'n well na'r un o'r anifeiliaid eraill. Dydw i ddim yn credu 'mod i'n gallu gwneud dim yn well na'r un anifail arall. Mae gan bob un ohonom rywbeth nad oes gan anifail arall mohono. Mae gan bob un ohonom rodd arbennig gan Dduw."

"Rwyt ti'n berffaith iawn," meddai Noa. "Does dim angen i'r un ohonoch ganmol eich hunain a chystadlu yn erbyn eich gilydd. Mae Duw wedi dweud wrthyf am fynd â phob math o anifeiliaid i mewn i'r arch."

Pan glywodd yr anifeiliaid hyn roedden nhw'n hapus dros ben.

Agorodd Noa ddrws yr arch. "Rwyf yn eich caru bob un ohonoch, ond gan fod y golomen wen wedi bod yn ddistaw, rwyf yn ei dewis hi i fod yn negesydd i mi."

Ar ôl i'r glaw beidio, cadwodd Noa ei air. Anfonodd y golomen wen allan i chwilio am dir sych. Ar ôl ysbaid o amser daeth yn ei hôl â deilen yr olewydden yn ei phig. Gwyddai Noa, bryd hynny, fod y dyfroedd wedi cilio. Pan sychodd y ddaear, daeth Noa, ei deulu a'r anifeiliaid allan o'r arch. Diolchodd Noa i'r golomen wen am ei helpu.

Byth ers hynny, y golomen ydi'r aderyn sy'n symbol o heddwch yn y byd.

O Dduw, gwna fi fel y golomen wen, yn hapus fy myd ac yn barod i wneud fy ngorau bob amser. Amen.

✦ Fyddwch chi weithiau yn canmol eich hun?
✦ Ydych chi'n meddwl eich bod yn gallu gwneud pethau'n well na phlant eraill? Sut y dylen ni ymddwyn tuag at blant eraill?

Y Bioden gafodd Blu Gwyn

Dewrder / Ffyddlondeb

Y Bioden gafodd Blu Gwyn

Drwy'r dydd, bu'r bioden ddu a gwyn yn hedfan o'r naill goeden i'r llall yn chwilio am fwyd. Ond, amser maith yn ôl, du i gyd oedd y bioden fel gweddill y teulu. Perthyn i deulu'r brain duon y mae'r bioden. Mae'r stori hon yn dweud sut y cafodd y bioden ei phlu gwyn.

Un gyda'r nos pan oedd y bioden ddu yn hedfan o'r naill goeden i'r llall fe welodd lwynog coch yn mynd ar ei bedwar. Roedd â'i lygad ar oen bach oedd newydd gael ei eni. Dechreuodd y bioden hedfan ac ysgwyd ei hadenydd o flaen trwyn y llwynog coch. Dychrynodd yntau a rhedodd i ffwrdd. Y noson wedyn digwyddodd yr un peth yn union. Ond erbyn hyn roedd yr oen bach yn gryfach o lawer. Gallai redeg a phrancio o gwmpas y cae. Roedd ei fam yn pori'n braf yng ngwaelod y cae. Ar ôl bod yn prancio drwy'r dydd roedd yr oen bach wedi blino'n lân. Gorweddodd yn dawel a chau'i lygaid.

"Dyma fy nghyfle," meddai'r llwynog coch. Aeth ar ei bedwar a symud yn araf tuag at yr oen bach.

Roedd y bioden ddu yn clwydo ar y goeden. "Rwy'n benderfynol nad ydi'r hen lwynog coch yna'n mynd i ladd yr oen bach," meddai. Daeth i lawr o'r goeden ac ysgwyd ei hadenydd o flaen trwyn yr hen lwynog.

Clywodd y ddafad sŵn yr aderyn yn ysgwyd ei hadenydd. Rhedodd nerth ei thraed a dechreuodd frefu dros bob man. Dychrynodd y llwynog a rhedodd i ffwrdd.

Aeth diwrnod neu ddau heibio. Roedd y ddafad yn gorwedd yn y cae yn cnoi'i chil. Daeth yr oen bach ati i gael diod o lefrith. Dyna lle roedd yr oen yn sugno a sugno.

Daeth y bioden ddu heibio. "Tyrd yma," meddai'r ddafad. "Rydw i eisiau diolch i ti am fy helpu. Ddwy waith fe wnest ti ddychryn yr hen lwynog coch." Yn sydyn dechreuodd yr oen bach chwythu'r llefrith o'i geg ar blu du y bioden. Roedd dafnau o wyn ar blu'r bioden.

Ond pwy ddaeth yn llechwraidd rownd y gornel ond y llwynog coch. Roedd â'i fryd ar fwyta'r bioden ddu. Ond ble roedd hi?

Beth oedd yr aderyn dieithr hwn? Aderyn oedd yn debyg iawn i'r bioden ond roedd yn ddu a gwyn! Felly, rhedodd y llwynog coch i ffwrdd i chwilio am y bioden ddu.

Byth ers hynny mae'r bioden wedi bod yn ddu a gwyn. Ond mae'r rhan fwyaf o'r teulu yn ddu i gyd, fel y frân, y gigfran a'r jac do.

Am fod y bioden wedi bod yn ddewr y mae hi'n ddu a gwyn.

 O Dduw, gwna fi'n ddewr bob amser. Amen.

 + Ydych chi'n credu fod y bioden wedi bod yn ddewr?
+ Sut aderyn ydi'r bioden heddiw?
+ Mae sôn amdani'n ymosod ar nythod adar eraill.

Y Bioden gafodd Blu Gwyn

Y Llygoden â'r Saith Cynffon
Parchu Eraill / Caredigrwydd / Cyd-dynnu

Y diwrnod cyntaf yn yr ysgol, gwisgodd y llygoden ei gwisg orau, ond roedd pawb yn y dosbarth yn chwerthin am ei phen am fod ganddi saith cynffon.

"Edrychwch, edrychwch," meddai'r llygod eraill fesul un. "Edrychwch ar ei saith cynffon."

Drwy'r dydd bu'r llygoden yn crio. Roedd ei llygaid yn goch ac yn brifo. Rhedodd adref o'r ysgol ar derfyn dydd, a thaflu ei llyfrau ar y llawr. Rhedodd i chwilio am ei mam.

"Beth sydd, lygoden fach?" gofynnodd ei mam iddi. "Oes yna rywun wedi bod yn gas efo ti? Wnest ti syrthio?" Dechreuodd y llygoden fach ddweud ei stori wrth ei mam. "Mi ydw i'n edrych yn wirion efo saith cynffon. Dydw i ddim eisiau mynd i'r ysgol byth eto," meddai dan feichio crio.

"Paid ti â chrio, lygoden fach," meddai ei mam. "Dos di yn ôl i'r ysgol yfory. Mi fydd popeth yn iawn."

Dechreuodd y llygoden fach sgrechian dros bob man. "Na! Byth! Dydw i byth yn mynd yn ôl i'r ysgol."

Dyma'i mam yn mynd i'r cwpwrdd i chwilio am y siswrn mawr. Eisteddodd y llygoden fach yn llonydd. Snip! Dyna un gynffon i ffwrdd.

Bore drannoeth, cychwynnodd y llygoden fach yn hapus gan ddawnsio a chanu ac ysgwyd ei chwe chynffon. Pan ddaeth amser chwarae, dal i chwerthin oedd y llygod eraill. Roedden nhw'n chwerthin a chwerthin a chwerthin. "Tyrd i chwarae efo ni, y llygoden efo chwe chynffon."

Dechreuodd y llygoden fach grio unwaith yn rhagor. Y pnawn hwnnw, ar ôl i'r ysgol gau, dywedodd y llygoden fach wrth ei mam. "Mam, mae'n rhaid i chi dorri pob cynffon i ffwrdd efo'r siswrn mawr."

Un ... dwy ... tair ... pedair ... pump ... chwech. Ymhen dim roedd ei mam wedi torri pob cynffon i ffwrdd.

Unwaith eto aeth y llygoden fach i'r ysgol yn hapus dan

ddawnsio a chanu. Pan welodd y llygod eraill nad oedd gan y llygoden fach yr un gynffon dyna nhw'n dechrau chwerthin a chwerthin a chwerthin.

"Does ganddi ddim un gynffon," meddai'r llygod i gyd efo'i gilydd. "Y llygoden heb gynffon, y llygoden heb gynffon, y llygoden heb gynffon," oedd eu cân drwy'r dydd. Ar ôl cyrraedd adref o'r ysgol dywedodd y llygoden fach wrth ei mam, "Dydw i byth, byth yn mynd yn ôl i'r ysgol eto."

"Beth am i ti chwerthin efo'r llygod eraill," meddai'i mam wrthi, "wedyn bydd y llygod eraill yn siŵr o chwarae efo ti."

Y tro hwn, gwrandawodd y llygoden ar ei mam. Aeth i'r ysgol dan ddawnsio a chanu. Dechreuodd y llygod eraill dynnu'i choes unwaith eto ond y tro hwn dechreuodd y llygoden fach chwerthin efo nhw.

Does yna neb yn chwerthin am ben y llygoden erbyn hyn. Mae hi'n llygoden fach hapus dros ben. Mae'r llygoden heb gynffon yn chwerthin, dawnsio, neidio a chwarae efo'r llygod eraill a hefyd mae'n gweithio'n galed yn yr ysgol.

Pan fydd plant eraill yn gas efo mi,
O Dduw, helpa fi i fod yn garedig tuag atyn nhw.
Paid â gadael i mi fod yn gas efo neb. Amen.

✦ Pam fod y llygod eraill yn gwneud hwyl am ben y llygoden efo saith cynffon?
✦ Fydd plant eraill yn gwneud hwyl am eich pen chi weithiau? Pam?

Y Llygoden a'r Saith Cynffon

Yr Anifeiliaid Caredig

Caredigrwydd / Gosod Esiampl

Drwy'r nos bu'n bwrw eira. Erbyn y bore roedd yr eira'n drwchus iawn. Edrychodd y gwningen lwyd ar yr eira oedd yn gorchuddio pob twll a chornel.

"Rydw i bron â llwgu eisiau bwyd," meddai a rhedodd drwy'r eira i chwilio am rywbeth i'w fwyta. Yng ngwaelod y cae gwelodd ddwy foronen fawr. Cododd y ddwy foronen yn ei phawennau a rhedeg drwy'r eira yn ôl i'w thwll o dan y goeden dderw. Bu wrthi'n bwyta a bwyta. Ar ôl iddi orffen y gyntaf roedd ei stumog yn llawn. Penderfynodd fynd â'r foronen arall i'r mul bach oedd yn byw i lawr y ffordd. I ffwrdd â hi drwy'r eira. Ond doedd y mul bach ddim gartref. Gadawodd y foronen yn ei bowlen fwyd.

Roedd y mul bach yn chwilio am fwyd. Gwelodd ddwy daten wrth ymyl y clawdd yng ngwaelod y cae. Pan ddaeth adref dechreuodd fwyta'r ddwy daten. Ond pwy oedd wedi gadael y foronen yn ei bowlen fwyd? "Dydw i ddim eisiau mwy o fwyd," meddai, "mae fy stumog yn llawn. Mi wn i beth i'w wneud. Mi af â'r foronen i'r ddafad sy'n byw yn y cae drws nesaf."

Roedd y ddafad yn chwilio am fwyd. Gwelodd fresych gwyrdd wrth ymyl y sied. Cariodd y bresych adref a dechrau arni i fwyta a bwyta. Yn sydyn, gwelodd fod rhywun wedi gadael moronen wrth ymyl y giât. "Gan fy mod wedi bwyta digon o fwyd, mi af â'r foronen i'r wiwer sy'n byw yn y goeden dderw." I ffwrdd â hi drwy'r eira trwchus at waelod y goeden dderw.

Roedd y wiwer yn chwilio am fwyd hefyd. A dweud y gwir roedd pob anifail yn yr ardal yn chwilio am fwyd yn y tywydd oer. Roedd y wiwer hithau'n llwglyd. Aeth i chwilio am y cnau roedd hi wedi eu cuddio yn ystod yr hydref. Ysgydwodd ei chynffon yn hapus. Roedd digonedd o gnau wedi'u claddu dan yr eira. Aeth â llond ei phawennau yn ôl i'r goeden dderw.

Ond pan gyrhaeddodd y goeden dderw roedd moronen fawr yng ngheg ei nyth yn y goeden. "Pwy sydd wedi rhoi'r foronen yn y fan yma?" meddyliodd. "Wel, dydw i ddim eisiau bwyd gan fy mod wedi cael llond fy mol o gnau. Mi wn i beth wna i," meddai wrthi'i hun, "mi af i weld y gwningen sy'n byw yn y twll yng ngwaelod y cae. Efallai y bydd hi'n falch o gael pryd o fwyd."

I ffwrdd â'r wiwer gan sboncio dros yr eira gwyn oedd yn gorchuddio'r caeau i gyd. Rhoddodd y foronen wrth geg y twll a ffwrdd â hi yn ôl adref.

Pan ddeffrôdd y gwningen y bore canlynol roedd hi bron â marw eisiau bwyd. "Biti na fuaswn i wedi cadw'r foronen yna yn hytrach na'i rhoi hi i'r mul bach," meddai. "Bydd rhaid i mi fynd i chwilio am fwyd unwaith eto."

Ond pan ddaeth allan beth oedd yna ond moronen fawr flasus.

"Sgwn i sut y daeth y foronen i'r fan hyn?" Dechreuodd fwyta a bwyta ac aeth yn ôl i'w thwll a bu'n cysgu am weddill y dydd.

Diolch i ti O Dduw am bobl garedig,
pobl sy'n barod i roi a rhoi.
Helpa fi i fod yn garedig wrth bawb. Amen.

✦ Pam oedd y gwningen yn garedig?
Oedd yr anifeiliaid eraill yn garedig?
✦ Fedrwch chi feddwl am bethau caredig y byddwch chi'n eu gwneud?

Yr Anifeiliaid Caredig

Pigodyn y Pysgodyn

Cydweithio / Cyfeillgarwch / Doethineb

Yng ngwaelod y cefnfor roedd haig o bysgod yn byw. Byw efo'i gilydd roedden nhw. Ond roedd un ohonyn nhw'n bysgodyn arbennig iawn. Pigodyn oedd ei enw. Un diwrnod daeth pysgodyn anferth heibio â'i geg ar agor led y pen. Chwilio am fwyd roedd y pysgodyn mawr. Yn sydyn trodd, agorodd ei geg a llyncodd y pysgod i gyd ond un. Llwyddodd Pigodyn i ddianc rywsut.

Wel, a dweud y gwir, pysgodyn bychan, bach oedd Pigodyn. A dyna pam y llwyddodd i ddianc o geg y pysgodyn anferth. Gan ei fod yn bysgodyn bychan byddai bob amser yn gwylio rhag ofn i bysgodyn mawr ddod a'i lyncu. Byddai'n arfer dweud wrth ei frodyr a'i chwiorydd, "Byddwch yn ofalus! Mae gan y pysgod mawr gegau anferth. Felly, byddwch yn ofalus!"

Ond bellach roedd Pigodyn ar ei ben ei hun. Nofiai'n braf o gwmpas gan gadw'i lygaid ar agor rhag ofn i bysgodyn mawr ddod heibio. Bob munud bron roedd Pigodyn yn gweld rhywbeth newydd. Pysgod lliwgar! Planhigion prydferth! Cwrel pigog! Creigiau peryglus!

Ar ôl bod yn nofio o gwmpas am wythnosau ar ei ben ei hun, un diwrnod daeth ar draws haig o bysgod tebyg iddo ef ei hun. Mor hapus oedd Pigodyn o gael cwmpeini. Roedd y cefnfor yn lle mor fawr a chymaint o elynion yn byw ynddo.

Dywedodd Pigodyn ei hanes wrth y pysgod eraill. Dyna lle'r oedden nhw'n gwrando'n astud ar ei stori. Y pysgod lliwgar. Y planhigion prydferth. Y cwrel pigog. Y creigiau peryglus. Ac yna soniodd am yr hyn a ddigwyddodd i'r haig bysgod roedd ef yn perthyn iddyn nhw.

Dywedodd pob un o bysgod yr haig newydd fod arnyn nhw hefyd ofn y pysgod mawr. Ond pysgodyn bychan doeth oedd Pigodyn. Galwodd bysgod yr haig i gyd at ei gilydd i wrando.

"Gwrandewch," meddai Pigodyn, "does yna ond un

ffordd y gallwn fwynhau bywyd a pharhau'n fyw. Mae'n rhaid i ni i gyd aros efo'n gilydd. Beth am i ni wneud un grŵp mawr o bysgod sy'n edrych yn debyg i un pysgodyn mawr, anferth. Bydd hynny'n siŵr o ddychryn pob pysgodyn mawr sy'n byw yn y cefnfor."

Daeth y pysgod bychain at ei gilydd i wneud siâp pysgod mawr, anferth. A dyna lle'r oedd Pigodyn fel llygaid mawr i'r haig. O hynny ymlaen, dyna lle buon nhw'n nofio'n braf yn nyfroedd yr eigion. Bob dydd roedden nhw'n darganfod rhywbeth newydd. Pysgod lliwgar! Planhigion prydferth! Cwrel pigog! Creigiau peryglus a llawer, llawer mwy.

Roedd ar bob pysgodyn mawr ofn yr haig bysgod. Ac mi fuon nhw fyw am flynyddoedd efo'i gilydd – diolch i Pigodyn.

Arglwydd, mi fydda i'n teimlo'n union fel Pigodyn, ar brydiau yn fach, fach. Os gweli'n dda wnei di fy helpu pan fydda i'n teimlo felly? Amen.

✦ Ydi o'n wir ein bod, bob amser, yn byw efo pobl eraill? Byw efo'n ffrindiau. Byw efo'n rhieni a'n brodyr a'n chwiorydd.

✦ Ydi hi'n bwysig ein bod yn dysgu cyd-fyw efo pobl eraill?

Pigodyn y Pysgodyn

Oen Bach Diolchgar
Bod yn ddiolchgar / Helpu Eraill

Pranciodd yr oen bach yn heulwen mis Ebrill. Tri diwrnod oed oedd yr oen bach. Yn ymyl y clawdd roedd ei fam yn pori. Crwydrodd yr oen bach yn nes ac yn nes at y giât oedd yn mynd i'r cae dros y ffordd. Croesodd y ffordd. Ond dim ond ffordd drol oedd hi. Aeth i mewn i'r cae dros y ffordd. Doedd dim dafad nac oen ar gyfyl y cae hwnnw. Edrychodd o'i gwmpas. Clywai sŵn yn dod o'r gwrych.

"Help! Help!"

Pranciodd yr oen bach tuag at y sŵn. Gwelodd anifail brown-goch yn gorwedd yn y gwrych. Doedd yr oen bach erioed wedi gweld anifail fel hwn yn ei fywyd o'r blaen. Wel, dim ond tri diwrnod oed oedd yr oen bach!

"Wnei di fy helpu i?" gofynnodd y llwynog coch. "Rydw i wedi bod yma am dridiau. Mae fy nghynffon wedi mynd yn sownd yn y gwrych."

"Ond pa fath o anifail wyt ti?" gofynnodd yr oen bach. "Dydw i erioed wedi gweld anifail tebyg i ti o'r blaen."

"Llwynog bach diniwed ydw i. Mae fy nghynffon goch flewog wedi mynd yn sownd yn y drain a'r mieri yma. Wnei di fy helpu os gweli di'n dda?"

Gwthiodd yr oen bach ei ffordd drwy'r drain a'r mieri.

Roedd y pigau'n mynd yn sownd yn ei wlân. Aeth yn ei flaen yn araf nes cyrraedd y llwynog. Cydiodd yn ei gynffon a'i thynnu'n ofalus o'r drain. Ymhen dim roedd ei gynffon yn rhydd.

"Wyt ti am ddweud diolch?" gofynnodd yr oen bach.

Dangosodd y llwynog ei ddannedd miniog. "Na, oen bach, dydw i ddim am ddweud diolch."

"O! hen lwynog anniolchgar wyt ti, a finnau wedi tynnu dy gynffon goch o ganol y drain a'r mieri." Dangosodd y llwynog ei ddannedd miniog unwaith yn rhagor. "Ti ddylai fod yn ddiolchgar i mi," meddai'r llwynog gan ddangos ei ddannedd miniog unwaith eto.

Oen Bach Diolchgar

24

"Pam felly?" gofynnodd yr oen bach yn ddiniwed. "Fe wnes i dy ollwng yn rhydd o'r drain a'r mieri.

"Do, fe wnest ti fy ngollwng yn rhydd. Ond cofia di, llwynog ydw i ac oen bach wyt ti. Fe ddylet ti fod yn ddiolchgar nad ydw i wedi dy larpio di ac wedyn dy fwyta bob tamaid."

Dechreuodd yr oen bach grynu. "Fy llarpio! Fy mwyta!" Dechreuodd y dagrau redeg i lawr ei ruddiau.

"Paid ti â phoeni y tro hwn. Wna i ddim mo dy fwyta di rŵan, ond gwylia dy hun. Llwynog cyfrwys ydw i ac oen bach diniwed wyt ti."

Rhedodd i ffwrdd gan ddal i ysgyrnygu ar yr oen bach. "Mae'n siŵr y dylwn i fod yn oen bach diolchgar iawn," meddai'r oen bach wrtho'i hun.

Pranciodd yn ôl drwy'r giât, ar draws y ffordd drol ac yn ôl at ei fam oedd yn gorwedd yn cnoi ei chil yn ymyl y gwrych.

O Dduw, gad i ni fod yn ddiolchgar bob amser. Amen.

✦ Pa un ddylai fod yn ddiolchgar, yr oen bach ynteu'r llwynog?
✦ Ydych chi'n credu fod y llwynog wedi bod yn anifail cyfrwys?

Oen Bach Diolchgar

Y Gath a'r Crwban

Dysgu Parchu'n Gilydd / Dod yn Ffrindiau / Parchu Bywyd

Roedd hi wedi bod yn ddiwrnod braf, poeth. Roedd Pwsi'r gath wedi bod yn cysgu yn yr haul drwy'r dydd. Pan ddeffrodd pwy ddaeth am dro i'r ardd ond Caleb y crwban.

Doedd Pwsi ddim yn hoff iawn o Caleb a meddai wrtho. "Hen greadur rhyfedd wyt ti yn cario dy dŷ ar dy gefn."

Atebodd Caleb hi'n ôl. "Mi rydw i wrth fy modd efo'r gragen sydd ar fy nghefn. Pan fydd arna i ofn mi fydda i'n gallu mynd i mewn i'r gragen ac wedyn mi fydda i'n teimlo'n saff."

Ond meddai Pwsi wrtho, "Mae gen i ffwr llyfn hyfryd ac mi fedra i redeg a dringo coed; dim ond cerdded fedri di."

Meddai Caleb y crwban, "Dydw i ddim eisiau rhedeg a dringo, mae'n well gen i gerdded yn a..r..a..f a..r..a..f."

Dechreuodd Pwsi alw enwau hyll ar Caleb. Roedd y crwban yn drist iawn. Roedd o bron â chrio. Cerddodd yn a..r..a..f tua'r llwyni i guddio.

Yn sydyn daeth criw o fechgyn a genethod heibio. Roedd pob un ohonyn nhw'n gwneud sŵn mawr. Roedd gan ambell un ohonyn nhw ffon fawr. Dyma nhw'n dechrau rhedeg ar ôl y crwban. Yn sydyn dyma Caleb yn tynnu ei ben a'i goesau i mewn i'w gragen galed. Roedd o'n union fel carreg. Dyma'r plant yn gadael y crwban a dechrau rhedeg ar ôl y gath.

Roedd Pwsi wedi dychryn yn arw. Rhedodd nerth ei thraed ac i fyny'r goeden â hi. Dechreuodd y plant daflu cerrig ati. Dyma un garreg yn taro'r gath ar ei phawen. Roedd y plant yn dal i daflu cerrig a brigau at y gath.

Ar ôl iddi ddechrau bwrw aeth y plant adref ond roedd Pwsi druan yn drist iawn. Daeth i lawr o'r goeden yn ara deg. Aeth i'r llwyni i gysgodi rhag y glaw. Bu'n bwrw glaw yn drwm am awr neu ddwy. Ar ôl i'r glaw gilio pwy ddaeth heibio ond Caleb.

"Be sy'n bod?" gofynnodd i Pwsi.

"Mae'r plant wedi bod yn taflu cerrig ac mae un ohonyn nhw wedi taro fy mhawen ac mae hi'n gwaedu," meddai Pwsi gan ddechrau crio.

Aeth ymlaen gan ddweud ei bod hi'n oer ac yn wlyb.

"Fedra i ddim stopio crynu," meddai wrth Caleb. "Mae hi'n iawn arnat ti – mae gen ti dy dŷ ar dy gefn. Rwyt ti'n medru mynd i mewn ac allan fel y mynni."

"Mae hynny'n wir," meddai Caleb. "Tyrd efo mi i weld ffrind i mi," meddai'r crwban. Ac i ffwrdd â'r ddau i weld Smotyn y ci. Ci caredig iawn oedd Smotyn. Rhoddodd ddiod boeth i Pwsi a gwnaeth i'r ddau deimlo'n gartrefol iawn.

Soniodd Pwsi fel yr oedd hi wedi bod yn gas efo Caleb ond ei fod yn ffrind da iddi hi yn awr. Edrychodd Smotyn ar Pwsi a Caleb ac meddai wrthyn nhw, "Rydan ni i gyd yn wahanol i'n gilydd, ond mae'n rhaid i ni ddysgu bod yn garedig ac yn gyfeillgar efo pawb. Does dim ots os ydyn nhw'n wahanol, mae'n rhaid i ni ddysgu eu caru."

O'r diwrnod hwnnw ymlaen bu Pwsi, Caleb a Smotyn yn ffrindiau mawr efo'i gilydd.

O Dduw, helpa fi i fod yn garedig ac yn ffrind i bawb. Amen.

+ Fyddwch chi'n gas wrth blant eraill? Pam?
+ Fydd plant eraill yn gas wrthych chi? Pam?
+ Beth ydi'r ffordd orau i drin plant sy'n gas efo chi?

Y Gath a'r Crwban

Llygoden o'r Wlad a Llygoden o'r Ddinas
Gwerthfawrogi / Dod i Benderfyniad

Penderfynodd llygoden y wlad wahodd llygoden y ddinas i ginio. Roedd llygoden y ddinas yn siomedig iawn. Dim ond gwenith a barlys oedd ar y bwrdd.

"Yn wir, dim ond gwenith sydd yna i ginio?" gofynnodd llygoden y ddinas. "Dwyt ti ddim yn byw yn fras fel fi? Bydd yn rhaid i ti ddod am dro i'r ddinas i ti gael gweld beth ydi bwyd."

Ac i ffwrdd â llygoden y wlad ymhen rhai dyddiau i ymweld â llygoden y ddinas. Aeth llygoden y ddinas yn syth i'r cwpwrdd mawr yn y gegin. Dyma hi'n dechrau cnoi y bag siwgwr brown. "Tyrd," meddai wrth lygoden y wlad. "Helpa dy hun." Bu'r ddwy lygoden yn cnoi a chnoi am hydoedd.

Yn sydyn, agorodd y drws a daeth geneth fach i mewn i'r gegin a mynd yn syth am y cwpwrdd.

"Rhed nerth dy draed," sibrydodd llygoden y ddinas. Ac i ffwrdd â nhw nerth eu traed i'r twll tu ôl i'r drws. Dyna lle roedd llygoden y wlad yn crynu yn y gornel. "Paid ti â phoeni," meddai llygoden y ddinas, "mi awn ni'n ôl ymhen munud. Caeodd drws y gegin. Daeth y ddwy lygoden allan o'r twll ac yn syth am y bowlen ffrwythau. Dyma ddechrau bwyta'r afal coch. Roedd hwn yn flasus dros ben. Yn sydyn daeth sŵn o gyfeiriad y drws.

"Miaw ... miaw ... miaw." Doedd llygoden y wlad erioed wedi clywed y sŵn hwn o'r blaen.

"Beth ydi'r sŵn yna?" gofynnodd i lygoden y ddinas.

"Sh! Rhed am dy fywyd i'r twll."

Ar ôl cyrraedd diogelwch y twll dywedodd llygoden y ddinas y cwbl am y gath frech. "Hi ydi'r orau yn y ddinas am ddal llygod."

"Dydw i ddim yn hoffi'r ddinas," meddai llygoden y wlad.

"Rydw i eisiau mynd yn ôl i'r wlad. Mae hi'n dawel yno."

"Na," meddai llygoden y ddinas. "Mae gen i un lle arall i ti gael ei weld. Mi awn ni am dro i'r seler o dan y tŷ."

I ffwrdd â nhw i lawr y grisiau i'r seler. Ar y silffoedd

roedd darnau mawr o gaws coch. Dechreuodd y ddwy lygoden fwyta'r caws coch. Y caws hwn oedd y peth gorau roedd llygoden y wlad wedi ei flasu erioed. Ond roedd y caws mor fawr. Doedd hi ddim yn gwybod ble i ddechrau. Wrth iddi gerdded ar hyd y silff gwelodd ddarn bychan o gaws coch ar ddarn o bren.

Roedd ar fin plygu ei phen i arogli'r caws coch pan waeddodd llygoden y ddinas dros y lle. "Paid! Paid! Paid!" Trap ydi hwnna. Y munud y byddi di'n cyffwrdd yn y caws bydd y trap yn cau amdanat."

Edrychodd llygoden y wlad ar lygoden y ddinas ac meddai. "Dydw i ddim yn hoffi'r ddinas. Mi rydw i'n meddwl bod well gen i fwyta gwenith yn y wlad na chaws coch yn y ddinas. Mae'r ddinas wedi codi ofn arna i – gyda'r eneth fach yn dod i'r gegin, y gath frech a'r trap. Hwyl fawr."

A ffwrdd â hi nerth ei thraed i'w chartref yn y wlad.

O Dduw, gwna fi'n hapus trwy i mi werthfawrogi'r hyn sydd gen i. Amen.

✦ Sut le oedd y ddinas i lygoden y wlad?
✦ Pam roedd yn well gan lygoden y wlad ei chartref ei hun?

Y Neidr Hunanol

Hunanoldeb / Colli Cyfle / Gweledigaeth

Y Neidr Hunanol

Roedd yr adar oedd yn byw yn y goedwig yn ddu neu'n wyn neu yn ddu a gwyn. Doedd yna 'run aderyn lliwgar yn y goedwig yn unman. Un diwrnod daeth neidr fawr werdd ar ei thaith drwy'r goedwig. Doedd yr adar du a gwyn ddim yn hoff o'r neidr. Llithrodd y neidr yn araf drwy'r tyfiant ar lawr y goedwig.

Gwelodd flodau coch yn tyfu. Dechreuodd eu bwyta fesul un. Ymhen dim roedd hi wedi bwyta'r blodau coch i gyd. Wrth iddi graffu ar ei chynffon gwelodd smotiau coch ar hyd ei chorff, o'i chynffon i'w phen. "Dyna ryfedd," meddai wrthi'i hun, "o ble mae'r smotiau coch wedi dod? Ta waeth, maen nhw'n edrych yn brydferth ar fy nghorff."

Ar ei ffordd gwelodd flodau melyn yn tyfu. Dechreuodd fwyta'r blodau melyn fesul un. Ar ôl iddi orffen bwyta'r blodau melyn edrychodd ar ei chorff. Roedd smotiau melyn ar hyd ei chorff. Roedd y neidr wrth ei bodd. Llithrodd ymlaen drwy'r tyfiant a dechreuodd fwyta pob blodyn oedd ar lawr y goedwig. Y blodau oren! Y blodau glas! Y blodau porffor a blodau o bob lliw dan haul.

Fel yr oedd hi'n dechrau nosi edrychodd y neidr ar ei chorff. Roedd smotiau coch, melyn, glas, porffor a pinc ar ei chorff. Roedd hi wrth ei bodd. "Fi ydi'r neidr harddaf yn y byd i gyd yn grwn," meddai dros y goedwig. Dechreuodd droi a throsi o gwmpas er mwyn iddi gael gweld ei chorff yn well. Roedd y neidr yn hapus iawn.

Ond, doedd yr adar ddim yn hapus. Dyma adar y goedwig i gyd yn hedfan i'r goeden uwchben y neidr. Yr adar oedd yn ddu neu'n wyn neu'n ddu a gwyn. Dyma nhw i gyd yn dechrau canu, sgrechian, chwibanu a thrydar. "Edrych di yma, neidr anghynnes, beth rwyt ti wedi'i wneud. Rwyt ti wedi bwyta blodau'r goedwig i gyd. Does yna ddim lliw ar ôl yn unman. Mae pob rhan o'r goedwig yn wyrdd yn awr," meddai'r adar i gyd yn wyllt. "Neidr hunanol wyt ti."

Gwyddai'r neidr fod yr adar i gyd yn dweud y gwir. Llithrodd y neidr yn araf i'r tyfiant. Arhosodd yno i feddwl. Dechreuodd ysgwyd ei chorff ac, yn sydyn, wrth iddi fwrw ei chroen, dechreuodd y smotiau syrthio oddi ar ei chorff fesul un. Cyn pen dim roedd blodau lliwgar yn ymddangos yn y goedwig unwaith eto. Llithrodd y neidr yn ei chroen newydd – croen gwyrdd fel o'r blaen, ar hyd llawr y goedwig.

Roedd hi'n falch bod yr adar wedi dangos iddi pa mor hunanol oedd hi.

O Dduw, mi ydw i'n blentyn hunanol iawn, o bryd i'w gilydd. Wnei di fy helpu i fod yn blentyn gwahanol? Amen.

✦ Rhestrwch y pethau sy'n eich gwneud chi yn blentyn hunanol.
✦ Beth fedrwch chi ei wneud i helpu pobl eraill?

Y Llygoden Fach Gyfrwys

Cyfeillgarwch / Gweld Cyfle / Parch at Fywyd

Diwrnod braf o haf oedd hi. Aeth y llygoden fach am dro i'r caeau. Dechreuodd fwyta hadau'r blodau ... ym ... ym ... ym. Yn sydyn clywodd rywun yn galw ei henw, "Llygoden fach, llygoden fach..." Trodd y llygoden fach i edrych o gwmpas. Gwelodd gath fawr frech ar ben y clawdd. Dechreuodd y llygoden fach grynu.

"Tyrd yma am sgwrs," meddai'r gath. "Rydw i'n teimlo'n unig iawn. Mi ydw i eisiau cwmni. Tyrd ata i i eistedd ar ben y clawdd."

"Ond cath wyt ti," meddai'r llygoden. "Mae arna i ofn cathod."

"Cath yn wir," meddai'r gath. "Nid cath ydw i ond Siôn Corn ac fel y gwyddost mae Siôn Corn yn ddyn caredig iawn."

"Wyt ti'n siŵr mai Siôn Corn wyt ti?" gofynnodd y llygoden fach.

"Wrth gwrs. Siôn Corn ydw i. Edrych ar fy aeliau gwyn a'r wisgars gwyn o gwmpas fy ngheg."

"Wel, os mai Siôn Corn wyt ti, mi ddof atat i gael sgwrs, ond dim ond am ychydig bach gan y bydd Mam yn disgwyl amdanaf."

Y munud hwnnw dyma'r gath yn neidio ar y llygoden fach. Roedd ei phawen yn gorwedd drosti. Dim ond ei chynffon oedd i'w gweld.

"O," meddai'r llygoden yn grynedig, "fe ddywedaist dy fod eisiau sgwrs . . . "

Torrodd y gath ar draws y llygoden fach.

"Sgwrs i ddechrau ond wedyn mi fyddaf yn dy fwyta bob tamaid, ac mi fyddi di'n llygoden fach flasus."

Meddyliodd y llygoden fach a gofynnodd i'r gath, "Wyt ti'n siŵr mai llygoden ydw i?"

"Wrth gwrs mai llygoden fach grynedig wyt ti ond mewn dim mi fydda i wedi dy lyncu."

"Nage'n wir" meddai'r llygoden. "Ci ydw i. Ci rheibus." Doedd y gath ddim wedi gweld llygoden fel hon o'r blaen.

"Ci ydw i," meddai'r llygoden, "ac mi ydw i'n medru cyfarth a brathu."

"Ga i dy glywed di'n cyfarth?" gofynnodd y gath oedd braidd

yn ofnus erbyn hyn.

Dechreuodd y llygoden gyfarth fel ci.

"Na, na, na," meddai'r gath. "Rwyt ti'n cyfarth fel gwich llygoden."

Bu'r llygoden yn cyfarth a chyfarth dros bob man.

"Os nad wyt ti'n credu mai ci ydw i yna mi ddo i ar dy ôl i fyny'r goeden acw," meddai'r llygoden, oedd yn teimlo'n ddewr iawn erbyn hyn,

Roedd y gath erbyn hyn yn teimlo'n fach ac yn grynedig.

"O," meddai, "mae arna i ofn rŵan."

Cododd ei phawen oddi ar gefn y llygoden fach. Dyna ei chyfle. Rhedodd nerth ei thraed i gyfeiriad y beudy. Roedd ei mam yn brysur yn paratoi cinio o hadau blasus i'w theulu.

"Lle rwyt ti wedi bod, y llygoden fach ddrwg?" holodd ei mam.

"Mam, mi ydw i'n llygoden ddewr iawn a hefyd yn llygoden gyfrwys iawn."

"Cyfrwys, beth wyt ti'n ei feddwl?" holodd ei mam.

Eisteddodd y llygoden fach gyda'i theulu o gwmpas y bwrdd. Dywedodd ei hanes fel roedd hi wedi twyllo'r gath fawr frech.

"Wyddost ti," meddai ei mam, "dydw i ddim yn meddwl dy fod ti wedi defnyddio'r gair cywir."

"Pa air?" gofynnodd y llygoden fach.

"Wel, nid twyllo'r gath frech wnest ti ond bod yn gyfrwys a dangos i'r hen gath fawr frech dy fod tithau yr un mor gyfrwys â hithau."

Gwenodd y llygoden fach.

O Dduw, pan fydd arna i ofn a phan fydda i'n crynu wnei di bryd hynny fy helpu? Amen.

✢ Fyddwch chi weithiau'n dychmygu eich bod yn rhywun arall?

✢ Disgrifiwch pa mor gyfrwys oedd y llygoden fach?

✢ Pwy oedd fwyaf cyfrwys – y gath neu'r llygoden fach?

Y Morgrugyn a Sioncyn y Gwair
Paratoi ar gyfer bywyd / Meddwl am Eraill

Bore braf o wanwyn oedd hi. Gorweddai Sioncyn y Gwair ar glustog o betalau blodau'r drain. Roedd arogl hyfryd o'i gwmpas ymhob man – arogl blodau'r drain. Pwy oedd yn mynd heibio ond y morgrugyn bach prysur â bwyd ar ei gefn. A dyma Sioncyn y Gwair yn gweiddi arno, "Tyrd i fyny ataf i i ganol blodau'r drain."

"Na'n wir," meddai'r morgrugyn bach prysur. "Mae'r gaeaf yn dod ac mae'n rhaid i mi gael digonedd o fwyd ar gyfer y morgrug i gyd. Pan fydd y gaeaf wedi dod fydd yna ddim bwyd i'r morgrug sy'n byw yn y nyth."

Roedd hi'n bnawn poeth yn yr haf.

Roedd Sioncyn y Gwair yn gorwedd wrth ymyl bonyn coeden oedd yn ei gysgodi rhag yr haul tanbaid.

Pwy ddaeth heibio ond y morgrugyn bach prysur a bwyd ar ei gefn.

"Tyrd i eistedd efo fi wrth fôn y goeden i ni gael sgwrs fach," meddai Sioncyn wrtho.

"Na'n wir, mae'n rhaid i mi chwilio am fwyd i'r morgrug.

Mae'r gaeaf yn dod a phan fydd y gaeaf wedi dod fydd yna ddim bwyd i'r morgrug sy'n byw yn y nyth."

Noson braf o hydref oedd hi. Roedd y lleuad newydd godi dros y mynydd. Eisteddai Sioncyn y gwair ar y dail oedd wedi syrthio oddi ar y goeden. Yng ngolau'r lleuad gwelai Sioncyn y morgrugyn prysur yn dal i gario bwyd i'r nyth.

Unwaith eto gofynnodd Sioncyn i'r morgrugyn, "Wyt ti am ddod i eistedd efo mi ar y dail crin i ti gael gweld y lleuad?"

"Na'n wir," meddai'r morgrugyn. "Mae'r gaeaf ar ein gwartha ni ac mae'n rhaid i mi gael digon o fwyd ar gyfer y morgrug eraill i gyd. Mi fyddai'n well i tithau chwilio am fwyd ar gyfer y gaeaf hefyd, Sioncyn. Bryd hynny fydd yna ddim bwyd i'w gael yn unman."

"Na, mae gen i ddigon o fwyd am rŵan beth bynnag. Mi

wna i boeni am y gaeaf pan ddaw o," meddai Sioncyn yn ddi-lol. Un noson pan oedd y gwynt yn chwythu drwy'r coed penderfynodd y morgrugyn fynd i chwilio am fwy o fwyd. Wrth iddo fynd heibio'r goeden dderw clywai sŵn. Arhosodd i wrando. Cerddodd yn ara tua'r boncyff. Roedd y gwynt yn dal i chwythu'n gryf. Yno'n eistedd yn oer a rhynllyd roedd Sioncyn.

"Rwyf bron â marw eisiau bwyd," meddai wrth y morgrugyn. "Oes gen ti ychydig o fwyd i mi?"

"Na," meddai'r morgrugyn. "Drwy'r gwanwyn, yr haf a'r hydref rydw i wedi bod wrthi'n galed yn chwilio am fwyd i'r morgrug eraill. Mae'n rhaid i mi gael digonedd o fwyd i bara dros y gaeaf."

Roedd Sioncyn yn drist iawn pan glywodd hyn.

"Mi fyddai'n well petait ti wedi gweithio dipyn mwy yn ystod y flwyddyn ac wedi meddwl am y gaeaf. Yna, byddai gennyt ti ddigon o fwyd i'w fwyta dros y gaeaf. Rwyt ti bob amser wedi bod yn meddwl y bydd digonedd o fwyd ar gael bob tymor o'r flwyddyn. Na, mae'n rhaid i ti ofalu am ddigon o fwyd dros y gaeaf."

Meddyliodd Sioncyn yn hir am yr hyn ddywedodd y morgrugyn.

Dysg ni, O Dduw, i baratoi ar gyfer yfory. Amen.

✦ Sut greadur oedd Sioncyn y Gwair?
✦ Sut fyddech chi'n disgrifio'r morgrugyn?

Y Coed Caredig
Caredigrwydd / Gofal / Tynerwch

Daeth yr hydref. Roedd y tywydd yn dechrau oeri. Rhuai'r gwynt. Pistyllai'r glaw. Roedd y coed fesul un yn colli eu dail. Penderfynodd rhai o'r adar eu bod am gychwyn ar eu taith i wledydd cynhesach. Daeth y gwenoliaid at ei gilydd. Buont yn trydar drwy gydol y daith. Fel roedd yr haul yn machlud yn y gorllewin codasant i gyd i'r awyr a chychwyn ar eu taith i Affrica. Ond roedd un wennol fach ar ôl. Gwennol fach wantan oedd hon. Hi oedd yr olaf i hedfan o'r nyth. Doedd hi ddim yn gallu hedfan fel y gweddill. Fuasai hi byth yn gallu gwneud y daith yn ôl i Affrica. Roedd Affrica mor bell a hithau mor wantan.

O ddiwrnod i ddiwrnod roedd hi'n mynd yn oerach ac yn oerach. Aeth at y goeden dderw i chwilio am gysgod.

"Dwyt ti ddim yn mynd i gael cysgodi yn fy nghanghennau i," meddai'r goeden wrth y wennol fach. "Fel y gweli, rydw i'n colli fy nail fesul un. I ffwrdd â ti!"

Hedfanodd y wennol fach at y goeden fedw.

"Beth wyt ti eisiau?" gofynnodd y goeden fedw'n sarrug.

"Dim ond cysgod yn ystod y tywydd oer," meddai'r wennol.

"I ffwrdd â ti, y munud yma," meddai'r goeden. "Cyn bo hir bydd fy nail i gyd wedi chwythu i ffwrdd. Dos i chwilio am gysgod i rywle arall."

Teimlai'r wennol fach yn ddigalon iawn erbyn hyn.

Doedd neb yn cynnig cysgod iddi yn ystod y tywydd oer.

Ymhen dim gwelodd goeden oedd yn tyfu'n uchel i'r awyr. Aeth ati am sgwrs.

"Chwilio am gysgod ydw i," meddai'r wennol wrth y goeden bin.

"Wel tyrd i mewn i'r pinnau yma. Does gen i ddim dail fel y coed eraill ond mae gen i binnau gwyrdd. Maen nhw'n drwchus a bydd digon o gysgod i ti yma."

Clywodd y goeden gelyn y sgwrs rhwng y goeden bin a'r wennol.

"Mae gen i ddigon o le i ti gysgodi. Er bod fy nail yn bigog eto i gyd maen nhw'n drwchus ac mae digon o le i ti gysgu'r nos yn eu canol."

Roedd yr eiddew yn gwrando'n astud ar y sgwrs.

"Mae gen innau ddigon o le i ti gysgodi," meddai'r goeden eiddew. "Ond mae gen i rywbeth ychwanegol i ti," meddai wrth y wennol fach. "Mae yna ddigon o bryfed yn byw yng nghanol y dail a phan fyddi di eisiau bwyd fe gei di wledda ar y pryfed."

Roedd y wennol fach yn hapus iawn. Er bod y dderwen, y fedwen a'r coed eraill wedi bod yn gas a sarrug efo'r wennol mi roedd yna rai oedd yn barod i'w helpu.

Daeth yr eira, y rhew a'r barrug ond roedd y wennol fach yn glyd a chynnes yng nghanol dail ei ffrindiau. Drwy'r gaeaf bu'r wennol fach yn cysgodi yng nghanol y dail. Pan ddaeth y gwanwyn roedd hi wedi cryfhau ac yn disgwyl am ei ffrindiau yn ôl o Affrica.

O Dduw, helpa fi i fod yn garedig wrth bawb, hyd yn oed y rhai dydw i ddim yn ffrindiau efo nhw. Amen.

+ Ydych chi'n credu fod y dderwen a'r fedwen wedi bod yn angharedig tuag at y wennol fach? Pam?
+ Pam fod y gwenoliaid yn mynd i Affrica ar ddiwedd yr haf?

Y Coed Caredig

Y Ci Defaid Barus

Cyfrwystra / Amynedd / Penderfyniad

Un noswaith pan oedd y lleuad yn llawn aeth y gwningen i lawr i lan yr afon i bysgota. Roedd hi'n noson braf a chynnes a'r sêr i gyd yn wincio yn yr awyr glir. Ac roedd y lleuad yn werth ei gweld ac yn berffaith grwn.

"Rwy'n siŵr y bydda i'n dal degau o bysgod heno," meddai'r gwningen wrthi'i hun. Eisteddai'n hollol lonydd gan wylio'r lleuad llawn yn mynd a dod ar wyneb y dŵr. Yn sydyn daeth sŵn o'r coed tu ôl iddi. Sŵn mawr, mawr.

"Pwy sy'n dod rŵan, tybed?" gofynnodd.

"Y fi sydd yma – dy hen ffrind, y ci defaid o fferm Tŷ'n y Mynydd," meddai'r ci dan lyfu ei weflau. "Ac mi ydw i'n mynd i dy fwyta di i swper heno."

Dechreuodd y gwningen grynu. Efallai ei fod yn iawn y tro hwn. Droeon roedd y ci defaid wedi ceisio dal y gwningen. Ond roedd yn benderfynol o'i dal y tro hwn.

Cafodd y gwningen syniad wrth edrych ar lun o'r lleuad yn y dŵr.

"Wel yn wir, rwyt ti wedi cyrraedd ar adeg anhwylus iawn. Roeddwn i ar fin codi'r darn caws yna o'r dŵr," a phwyntiodd y gwningen at lun y lleuad yn y dŵr.

Gwyddai yn iawn mai hoff fwyd y ci defaid oedd darn o gaws. Byddai'n cael darn o gaws gan ei feistr ar y fferm, yn enwedig pan fyddai wedi bod yn gi da.

"Tyrd â'r wialen bysgota i mi," meddai gan gythru am y wialen o bawen y gwningen fach grynedig. Ond pan dynnodd y wialen o'r dŵr doedd yna ddim byd ar ei blaen – dim ond y bachyn pysgota.

"Edrych beth rwyt ti wedi'i wneud," meddai'n sarrug wrth y gwningen fach. "Rydw i wedi colli'r darn caws. Mae o wedi mynd i waelod yr afon."

"Ond," meddai'r gwningen fechan, "mi wela i'r darn caws yng ngwaelod yr afon. Beth am i ti blymio i waelod yr afon ac mi fyddi di'n sicr o'i gael efo dy bawennau cryfion."

"Ardderchog," meddai'r ci defaid dros y lle, "a heno mi ga i gaws a chwningen i swper."

Dyma fo'n neidio i'r afon nes oedd y dŵr yn tasgu i bob cyfeiriad. Hwn oedd cyfle'r gwningen i ddianc. I ffwrdd â hi dros y caeau, i lawr y bryncyn, ar hyd y weirglodd ac i mewn i'w thwll ym môn y clawdd. Bellach roedd hi'n saff. Ond y ci defaid druan. Yr unig beth gafodd o oedd croen gwlyb. Chafodd o ddim caws na chwningen i swper y noson honno.

O Dduw, tybed ydw i weithiau'n blentyn barus? Amen.

✦ Ydych chi'n credu fod y gwningen fach yn gyfrwys?
✦ Sut fyddech chi'n disgrifio'r ci defaid?

Y Crwban Doeth
Helpu Eraill / Parchu Eraill

Amser maith yn ôl yn y jyngl roedd y llew yn byw efo'r anifeiliaid eraill. Ond un noson crynodd y ddaear; bu daeargryn mawr a daeth carreg fawr i lawr ac aros yng ngheg yr ogof lle roedd y llew'n cysgu dros nos. Pan ddaeth y carw heibio yn y bore clywodd rywun yn galw o'r ogof, "Help! Help! Help!"

Gwyddai mai llais cras y llew oedd y llais oedd yn galw. Ceisiodd wthio'r garreg fawr ond doedd dim yn tycio. Aeth i chwilio am rai o anifeiliaid eraill y jyngl i ddod i'w helpu. Bu'r eliffant, y teigr a'r llewpart wrthi am hydoedd yn helpu'r carw i wthio'r garreg fawr oddi ar geg yr ogof. Ar ôl bustachu am bron i ddwy awr dyma nhw'n llwyddo. A phan ddaeth y llew o'r ogof y peth cyntaf a wnaeth oedd neidio ar y carw gerfydd ei glustiau. Wnaeth o ddim dweud gair o ddiolch, dim ond dweud, "Mi rydw i eisiau bwyd yn ofnadwy."

"Dyma fi wedi dy helpu i ddod allan o'r ogof a'r peth cyntaf rwyt ti'n ei wneud ydi mynd ati i'm bwyta. Dydi hyn ddim yn deg," meddai wrth yr anifeiliaid eraill.

"Na," medden nhw efo'i gilydd, "Dydi hyn ddim yn deg."

"Beth am i mi ofyn i'r crwban doeth ddod i'n helpu. Rwy'n siŵr y bydd ganddo fo ateb," meddai'r carw.

Rhuthrodd y llewpart yn ôl i'r jyngl i chwilio am y crwban doeth. Ymhen hir a hwyr cyrhaeddodd hwnnw. "Beth ydi'r stori?" gofynnodd.

Wrth i'r crwban gerdded yn araf tuag at yr ogof sibrydodd y llew yn ei glust, "Mae'n well i ti fy helpu, neu mi fydda i'n bwyta cawl crwban heno."

"Dywedwch eich stori yn araf," meddai'r crwban.

Dechreuodd y carw ar ei stori.

"Roedd y garreg fawr acw ar geg yr ogof."

Meddai'r llew wedyn. "Ac mi roeddwn innau tu mewn i'r ogof a fedrwn i ddim dod allan."

"Ond roedd y garreg yn rhy drwm i mi ei gwthio felly fe

es i chwilio am help," meddai'r carw.

"Beth am i ni gael gweld yn union beth a ddigwyddodd?" meddai'r crwban.

Felly dyma'r carw a'i ffrindiau'n gwthio'r garreg fawr ar geg yr ogof. Ond cyn iddyn nhw wneud hyn roedd y crwban wedi gorfodi'r llew i fynd i mewn i'r ogof.

"A beth ddigwyddodd pan ddaeth y llew allan o'r ogof?" gofynnodd y crwban.

"Mi ruthrodd arna i a dweud ei fod am fy mwyta," meddai'r carw.

"Wel," meddai'r crwban yn ddwys, "beth am i ni adael pethau fel maen nhw. Mi wnawn ni adael y llew yn yr ogof a'r garreg fawr ar geg yr ogof."

Diolchodd y carw a'r holl anifeiliaid eraill i'r crwban.

A'r llew? Efallai ei fod ef yn dal yn yr ogof. Pwy a ŵyr?

Pan fydda i, O Dduw, yn cael help gan bobl eraill y peth cyntaf fydda i eisiau ei wneud fydd diolch. Amen.

✦ Pa eiriau fyddech chi'n eu defnyddio i ddisgrifio'r llew?
✦ Oeddech chi'n credu fod y crwban wedi bod yn ddoeth wedi'r cwbl?

Y Crwban Doeth

Meistr ar Meistr Cadno Coch
Helpu Eraill / Maddeuant

Ar ei ffordd i fyny'r bryn daeth y cadno coch ar draws twll y gwningen lwyd. Arhosodd tu ôl i'r gwrych i wylio. Ymhen awr neu ddwy daeth y gwningen allan o'r twll a rhedodd yn sydyn i lawr y bryn.

"Mae hi'n mynd i chwilio am fwyd," meddai'r cadno coch. "Dyma fy nghyfle i fynd i mewn i'r twll."

Aeth i geg y twll ac edrych i mewn. Yna, dyma fo'n rhoi ei bawen dde yn y twll, yna ei bawen chwith a dyma fo'n gwthio ei gorff ymlaen. Wedyn dyma fo'n gwthio ei bawennau ôl ymlaen a dyma fo'n llusgo'i ffordd i mewn i dwll y gwningen.

"Mi ydw i am aros yma nes daw'r gwningen lwyd yn ôl," meddai, gan ddechrau hepian cysgu.

Ymhen hir a hwyr pwy ddaeth yn ei hôl ling-di-long i fyny'r bryn ond y gwningen fach lwyd. Pan ddaeth yn nes at ei chartref gwelai rywbeth yn symud o'r naill ochr i'r llall. "Mae gen i bobl ddiarth," meddai wrthi'i hun.

Galwodd, "O dwll bach clyd. O dwll bach clyd, wyt ti'n hapus, dwll bach clyd?"

Clywodd y cadno coch gân y gwningen lwyd.

Dechreuodd anesmwytho. Doedd y cadno coch ddim yn gwybod lle roedd ei gynffon.

"Mae'n amlwg fod y gwningen yn siarad efo'i chartref," meddai wrtho'i hun. "Mi wna i aros yn ddistaw bach."

Yna, dyma'r gwningen fechan yn dechrau canu unwaith eto, "O, dwll bach clyd. O, dwll bach clyd. Wyt ti'n hapus, dwll bach clyd?"

"O diar," meddai'r cadno. "Beth petai'r gwningen yn gwybod fy mod i'n swatio yn ei chartref?"

Felly pan ddechreuodd y gwningen ganu am y trydydd tro, dyma'r cadno yn ei hateb, "Yn wir, gwningen fechan, mi rydw i'n hapus iawn," meddai mewn llais main, gwichlyd.

"Yr hen gadno gwirion," meddai'r gwningen. "Dydi twll

cwningen ddim yn ateb yn ôl a does ganddo ddim cynffon goch chwaith. Dyma fi wedi dy ddal y tro hwn."

"O na," meddai'r cadno, gan geisio gwthio ei ffordd allan. Ond roedd yn sownd, yn berffaith sownd.

"Aros," meddai'r gwningen, "tra bydda i'n mynd i chwilio am help." Rhedodd i lawr y bryncyn i chwilio am y wiwer goch.

Rhedodd y ddwy yn ôl a dyna lle bu'r wiwer goch yn llusgo'r cadno coch gerfydd ei gynffon. Pan ddaeth y cadno coch yn rhydd, diolchodd i'r gwningen.

"Cofia di, yr hen gadno coch, paid ti byth â dod yn agos i'm cartref i eto. Cofia di."

Rhedodd y cadno coch i lawr y bryn tuag at ei ffau.

O Dduw, pan fydd rhywun wedi gwneud drwg i mi, ga i fod y cyntaf i'w helpu? Amen.

✢ Pam oedd y cadno eisiau mynd i mewn i dwll y gwningen?

✢ Ydych chi'n credu fod y gwningen yn greadur caredig?

Y Broga Balch

Gostyngeiddrwydd / Goddefgarwch

Wrth ymyl y llyn yng ngwaelod y cae roedd Broga'n byw. Yno byddai'n crawcian ac yn galw ar ei ffrindiau yn y llyn. Roedd ei ffrindiau yn y llyn yn galw'n ôl ar Broga. Ond doedd pawb oedd yn byw yn y llyn ddim yn hoff iawn o Broga. Felly aeth i fyw at yr anifeiliaid oedd yn byw ar y fferm. Bob dydd a nos byddai Broga wrth ei fodd yn canmol ei hun. Bob dydd byddai'n dweud yr un peth wrth y gath goch, y ci defaid a'r mochyn tew, a bob nos byddai'n dweud yr un peth wrthyn nhw.

"Mi fedra i neidio yn uwch o lawer nag y medri di," meddai wrth y mochyn tew.

"Efallai'n wir," meddai'r mochyn tew wrtho, "ond does dim rhaid i ti fy atgoffa o hynny bob dydd a nos."

"Mi fedra i ladd mwy o bryfed nag y medri di," meddai wrth y ci defaid.

"Efallai'n wir," meddai'r ci defaid, "ond does dim rhaid i ti ddangos dy hun fel hyn bob dydd a nos."

"Mi fedra i nofio yn well o lawer na ti," meddai'r broga wrth y gath goch.

"Rwy'n gwybod y medri di," meddai'r gath goch, "ond mae'n well i ti beidio canmol dy hun fel hyn, neu mi fyddi'n siŵr o fynd i drwbwl ryw ddydd."

Arhosodd Broga am funud i feddwl. Beth oedd y gath goch yn ei feddwl tybed?

"Wfft iddyn nhw i gyd – y mochyn tew, y ci defaid a'r gath goch," a ffwrdd â fo i'r caeau. Pwy oedd yn gorwedd yn ymyl y clawdd ond y fuwch ddu. Yno roedd hi'n cnoi ei chil yn braf. Roedd wedi bod yn cnoi ei chil drwy'r bore. Cododd y fuwch ar ei thraed pan welodd Broga yn neidio tuag ati.

Doedd Broga ddim yn gwybod llawer am wartheg. Doedd o ddim yn gwybod a oedd gwartheg yn neidio'n uchel. Doedd o ddim yn gwybod a oedd gwartheg yn bwyta pryfed. Doedd o ddim yn gwybod a oedd y gwartheg yn gallu nofio hyd yn oed.

Felly meddyliodd yn galed. Ac meddai wrth y fuwch, "Mi fedra i fy ngwneud fy hun yn fwy na thi."

"Efallai'n wir," meddai'r fuwch gan ddal ati i gnoi ei chil, "ond mae'n rhaid i mi gael gweld hynny'n digwydd o flaen fy llygaid."

Dechreuodd chwythu aer i mewn i'w gorff. Safodd ar flaenau ei draed.

"Ond dwyt ti ddim digon mawr," meddai'r fuwch wrtho.

Cymerodd Broga fwy o aer i mewn i'w gorff. Roedd wedi chwyddo dipyn mwy erbyn hyn. Safodd unwaith eto ar flaenau'i draed.

"Ond dwyt ti ddim digon mawr," meddai'r fuwch gan edrych i lawr ar y broga.

Roedd yntau'n benderfynol o lwyddo. Un felly oedd y Broga. Chwythodd fwy o aer i mewn i'w gorff. Roedd yn dew, dew erbyn hyn.

"Na, dwyt ti ddim yn ddigon mawr eto fyth," meddai'r fuwch wrtho.

Dyma un chwythiad arall i mewn i gorff Broga. Roedd o'n benderfynol o wneud ei hun yn fawr, fawr.

Byrstiodd nes roedd yn ddarnau mân dros bob man. Edrychodd y fuwch yn dosturiol.

"Wel dyna biti," meddai wrthi'i hun. Gorweddodd unwaith eto a dechreuodd gnoi ei chil gan feddwl am y broga balch.

Paid â gadael i mi, O Dduw, fynd yn rhy fawr i'm sgidiau. Amen.

✦ Sut greadur oedd y broga balch?
✦ Beth ddigwyddodd yn y diwedd?
✦ Sut oedd y fuwch yn teimlo, dybiech chi?

Y Broga Balch

Y Pry Copyn Swil
Ymddiriedaeth / Gostyngeiddrwydd

Y Pry Copyn Swil

Yng nghornel yr ystafell fyw roedd Pwtyn Pry Copyn yn byw. Bob dydd byddai gwraig y tŷ yn glanhau pob twll a chornel yn y tŷ. Bob nos byddai Pwtyn yn nyddu gwe newydd. Doedd Pwtyn ddim yn sicr pam roedd yn nyddu gwe. Doedd Pwtyn byth yn dal pryfed yn ei we. Doedd o ddim yn gwybod beth oedd pryfed. Doedd o erioed wedi gweld pry bach. Byddai Pwtyn yn byw ar friwsion roedd y plant yn eu gadael ar y cadeiriau. Ar ôl i'r plant fynd i'w gwlâu byddai Pwtyn yn dod i lawr o'i barlwr yng nghornel yr ystafell fyw.

Un bore braf, poeth, gwelodd Pwtyn greadur rhyfedd iawn. Roedd yn ddu, â chanddo chwe choes a phâr o adenydd. Ar ei ben roedd dau bigyn main a dau lygaid mawr, mawr. Beth ar wyneb y ddaear oedd y creadur rhyfedd yma? Roedd o'n sownd yn ei we. Roedd y we yn gwneud sŵn mawr, mawr.

Daeth Pwtyn allan o'i barlwr yng nghornel yr ystafell fyw.

Cerddodd ar draws y we at y creadur oedd yn gwneud y sŵn rhyfedd yma. Dychrynodd Pwtyn am ei fywyd. Diolch bod y we yn ludiog neu buasai wedi syrthio i ffwrdd. Doedd Pwtyn ddim am fynd yn rhy agos at y creadur.

"Wnei di ddim niwed i mi? Pry Copyn bach diniwed ydw i. Paid â gwneud y sŵn byddarol yna – mae'n codi braw arna i. Beth wyt ti? Dydw i erioed wedi gweld creadur tebyg i ti o'r blaen," meddai Pwtyn.

Doedd y pry bach erioed wedi clywed geiriau tebyg gan bry copyn. "Pry bach ydw i. Ti ydy'r pry copyn rhyfeddaf rydw i wedi'i weld yn fy mywyd," meddai.

"Pam felly?" gofynnodd Pwtyn eto.

"Pry bach ydw i, a phry copyn wyt ti," esboniodd y pry bach.

"Ie?" meddai Pwtyn.

"Wel, mae pryfed cop yn bwyta pryfed bach fel fi. Ond does arna i ddim ofn o gwbl," meddai'r pry bach. "Wnei di geisio fy helpu i ddod o'r we ludiog yma?"

Dechreuodd Pwtyn ysgwyd ei goesau. Pob un ohonyn nhw. Cofiwch, roedd ganddo wyth o goesau i gyd.

"Mae'n siŵr fod arna i dy ofn di am nad oeddwn wedi gweld pry bach yn fy mywyd o'r blaen. Dydw i ddim yn meddwl ei bod hi'n beth drwg i ofni rhywbeth weithiau, yn enwedig pethau nad ydych wedi eu gweld erioed o'r blaen. Ond o hyn ymlaen fydd arna i fyth ofn pry bach eto."

Edrychodd Pwtyn ar y pry bach ac yn sydyn dyma fo'n ei fwyta.

O Dduw, ein Tad, dysg ni i ymddiried ynot ti pan fydd arnon ni ofn. Amen.

✦ Fydd arnoch chi ofn pethau nad ydych wedi eu gweld o'r blaen?

✦ Ydych chi'n cofio eich diwrnod cyntaf yn yr ysgol? Oedd arnoch chi ofn y diwrnod hwnnw?

✦ Ydych chi'n credu fod y stori hon yn gorffen yn hapus? Pam?

Y Pry Copyn Swil

Croeso'n ôl i Smotyn
Gofal

Ci bychan gwyn efo un smotyn du ar ei gefn oedd Smotyn. Dyna pam roedd ei berchnogion wedi'i alw'n Smotyn. Ci annwyl iawn oedd Smotyn. Byddai wrth ei fodd yn cael mynd am dro.

Dyna lle byddai'n arogli ymhob twll a chornel. Ar ôl gorffen ogleuo byddai'n codi'i goes ar bob bonyn coeden yn yr ardal. Un diwrnod pan oedd yn rhedeg yn y parc gwelodd gwningen fawr lwyd. Rhuthrodd ar ei hôl. Gwaeddodd ei berchennog arno, "Smotyn! Smotyn!" Ond doedd dim yn tycio.

Dim ond un peth oedd ar feddwl Smotyn. Y gwningen fawr lwyd! Bu'n rhaid i'w berchennog ddod adref hebddo. "Mae'n siŵr o wybod ei ffordd adref," meddai wrtho'i hun.

Gadawodd y drws yn agored. Ond erbyn y bore doedd Smotyn ddim yno. Dechreuodd y plant grio. "I ble mae Smotyn wedi mynd? Efallai bod rhywun wedi'i ddwyn!"

Ffoniodd ei berchennog yr heddlu gan roi disgrifiad manwl o'r ci. Rhoddwyd hysbyseb yn y papur lleol. Ond doedd dim golwg o Smotyn yn unman. Doedd neb wedi'i weld. Pan fyddai Ifan yn dod adref o'r ysgol yr un oedd y cwestiwn, "Ydi Smotyn wedi dod yn ôl?" Yr un oedd cwestiwn Catrin, "Ydi fy nghi bach i wedi dod yn ôl?"

"Ci bach pwy?" gofynnodd ei thad. "Fy nghi bach i, wir! Fi oedd yn gofalu am Smotyn. Fi oedd yn ei fwydo, fi oedd yn mynd â fo am dro bob gyda'r nos a fi oedd yn gorfod rhoi bath iddo bob hyn a hyn."

"Wel, mi roeddwn i'n mynd â fo am dro weithiau," meddai Catrin.

"Weithiau, wir! Unwaith y flwyddyn, dyna i gyd," meddai ei thad. "Ond gwrandewch, mi ydw i'n fodlon cael ci bach newydd i chi."

Edrychodd Ifan a Catrin ar ei gilydd. "Ond, ac mae yna 'ond' mawr. Chi fydd yn gorfod ei fwydo, bob dydd. Chi fydd yn gorfod mynd â fo am dro, bob dydd. Chi fydd yn gorfod ei

hyfforddi. Chi fydd yn gorfod rhoi bath iddo. Ydych chi'n deall?"
"Ydyn, ydyn," meddai'r ddau blentyn efo'i gilydd.

Roedd bron i bythefnos wedi mynd ers i Smotyn ddiflannu. Roedd Catrin ac Ifan yn dal i hiraethu amdano. Ond roedd y syniad o gael ci bach newydd yn codi eu calon.

"Pa bryd ydyn ni am gael ci newydd, Dad?" holodd Catrin.

"Mi awn i chwilio am un ddydd Sadwrn nesaf," atebodd y tad.

"Tri diwrnod i fynd!" gwaeddodd Ifan.

Y noson honno, tua chwech o'r gloch, pwy gerddodd i'r tŷ yn edrych yn ddigalon ond Smotyn. Wel, dyna groeso gafodd o. Ond roedd o'n edrych yn fudr ac yn denau.

Y noson honno cafodd fath, a llond dysgl o'i hoff fwyd, ac ar ôl hynny bu Ifan a Catrin yn gofalu amdano.

O Dduw, helpa ni i gofio fod pob anifail anwes yn greadur byw. Amen.

+ Ydyn ni'n caru ein hanifeiliaid anwes gymaint ag y maen nhw yn ein caru ni?

+ Oes gennych chi anifail anwes? Ydych chi'n gofalu amdano? Dywedwch dipyn o hanes eich anifail anwes.

Wy Mawr, Mawr

Rhannu / Gofal

"Rwy'n siŵr bod yr wy yna'n fwy na'r pedwar arall," meddai Siani Lwyd pan gyrhaeddodd y nyth ar ôl bod yn gwledda. "Ydi'n wir, ac mae ei liw dipyn bach yn wahanol i'r lleill," meddai wedyn gan eistedd yn glyd ar ei nyth.

Am ddyddiau bu'n eistedd ar yr wyau yn meddwl am yr wy mawr, mawr. Wnaeth hi ddim dweud gair o'i phen wrth ei gŵr. Weithiau byddai ef yn eistedd ar yr wyau ond mae'n amlwg nad oedd ef wedi sylwi ar yr wy mawr, mawr.

Un bore, clywodd Mrs Siani Lwyd sŵn bach, bach yn dod o'r wyau. Roedden nhw'n deor. Erbyn y pnawn roedd pump o gywion bychain wedi deor. Pump o gywion bychain noeth. Ond roedd un cyw bach yn fwy na'r lleill. Beth oedd wedi digwydd tybed?

Bu Mr a Mrs Siani Lwyd wrthi'n brysur yn chwilio am fwyd i'r cywion. O fore gwyn tan nos dyna oedd gwaith y ddau – cario a chario a chario. Ond roedd y cyw mawr, mawr eisiau mwy o fwyd na'r lleill.

Un bore sylwodd Mrs Siani Lwyd mai dim ond dau gyw a'r cyw mawr oedd yn y nyth. I ble roedd y ddau arall wedi mynd? Edrychodd dros ymyl y nyth. Dyna lle roedden nhw'n gorwedd yn farw ar y llawr. Doedd dim amser i fod yn drist.

Rhaid oedd cario bwyd. Erbyn bore trannoeth, roedd dau gyw arall yn farw ar y llawr. Dim ond y cyw mawr, mawr oedd yn y nyth. Erbyn hyn roedd yn llenwi'r nyth. Roedd yn tyfu'n fwy na'r rhieni. Roedden nhw'n gorfod sefyll ar ben y cyw i roi bwyd yn ei geg. A sôn am fwyd! Drwy'r dydd, bob dydd dyna oedd gwaith y rhieni. Bwydo a bwydo a bwydo. Agorai'r cyw ei geg fawr goch i dderbyn y lindys tewion. Bob hyn a hyn gwnâi sŵn rhyfedd. Sŵn eisiau bwyd oedd hwn. Ac felly y bu am bron i dair wythnos – bwydo a bwydo a bwydo.

Erbyn hyn roedd y cyw bach yn fwy na'r nyth. Cododd a safodd ar ymyl y nyth. Roedd o braidd yn simsan. Yno buo fo am rai oriau a'r rhieni'n dal i gario bwyd iddo. Sefyll ar ei ben a gollwng y lindys i mewn i'w geg goch anferth. Tua chanol y pnawn cododd y cyw ar ei adain a hedfan yn ddigon simsan i'r gangen islaw. Yno bu'n edrych o'i gwmpas a'r rhieni'n dal i'w fwydo.

"Wyddost ti," meddai Mrs Siani Lwyd, "rydym ni wedi magu cyw mawr, mawr. Rydw i'n falch iawn o hynny. Ond mae o mor wahanol i ni."

"Rwyt ti'n iawn," meddai Mr Siani Lwyd. "Sgwn i wnaeth aderyn arall ddodwy yn ein nyth ni?"

"Rhyfedd i ti ddweud hynny," meddai Mrs Siani Lwyd.

"Rwy'n cofio sawl bore pan oeddwn i'n dodwy wyau fod aderyn rhyfedd iawn ar gangen y goeden dderw. Aderyn mawr llwyd-las oedd o. Weithiau byddai un tebyg yn dod ato ac yn gwneud sŵn tebyg iawn i "Cw-cw. Cw-cw". Wyt ti'n meddwl mai'r aderyn yna wnaeth ddodwy wy yn ein nyth ni?"

Meddyliodd Mr Siani Lwyd am funud. "Efallai dy fod yn iawn. Mae'n rhaid i ni wylio y flwyddyn nesaf."

"Un peth," meddai Mrs Siani Lwyd, "mi gawn ni orffwys rŵan tan y flwyddyn nesaf."

O Dduw, wnei di'n helpu ni i rannu efo pawb. Amen.

✦ O ble daeth yr wy tybed? Sut greadur ydi'r gog?
✦ Pa eiriau fuasech chi'n eu defnyddio i'w disgrifio?

Rhosyn y Nadolig

Meddwl am Eraill / Gweld Cyfle / Dysgu rhoi

Drwy'r dydd roedd pobl wedi bod yn mynd a dod ar y stryd yn ninas Bethlehem. Doedd Josil ddim wedi gweld y fath bobl erioed. Roedden nhw'n mynd a dod o'r llety ym mhen pella'r stryd. Roedd bugeiliaid o'r bryniau uwchlaw wedi bod yn y llety.

Roedd brenhinoedd mewn dillad drudfawr wedi cerdded ar hyd y stryd. Roedd hi ei hun wedi mynd yn ddistaw i'r llety i weld y baban Iesu. Trwy'r twll yn y coed wrth ymyl y preseb edrychodd ar y baban bach yn gorwedd yn y gwellt. Roedd pob un yn dod i mewn i'r llety yn cario anrheg ac yn ei rhoi wrth ymyl y baban.

"Mi faswn i wrth fy modd yn medru rhoi anrheg i'r baban Iesu," meddai, "ond does gen i ddim arian i brynu anrheg."

Teulu tlawd iawn oedd teulu Josil. Doedd gan ei rhieni ddim llawer o arian i gael bwyd i'r teulu.

Cafodd Josil syniad da! Tu allan i furiau Bethlehem, ar y bryniau, roedd blodau'n tyfu. Blodau lliwgar o bob math. Beth am fynd â thusw o flodau lliwgar i'r baban Iesu, meddyliodd.

Rhedodd nerth ei thraed i'r wlad o gwmpas. Chwiliodd am flodau lliwgar ymhob man. Ond roedd hi'n aeaf a doedd dim blodyn yn unman. Cerddodd ar hyd y bryniau i chwilio pob twll a chornel ond doedd dim blodyn i'w weld o gwbl. Yn ara deg, cerddodd Josil yn araf tua'i chartref. Roedd hi'n drist iawn, iawn. Roedd hi wedi meddwl rhoi tusw o flodau i'r baban Iesu, ond doedd yna ddim blodyn yn tyfu yn y gaeaf. Erbyn hyn 'roedd y dagrau'n rhedeg i lawr ei gruddiau.

Pan gyrhaeddodd Bethlehem roedd hi'n dechrau nosi. Wrth iddi gerdded ar hyd y stryd i gyfeiriad y llety gwelodd oleuni gwan yn dod o lantern oedd yn hongian yn y stabl.

"Mi wna i daro i mewn i weld y baban Iesu cyn mynd adref," meddai wrthi'i hun.

Roedd y drws cefn yn gilagored. Camodd i mewn yn ddistaw. Doedd dim siw na miw yn unman. Roedd y baban bach yn cysgu'n sownd. Edrychodd o'i chwmpas. Roedd ei rieni yn cysgu hefyd. Trodd i fynd tua'r drws ond er mawr syndod iddi beth oedd yn tyfu y tu allan yn ymyl y drws ond blodau!   Roedd hi'n sicr nad oedd hi wedi gweld y blodau'n tyfu pan aeth i mewn i'r stabl. Ond efallai ei bod yn rhy dywyll fel nad oedd hi wedi gweld y blodau yn ymyl y drws. Plygodd i lawr, yng ngoleuni'r lantern, i edrych yn ofalus ar y blodau. Ond doedd hi erioed wedi gweld y math yma o flodau yn tyfu ym Methlehem o'r blaen. Bob gwanwyn a haf byddai Josil yn crwydro'r bryniau i chwilio am flodau gwyllt. Fe fyddai'n siŵr o ddod â thusw i'w mam bob tro. Ond doedd hi erioed wedi gweld y math yma o flodau. Efallai eu bod nhw wedi cael eu plannu yn arbennig ar ei chyfer hi!

Aeth ar ei chwrcwd a dechreuodd dorri'r blodau fesul un.

Roedd ganddi gryn ddwsin o flodau hardd yn ei llaw. Ni feddyliodd am ei mam y tro hwn. Dim ond y baban Iesu oedd ar ei meddwl. Aeth yn ddistaw ar flaenau'i thraed yn ôl i'r stabl a gosododd y tusw yn ddistaw wrth ymyl y baban bach. Aeth allan yn gyflym rhag ofn i neb ei gweld. Roedd hi wedi darganfod blodau oedd yn sicr o blesio'r teulu i gyd. Roedd hi mor hapus. Cerddodd adref yn llawen. Ddywedodd hi 'run gair wrth ei rhieni. Aeth i'w gwely'n dawel a chysgodd yn sownd drwy'r nos.

O Dduw, wnei di fy nysgu i roi rhoddion i bobl eraill? Amen.

✦ Sut ferch oedd Josil?
✦ Pa mor bwysig ydi dysgu rhoi?

Rhosyn y Nadolig

Eira

Parchu Syniadau Eraill / Goddefgarwch

Pan ddeffrôdd Catrin ac Elin un bore Sadwrn roedd pobman yn ddistaw fel y bedd. Cododd Catrin ac edrych drwy'r llenni. Er mawr syndod iddi roedd y byd i gyd yn wyn.

"Elin, côd y munud yma. Edrych, mae hi wedi bod yn bwrw eira drwy'r nos, ac mae hi'n dal i fwrw eira ac mae pob man yn glaerwyn."

Cyn pen dim roedd y ddwy yn llygadrythu ar yr eira gwyn. Doedd dim amdani ond bwyta brecwast sydyn er mwyn cael mynd i chwarae yn yr eira. Dydi eira ddim yn beth mor gyffredin â hynny y dyddiau yma. Byddai taid y ddwy chwaer wrth ei fodd yn dweud hanesion amdano'n fachgen bach yn chwarae yn yr eira a hwnnw, medda fo, "at dop y cloddiau".

Diolch ei bod hi'n ddydd Sadwrn. Dim ysgol, felly cyfle i chwarae yn yr eira drwy'r dydd. Cyn iddyn nhw orffen eu brecwast roedd eu ffrindiau yno'n chwilio amdanyn nhw. I ffwrdd â nhw i fwynhau eu hunain. Cyn amser cinio roedd dyn eira mawr yn sefyll yng nghanol yr ardd a moron oren yn drwyn iddo. Wedyn, cyfle i daflu peli eira ato. Y gamp oedd ceisio taro'r foronen. Tipyn o gamp! Wnaeth neb lwyddo. Erbyn canol y pnawn roedd hi'n dechrau oeri a phawb wedi blino. Ac i ffwrdd â nhw adref i gynhesu a sychu.

"Ydach chi'n hoffi'r eira?" gofynnodd Elin i'w mam.

"Mi oeddwn i'n ei hoffi pan oeddwn i'n ferch fach ond dydw i ddim mor hoff ohono erbyn hyn. Mae o'n dipyn o garchar."

"Carchar?" meddai Catrin, wedi synnu. "Be ydach chi'n feddwl 'carchar'?"

"Wel, mae'r eira'n rhwystro pobl rhag mynd o le i le. Dydi'r ceir a'r bysiau ddim yn rhedeg pan fydd eira ar y ffyrdd. Ac mae o'n beryglus iawn. Dyna pam ydw i'n defnyddio'r gair 'carchar'.

Aeth eu mam yn ei blaen. "Ond cofiwch mae o'n

brydferth – yn enwedig ar y coed, a'r cloddiau. A phetaech chi'n edrych ar bob pluen eira o dan feicrosgob fe welech fod pob un yn berffaith a phob un efo patrwm arbennig."

"Erbyn yfory mae'n bur debyg na fydd yr eira'n brydferth ac yn wyn. Bydd ceir wedi bod drwyddo ac wedi ei wneud yn fudr," meddai Catrin.

"A beth am hen bobl?" gofynnodd Elin. "Mae'n siŵr bod yr eira'n gallu bod yn garchar iddyn nhw."

"Ydi'n siŵr," meddai'i mam. "I rai mae'r eira'n bleserus a phrydferth ond i eraill mae'n garchar ac yn gaethiwed."

O Dduw, pan fydda i'n mwynhau fy hun, helpa fi i feddwl am bobl eraill hefyd. Amen.

✦ Pa bethau fyddwch chi'n hoffi eu gwneud yn yr eira?
✦ Pam oedd mam y genethod yn defnyddio'r gair 'carchar', tybed?

Paratoi ar gyfer y Gaeaf
Paratoi / Bod yn ddarbodus

Cyn dod i'r ysgol y bore yma rwy'n siŵr eich bod wedi cael brecwast. Byddwch yn cael cinio yn yr ysgol a the a swper ar ôl mynd adref. Beth petai rhywun yn dweud wrthych na fyddwch yn cael bwyd am wythnosau? Beth fuasech yn ei wneud? Rwy'n siŵr y buasech yn mynd i chwilio am ddigon o fwyd a'i gadw rhag ofn i chi lwgu.

Mae yna rai anifeiliaid sy'n casglu bwyd yn yr hydref, a'i storio ar gyfer y gaeaf. Mae gwiwerod coch yn casglu ar gyfer y gaeaf. Does neb yn dweud wrthyn nhw am wneud hyn. Maen nhw'n gwybod beth i'w wneud.

Yn ystod y dydd bydd y wiwer goch yn casglu mes oddi ar y coed ac yn eu cuddio yn y ddaear. Bydd y mes ar gael pan na fydd yna fwyd i'w gael. Yn ystod tymor y gaeaf bydd y wiwer goch yn gorffwyso. Fydd hi ddim yn mynd i gysgu dros y gaeaf fel y crwban a'r pathew. Pan fydd hi'n ddiwrnod braf yng nghanol y gaeaf bydd y wiwer goch yn codi ac yn mynd i chwilio am fwyd. Hwn fydd y bwyd y bydd hi wedi'i guddio yn ystod tymor yr hydref. Bydd hi'n gwybod yn iawn ymhle y bydd hi wedi cuddio'i bwyd.

Creaduriaid eraill sy'n paratoi ar gyfer y gaeaf yw'r adar. Mae rhai adar yn byw ar bryfed. Ond yn y gaeaf bydd y pryfed yn marw. Mae hi'n rhy oer iddyn nhw hedfan o gwmpas. Felly, beth mae'r adar sy'n bwyta pryfed yn ei wneud dros y gaeaf?

Bydd llaweroedd ohonyn nhw'n hedfan i wledydd cynnes. Bydd digon o bryfed ar gael yn y gwledydd hynny. Ddechrau tymor yr hydref bydd y gwenoliaid, sy'n byw ar bryfed, yn casglu at ei gilydd. Yna, un diwrnod, byddan nhw'n hedfan gyda'i gilydd ar draws y moroedd i Affrica. Yn ystod y gwanwyn dilynol byddan nhw'n dychwelyd. Erbyn hynny bydd y tywydd wedi cynhesu yn ein gwlad ni a bydd digon o bryfed o gwmpas. Bydd rhai pryfed hefyd yn storio bwyd ar gyfer y gaeaf. Yn ystod tywydd cynnes yr haf bydd y gwenyn yn casglu neithdar o'r blodau. Bydd y gwenyn eraill yn bwyta'r neithdar ond bydd cyfran ohono'n cael ei storio tan y gaeaf. Pan fydd y tywydd yn oer a gwlyb bydd y gwenyn yn y cwch yn bwyta'r neithdar. Ni fydd angen mynd allan i chwilio am fwyd bryd hynny.

Yn yr hydref mae llawer o greaduriaid yn gweithio'n galed i baratoi ar gyfer tywydd oer y gaeaf.

Helpa fi, O Dduw, i fod yn berson sy'n meddwl ac yn paratoi ar gyfer y dyddiau sydd i ddod. Amen.

✦ Fedrwch chi enwi rhai o'r anifeiliaid sy'n mynd i gysgu dros y gaeaf?
✦ Fedrwch chi enwi rhai o'r adar sy'n mudo i wledydd eraill? Oes yna adar sy'n dod aton ni yn y gaeaf?

Paratoi ar gyfer y Gaeaf

Y Dryw Bach Dewr

Dewrder / Rhannu

Amser maith yn ôl roedd hi wedi bod yn aeaf oer iawn. Am fisoedd roedd eira trwm wedi gorchuddio'r caeau i gyd. Yn ystod y nos byddai'r tymheredd yn disgyn yn isel iawn. Doedd yna ddim bwyd yn unman i'r adar a'r anifeiliaid.

Un diwrnod daeth yr adar at ei gilydd. Roedden nhw bron â llwgu eisiau bwyd. Doedd yna ddim aeron ar y coed yn unman. Felly, fe fuon nhw'n trafod beth i'w wneud. Y cyntaf i siarad oedd y dryw bach. "Mae'n rhaid i ni gael gwres o rywle. Mae'r haul wedi diflannu ers wythnosau. Pwy fyddai'n fodlon mynd i chwilio am yr haul er mwyn i ni gael gwres ar y ddaear?" Roedd pob un o'r adar yn cyd-weld â'r dryw bach ond pwy oedd yn ddigon dewr i fynd i chwilio am yr haul? Ddywedodd yr un o'r adar eraill air. Yn sydyn dyma'r dryw bach yn dweud:

"Rydw i'n barod i fynd i chwilio am yr haul."

"Ond," meddai un o'r adar eraill, "bydd yr haul yn boeth a bydd yn dy losgi'n golsyn."

"Efallai'n wir," meddai'r dryw, "ond mi rydw i am fentro mynd i chwilio am yr haul er mwyn i mi gael dod â gwres yn ôl i'r ddaear."

Roedd yr adar i gyd wrth eu bodd bod y dryw bach am fynd i chwilio am yr haul. Dechreuodd hedfan, dros y coed a'r adeiladau, dros y mynyddoedd, yn uwch ac yn uwch. O'r diwedd roedd wedi diflannu tu hwnt i'r cymylau. Doedd yna ddim golwg ohono'n unman.

"Welwn ni byth mohono eto," meddai'r dylluan gan gau un llygad.

"O na, gobeithio nad ydi hynny'n wir!" meddai'r sigl-di-gwt dan gerdded yn fân ac yn fuan a chodi ei gynffon i fyny ac i lawr.

Aeth y gaeaf heibio a'r adar i gyd yn dal yn llwglyd iawn.

Un bore, roedd sŵn mawr yn y goedwig. Roedd yr adar i gyd yn canu a thrydar. Roedd y dryw wedi dychwelyd â thorch o dân yn ei grafangau. Daeth yr adar i gyd o'i gwmpas i gynhesu. Ond am y dryw bach druan, roedd pob pluen ar ei gorff wedi llosgi'n llwyr. Yr unig blu oedd ganddo oedd y plu ar ei adenydd. Roedd yr haul poeth wedi llosgi ei blu i gyd!

"Mi rwyt ti'n aderyn dewr iawn," meddai'r adar i gyd. "Beth gawn ni ei wneud i ddiolch i ti am yr hyn rwyt ti wedi'i wneud i ni?"

Torsythodd robin a'i fron goch ac meddai wrth yr adar eraill, "Beth am i bob un ohonon ni roi pluen i'r dryw bach?"

Ymhen dim roedd pob aderyn yn y goedwig wedi rhoi pluen i'r dryw. Pob aderyn ond un, sef y dylluan.

"Mi rydw i'n rhy oer i roi pluen i'r dryw," meddai'r dylluan. "Rhy-y-y oer!"

Aderyn felly ydi'r dylluan – aderyn sydd braidd yn hunanol. A thrwy gydol y flwyddyn mae'r dylluan yn gwisgo gwisg o blu trwchus ac yn hwtian ymhob tymor o'r flwyddyn.

O Dduw, weithiau rydw i'n gwrthod rhannu dim efo'm ffrindiau. Wnei di ddysgu i mi sut i rannu? Amen.

✦ Sut aderyn oedd y dryw bach?
✦ Ydych chi'n credu bod robin wedi cael syniad da?
✦ Sut fuasech chi'n disgrifio'r dylluan?

Y Dryw Bach Dewr

Y Broga Oedd yn Gallu Canu

Caredigrwydd / Helpu Eraill / Rhannu

Bob bore byddai'r ffermwr a'i feibion yn mynd am dro i'r caeau i weld sut roedd y gwenith yn tyfu. "Mi fydd o'n barod i'w gynaeafu'n fuan iawn," meddai'r ffermwr wrth ei feibion un bore.

Bore drannoeth aeth y ffermwr a'i feibion i'r caeau yn ôl eu harfer. Pan aethon nhw i waelod un o'r caeau gwelodd y ffermwr fod rhywbeth neu rywun wedi bod yn bwyta tywysennau'r gwenith. Trodd y ffermwr yn gas at ei feibion,

"Pwy sydd wedi bod yma yn ystod y nos?"

Bu'r tri mab yn chwilio'n ddyfal i fyny ac i lawr y caeau am olion. Ond doedd dim i'w weld yn unman.

"Heno," meddai'r ffermwr yn gas, "mi fydd rhaid i ti, fy mab hynaf, wylio a dal y lleidr."

Y noson honno aeth y mab hynaf i'r caeau i wylio. Aeth â phecyn bwyd gydag ef. Ar ei ffordd gwelodd froga mawr tew wrth ymyl y ffynnon yn canu nerth ei ben. "Bydd ddistaw. Mae gen ti lais difrifol. Rhaid i ti beidio â chanu neu fydda i byth yn dal y lleidr sy'n dwyn y gwenith o gaeau fy nhad," gorchmynnodd y mab hynaf.

"Rho i mi rywbeth i'w fwyta," meddai'r broga.

"Na, mi rydw i eisiau'r bwyd yma i gyd i mi fy hun," meddai'r mab. Dechreuodd y broga ganu nerth esgyrn ei ben.

Gwylltiodd y mab hynaf. Gafaelodd yn y broga mawr tew a'i ollwng i waelod y ffynnon.

Drwy'r nos eisteddodd yn y cae ond welodd o 'run creadur byw. Erbyn y bore roedd y lleidr wedi dwyn mwy o wenith. Aeth adref i ddweud y newydd drwg wrth ei dad.

"Mae'n rhaid i ti fynd i wylio heno," meddai'r ffermwr wrth ei ail fab. Cychwynnodd yr ail fab i'r caeau fel roedd yr haul yn machlud. Ar ei ffordd clywodd y broga'n canu.

"Dyna sŵn ofnadwy. Taw y munud yma," meddai wrth y broga. Stopiodd y broga y munud hwnnw. Gofynnodd i'r ail fab,

60

"Rho rywbeth i mi i'w fwyta."

"Na'n wir," meddai'r ail fab. "Mi fydda i eisiau bwyd yn ystod y nos." Dechreuodd y broga ganu nerth esgyrn ei ben.

Gafaelodd y mab ynddo gerfydd ei goes a'i luchio i'r ffynnon. Drwy'r nos, bu'r ail fab yn gwylio. Erbyn y bore roedd mwy o wenith wedi diflannu. Aeth adref yn y bore i ddweud wrth ei dad.

Doedd gan y tad ddim dewis erbyn hyn ond anfon ei fab ieuengaf i'r caeau. Fel roedd yr haul yn machlud cerddodd y mab ieuengaf yn araf i'r caeau. Arhosodd pan glywodd y broga'n canu wrth ymyl y ffynnon. "Dyna lais ardderchog sydd gen ti," meddai wrth y broga. "Beth am i ti ganu unwaith eto?"

Dechreuodd y broga ganu nerth esgyrn ei ben.

"Ga i rywbeth i'w fwyta?" gofynnodd y broga. Rhannodd y mab ieuengaf ei fwyd gyda'r broga.

"Mi rydw i am dy helpu di," meddai'r broga. "Heno mi rydw i am ddod efo ti i'r caeau i ddal y lleidr. Gan dy fod ti wedi bod yn garedig efo mi, mi rydw i am fod yn garedig efo ti."

Pan oedd yn dywyll, dywyll daeth aderyn mawr du i lawr o'r awyr a dechrau bwyta'r gwenith. Neidiodd y broga a rhoi un naid fawr a gafaelodd yng nghoesau'r aderyn mawr du.

"Dyma fo – hwn ydi'r lleidr," meddai wrth y mab ieuengaf.

Pan ddaeth y bore, aeth y mab ieuengaf adref yn llawen efo'r broga a'r aderyn mawr du.

"Gan fy mod i wedi bod yn garedig efo'r broga, fe wnaeth o fy helpu i ddal y lleidr," meddai wrth ei dad.

O Dduw, wnei di fy nysgu i fod yn garedig wrth bob creadur byw. Amen.

✦ Pa mor bwysig ydi helpu'n gilydd?
✦ Sut fyddwch chi'n helpu a) gartref b) yn yr ysgol?

Y Broga Oedd yn Gallu Canu

Pwy Biau'r Ardd?

Rhannu / Pawb a'i rôl

Dyna oedd y cwestiwn mawr un bore braf.

"Y fi biau'r ardd," meddai'r pry genwair. "Y fi sy'n trin yr ardd bob dydd o'r flwyddyn. Y fi sydd yn troi'r pridd a'i adael yn bridd da i dyfu blodau a llysiau."

"Na, fi biau'r ardd," meddai'r robin. "Mi fydda i'n canu yn yr ardd bob bore ac yma byddaf yn cael fy mrecwast, cinio, te a swper. Y fi sydd yn bwyta'r pryfed sydd yn gwneud drwg i'r blodau a'r llysiau."

Daeth llais bach, tawel o ganol y blodyn. "Na, fi biau'r ardd. Fi sy'n mynd o flodyn i flodyn i gasglu paill," meddai'r glöyn byw gwyn. Weithiau mae'n anodd dweud pa un ydi'r blodyn a pha un ydi'r glöyn byw. Mae'r ddau mor lliwgar. Roedd y glöyn byw gwyn yn sicr mai fo oedd piau'r ardd.

Roedd y fuwch goch gota yn gwrando'n astud ar y sgwrsio. Mynnodd gael gair i mewn. "Y fi biau'r ardd. Rydw i'n dodwy wyau melyn ar y dail. Bydd yr wyau melyn yn deor a bydd eu cynrhon duon yn bwyta'r dail. Maen nhw'n byw ar y llyslau. Nhw ydi'r pryfed gwyrdd sy'n gwneud drwg i'r rhosod. Fi biau'r ardd."

Daeth y cacwn mawr i'r ardd i chwilio am neithdar. Bu'n gwrando ar y sgwrs am dipyn. "Y fi ydi'r gweithiwr caletaf yn yr ardd. Rydw i'n mynd o flodyn i flodyn drwy'r dydd, o fore gwyn tan nos. Gan mai fi ydi'r gweithiwr caletaf, fi biau'r ardd."

Efallai mai'r haul mawr melyn biau'r ardd. Fuasai dim byd yn tyfu yn yr ardd oni bai fod yr haul yn tywynnu. Yn y gaeaf, pan fydd yr haul yn cuddio o dan y cwmwl, does yna ddim llawer yn tyfu yn yr ardd. Ond yn y gwanwyn a'r haf pan fydd yr haul yn gynnes bydd y blodau ar llysiau'n tyfu'n sydyn.

"Fi biau'r ardd," meddai'r haul mawr melyn. "Fi a neb arall."

Ond mae'r ardd angen glaw. Mae'r glaw yn gwneud i'r blodau a'r llysiau dyfu. Heb y glaw byddai'r planhigion yn yr ardd i gyd yn marw. "Pan fydda i'n dod i'r ardd, bydd pob creadur arall yn diflannu. Dim ond y fi fydd ar ôl. Fi, felly, biau'r ardd," meddai'r glaw.

Ond pwy biau'r ardd?

Daeth geneth fach wallt melyn i'r ardd. Hi sy'n chwynnu ac yn dyfrio'r blodau pan fydd y glaw wedi cilio. Hi fydd yn plannu'r hadau. Hi hefyd fydd yn torri'r canghennau pan fyddan nhw wedi tyfu dros y clawdd. Hi fydd yn glanhau'r llwybrau yn yr ardd. Ar ôl iddi orffen ei gwaith bydd yn eistedd ar y gadair yng nghornel yr ardd. Mae hi'n mwynhau ei hun yn yr ardd. Petaech chi'n gofyn iddi hi 'pwy biau'r ardd?', mae'n siŵr y byddai'n dweud mai hi biau'r ardd. Ys gwn i pwy biau'r ardd?

O Dduw, helpa fi i wneud fy rhan bob amser, os mai dim ond ychydig yw hynny. Amen.

✦ Mae'r ardd yn perthyn i bawb, ac mae pob creadur a phlanhigyn yn bwysig yn yr ardd. Sut mae'r creaduriaid a'r eneth fach yn helpu'r ardd i dyfu?

✦ Ydi'r haul a'r glaw yn helpu'r ardd?

Pwy Biau'r Ardd?

Sut y Cafodd y Jiráff Wddf Hir
Penderfyniad / Gweledigaeth / Dal Ati

Amser maith yn ôl, pan nad oedd ond ychydig o anifeiliaid yn byw yn y byd, roedd gwddf y jiráff yn hirach na gwddf y camel, ac yn dipyn hirach na gwddf y sebra ond dim ond ychydig yn hirach na gwddf y gorila.

Am amser maith bu'r jiráff yn bwyta'r dail oedd ar waelod y goeden. Yna un diwrnod ofnadwy, ofnadwy daeth cwmwl du i orchuddio'r coed. Dyna lle roedd y cwmwl yn mynd a dod o gwmpas y coed. Yna, dyma'r cwmwl du yn aros ar y dail ym môn y coed.

Yno roedd y dail melysaf i'w cael.

Roedd sŵn cnoi a chnoi dros y goedwig i gyd. Ymhen dim roedd y cwmwl du wedi symud i goeden arall. Cnoi a chnoi.

Symud i goeden arall. Cnoi a chnoi. A dyna fu eu hanes drwy'r dydd a phob dydd am ddyddiau.

Yn sydyn cododd y cwmwl du a ffwrdd â fo dros y coed a'r caeau. Doedd yna ddim deilen ar gael yn unman yn y goedwig.

Daeth yr anifeiliaid at ei gilydd ar ôl i'r cwmwl du ddiflannu.

"Rydw i'n gwybod beth oedd y cwmwl du," meddai'r eliffant. "Haid o locustiaid oedden nhw. Dydw i ddim yn gwybod pam eu bod nhw wedi bwyta'r dail i gyd oddi ar waelod y coed yn unig. Fel arfer maen nhw'n bwyta'r dail i gyd, bob un ohonyn nhw. Wedyn mae'r coed i gyd yn noeth. Dim deilen yn unman."

Sibrydodd y jiráff wrtho'i hun, "Pa beth wna i? Mi fydda i'n siŵr o lwgu i farwolaeth. Fydd dim dail i mi eu bwyta."

"Mi wn i beth fedri di'i wneud," meddai'r llew dan ruo. "Mi fydd rhaid i ti ymestyn dy wddf i gyrraedd y dail ar ben ucha'r coed."

Dechreuodd y jiráff ymestyn ei ben yn fwy ac yn fwy. Roedd yr anifeiliaid eraill i gyd yn gweiddi gyda'i gilydd, "Dipyn mwy! Dipyn mwy! Dipyn mwy!" Ond yn anffodus doedd y jiráff ddim yn gallu cyrraedd pen ucha'r coed.

"Fedra i ddim cyrraedd," meddai'r jiráff yn ddigon digalon.

"Mae'n rhaid i ti fod yn amyneddgar," meddai'r llew.

"Mae'n rhaid i ti ddal ati a gwneud dy orau."

"Fedra i ddim," meddai'r jiráff.

"Medri," meddai'r llew. "Dal ati ac mi fyddi di'n siŵr o gyrraedd pen ucha'r coed."

Yn sydyn, bloeddiodd y jiráff. "Rydw i wedi cyrraedd pen ucha'r coed," a dyma fo'n dechrau arni i fwyta'r dail.

Ar ôl iddo ymestyn ei wddf doedd o ddim yn gallu ei wneud yn llai erbyn hyn. A byth ar ôl hynny mae gan bob jiráff wddf hir, hir.

O Dduw, os ydw i wedi methu gwna fi'n gryf a chadarn i ddal ati. Amen.

✦ Fyddwch chi'n gwneud eich gorau bob amser?
✦ Ydi hi'n bwysig ein bod yn dal ati os ydan ni wedi methu?

Y Cenawon Rheibus
Parchu Eiddo / Meddwl am Eraill

"Dyma lanast!" rhuodd y Mochyn Daear. "Pwy ar wyneb y ddaear sydd wedi gwneud llanast yn y goedwig?" Ar hyd a lled y goedwig roedd canghennau wedi'u torri, a dail wedi'u sathru. Roedd y blodau wedi'u torri a'r rhedyn wedi'u tynnu o'r pridd. "Mae'n rhaid i mi gael gwybod pwy sydd wedi gwneud y fath lanast," meddai'r Mochyn Daear yn benderfynol. Aeth am dro i mewn i'r goedwig. Ar ei ffordd gwelodd y draenog pigog. "Wyt ti'n gwybod pwy sydd wedi gwneud difrod yn y goedwig?" holodd.

"Na," oedd ateb y draenog pigog.

Neidiodd ysgyfarnog o'i flaen. "Wyt ti'n gwybod pwy wnaeth y difrod yma?"

"Na," oedd yr ateb unwaith eto.

Pan oedd yn ffarwelio â'r ysgyfarnog daeth criw o genawon llwynog heibio. Dyna sŵn oedd yn y goedwig. Dyma nhw'n dechrau torri canghennau oedd ym môn y coed. Roedd dau wrthi'n tynnu'r rhedyn o'u gwreiddiau. Dyma ddau arall yn torri'r blodau gwyllt a'u taflu at ei gilydd.

"Tybed ai chi sydd wedi gwneud y difrod yma yn y goedwig?" holodd y Mochyn Daear yn gas. Stopiodd pob un o'r cenawon a gorwedd o flaen y Mochyn Daear. Mae ar bawb yn y goedwig ofn y Mochyn Daear – yn enwedig pan fydd o'n flin. Ac mi roedd o'n flin y diwrnod hwnnw.

Meddai un o'r cenawon mewn llais braidd yn grynedig, "Dim ond chwarae oedden ni."

"Dim ond cael dipyn bach o hwyl oedden ni," meddai un arall o'r cenawon.

"Gwrandewch yn ofalus ar beth sydd gen i i'w ddweud," meddai'r Mochyn Daear gan ostwng ei lais. "Ydach chi'n gwybod beth ydych chi, bob un ohonoch chi? Wel, mi ddyweda i wrthych chi. Cenawon gwirion. Dyna ydych chi. Dydych chi ddim wedi meddwl am neb arall sy'n byw yn y goedwig. Am eich bod chi wedi gwneud cymaint o ddifrod dydi'r anifeiliaid eraill ddim yn gallu mwynhau'r goedwig."

Aeth yn ei flaen i ddwrdio'r cenawon.

"Dydi'r wiwer lwyd ddim yn gallu dringo'r coed am eich bod chi wedi torri'r canghennau. Dydi'r gwenyn ddim yn gallu cael neithdar – rydych chi wedi torri'r blodau. Dydi'r draenog a'r llyg ddim yn gallu cuddio yn y rhedyn – rydych chi wedi'u tynnu o'r pridd."

Wrth i'r Mochyn Daear siarad roedd y cenawon yn teimlo cywilydd mawr. Doedden nhw ddim yn gallu edrych ym myw llygaid y Mochyn Daear.

"Rydych chi wedi sbwylio popeth i'r creaduriaid eraill. Beth petai rhai o'r anifeiliaid yn anafu eu hunain? Fandaliaid ydych chi, bob un ohonoch. Ond wyddoch chi pwy ydi'r fandaliaid gwaethaf yn y byd?"

"Na," meddai un o'r cenawon yn ddistaw a chrynedig.

"Pobl," meddai'r Mochyn Daear. "Nhw ydi'r fandaliaid gwaethaf ar y ddaear yma."

Helpa ni, O Dduw, i ddangos i bobl a phlant sy'n gwneud difrod eu bod yn difetha'r cwbl i bobl eraill. Amen.

✦ Ydych chi'n credu mai pobl ydi'r fandaliaid mwyaf ar y ddaear?
✦ Beth roedd y Mochyn Daear yn ei feddwl, tybed?

Y Cenawon Rheibus

Y Gwiwerod Llwyd

Parchu Eraill / Cyfeillgarwch

Yn y berllan roedd teulu o wiwerod llwyd yn byw. Mam a dad a thair gwiwer fechan. Un diwrnod roedd y tair gwiwer fechan yn chwarae ym mhen draw'r berllan. Dyna lle roedden nhw'n dringo un goeden a neidio i goeden arall. Ar ôl bod wrthi am fore cyfan yn chwarae fel hyn pwy ddaeth heibio tua amser cinio ond gwiwer goch oedd yn byw ynghanol y coed pin.

Roedd hi'n debyg i'r gwiwerod llwyd ond bod ei chôt yn goch.

"Pwy wyt ti?" gofynnodd un o'r gwiwerod llwyd iddi.

"Gwiwer goch ydw i," meddai hithau. "Mi fuaswn i'n hoffi chwarae efo chi yn y berllan," meddai.

Dechreuodd y tair gwiwer lwyd sibrwd wrth ei gilydd. Ar ôl munud neu ddau penderfynodd y tair nad oedden nhw am chwarae efo'r wiwer goch.

"Fe gei di chwarae ar dy ben dy hun," meddai'r tair efo'i gilydd.

Doedd gan y wiwer goch neb i chwarae gyda nhw ac felly roedd hi'n teimlo'n unig iawn.

Un diwrnod daeth hen gi cas i'r berllan a phan welodd y gwiwerod llwyd dechreuodd redeg ar eu holau. Rhedodd ar ôl un o'r gwiwerod, allan o'r berllan, ar draws y cae ac i'r goedwig dywyll. Syrthiodd cangen drom ar y wiwer fach ac yno y bu hi drwy'r nos. Roedd hi wedi'i hanafu ac roedd arni hi ofn ac roedd hi'n oer.

Y diwrnod wedyn roedd y wiwer goch yn mynd am dro drwy'r goedwig. Yn sydyn clywodd sŵn gwichian ysgafn. Cerddodd yn araf tuag at y sŵn. Roedd hi'n adnabod y wiwer lwyd. Roedd hi'n cofio ei gweld gyda'i brawd a'i chwaer yn chwarae yn y berllan.

Ac meddai'r wiwer goch wrthi, "Wyt ti eisiau help?"

Ceisiodd ei gorau glas i godi'r gangen oedd wedi syrthio ar y wiwer lwyd. Bu wrthi'n bustachu am oriau ond roedd y gangen yn rhy drwm iddi. Bob tro roedd yn ceisio ei chodi roedd hi'n syrthio'n ôl ar y wiwer lwyd.

Doedd dim i'w wneud ond rhedeg am ei bywyd i'r berllan i ddweud wrth deulu'r wiwer lwyd lle roedd hi.

"Ble mae hi?" gofynnodd tad y wiwer lwyd.

"Mae hi yn y goedwig ac mae yna gangen drom wedi syrthio arni. Dowch i gyd i helpu," meddai'r wiwer goch.

Rhedodd y fam, y tad a'r ddwy wiwer nerth eu traed o'r berllan, ar hyd y caeau ac i'r goedwig dywyll. Roedd y wiwer goch yn gwybod yn iawn lle roedd hi. Fuon nhw fawr o dro yn codi'r gangen a daeth y wiwer lwyd yn rhydd. A dyma deulu'r gwiwerod llwyd yn carlamu am adref i'r berllan.

Byth ers hynny mae'r gwiwerod llwyd wrth eu boddau'n gweld y wiwer goch yn dod draw atyn nhw o'r goedwig dywyll. Bydd hi'n cael croeso mawr gan y teulu i gyd. Maen nhw'n cofio ei bod wedi helpu wiwer fach lwyd pan oedd arni angen help ar ôl i'r gangen fawr drom syrthio arni yn y goedwig dywyll.

Wnei di fy nysgu, O Dduw, i fod yn garedig wrth bawb, hyd yn oed y rhai nad ydw i'n eu hoffi. Amen.

✦ Sut wiwer oedd y wiwer goch? Pa eiriau y buasech chi'n eu defnyddio i'w disgrifio?
✦ Chwiliwch am hanes y wiwer goch yng Nghymru. Ydi hi'n brin erbyn heddiw?

Y Gwiwerod Llwyd

Y Cyffylog a'r Llwynog

Hunanoldeb / Gwneud Ffrindiau / Ymddiriedaeth

Pan oedd y llwynog ar ei hynt drwy'r dyffryn daeth ar draws cyffylog yn cuddio yng nghanol y tyfiant. Roedd yn aderyn tew, boliog a digon o gig arno.

"Helô, fy ffrind annwyl, meddwl y buaswn i'n taro heibio i gael sgwrs gan dy fod ti'n aderyn mor hardd," meddai'r llwynog.

"Mi ydw i'n teimlo'n dda iawn, diolch," atebodd y cyffylog.

"Diolch i ti am ofyn."

"Beth ddywedaist ti? Dydw i ddim yn clywed yn dda iawn y dyddiau yma," atebodd y llwynog. "Tyrd yn nes yma i mi dy glywed yn well."

"Na," meddai'r cyffylog. "Mae'n well gen i aros yng nghanol y tyfiant. Rydw i'n teimlo'n saff yng nghanol y mieri. Mae yna gymaint o anifeiliaid rheibus o gwmpas."

"Beth?" meddai'r llwynog, wedi dychryn o glywed beth ddywedodd y cyffylog.

"Ydi, mae'n wir," meddai'r cyffylog.

"Mae'n biti na fuaset yn dod yn nes a thithau'n aderyn mor hardd. Mae 'ngolwg i'n dechrau mynd hefyd," meddai'r llwynog.

"Na! Mae'n well gen i aros yng nghanol y mieri. Efallai y buasai'r anifail rheibus yn rhuthro i lawr y dyffryn," atebodd y cyffylog.

"O! Mi anghofiais ddweud wrthyt fod yr anifeiliaid wedi pasio deddf newydd. Does yna'r un anifail yn mynd i ymosod ar anifail arall. Felly mae'n saff i ti ddod allan o ganol y tyfiant," meddai'r llwynog.

"Mi ydw i'n falch o glywed yr hyn sydd gen ti i ddweud," meddai'r cyffylog, "er dy fwyn di."

"Er fy mwyn i?" meddai'r llwynog.

"Rydw i'n clywed sŵn ceffylau a chŵn yn agosáu ond does dim rhaid i ti bryderu gan fod y ddeddf newydd wedi dod i rym. Fe gei di aros i sgwrsio efo mi am weddill y dydd. Wnân nhw ddim drwg i ti."

Rhuthrodd y llwynog nerth ei draed. Dim ond ei gynffon goch a welwyd yn diflannu dros ochr y bryn.

Aeth y cyffylog yn ôl at ei deulu yn y gwrych. "Roeddwn i'n gwybod yn iawn fod yr hen lwynog yn greadur cyfrwys. Ond heddiw rydw i'n credu fy mod innau yn aderyn cyfrwys hefyd.

Byddwch yn ofalus o'r rhai sydd yn barod i'ch plesio bob amser. Mae'r rhai sy'n eich caru yn gallu bod yn gyfrwys weithiau. Cofiwch hynny."

Teimlodd y cyffylog ei fod wedi cael diwrnod i'w gofio. Roedd wedi bod yn fwy cyfrwys na'r llwynog hyd yn oed!

O Dduw, helpa fi i fod yn gyfrwys weithiau. Amen.

+ Sut fuasech chi'n disgrifio'r llwynog?
+ Sut aderyn oedd y cyffylog?
+ Beth ydi ystyr y ddihareb, "Nid wrth ei big mae prynu cyffylog"?

Y Cyffylog a'r Llwynog

Y Wiwer Hunanol

Hunanoldeb / Gwneud Ffrindiau / Ymddiriedaeth

Gwiwer fach annifyr oedd Cynffon Goch. Er bod ganddi gynffon goch flewog hardd doedd neb yn ei hoffi.

Pan ddaeth yr hydref dechreuodd Cynffon Goch gasglu mes ar gyfer tywydd oer y gaeaf. Byddai'n dringo i fyny'r coed ac yna'n rhedeg o un pen i'r goedwig i'r llall. Yn ei phawennau byddai'n cario'r mes. Yna byddai'n tyrchu'n gyflym a chuddio'r mes yn y ddaear. Ar ôl iddi wneud hyn drwy'r dydd byddai'n dringo'r goeden dderw i orffwyso. Y goeden dderw oedd hoff goeden Cynffon Goch.

Pan fyddai anifeiliaid eraill yn ymweld â Cynffon Goch byddai bob amser yn gas ac yn annifyr. Fyddai hi byth yn chwarae efo'r gwiwerod eraill. Fyddai hi byth yn barod i'w helpu. Os oedden nhw'n galw arni, yr un oedd yr ateb bob tro, "Ewch i ffwrdd, does arna i ddim angen ffrindiau!"

Un noson, yn ystod tymor y gaeaf, pan oedd y gwiwerod i gyd yn cysgu dros y tywydd oer, cododd storm enbyd. Chwythodd y gwynt yn gryf a phistyllodd y glaw. Chwythai'r gwynt yn erbyn y coed a dechreuodd yr hen goeden dderw – hoff goeden Cynffon Goch – ysgwyd. Yng nghanol y nos torrodd y gangen lle roedd Cynffon Goch yn cysgu. Syrthiodd hithau i ddŵr yr afon oedd yn rhedeg o dan y goeden. Roedd llif mawr yn yr afon gan ei bod wedi bwrw glaw am ddyddiau.

"Help! help!" galwodd Cynffon Goch dros y lle. Yn ffodus iddi hi clywodd rai o anifeiliaid y goedwig ei llais yn gweiddi. Dyma nhw'n rhuthro at lan yr afon. Dyna lle roedd Cynffon Goch yn troi a throi yn y dŵr mawr. Roedden nhw'n cofio bod Cynffon Goch wedi dweud wrthyn nhw nad oedd arni hi angen ffrindiau. Ond roedd arni hi angen ffrindiau yn awr. Felly dyma nhw i gyd yn rhuthro i ddŵr yr afon i geisio helpu Cynffon Goch.

Ar ôl cryn drafferth dyma lwyddo i'w llusgo i'r lan yn wlyb o'i chorun i flaen ei chynffon flewog. Roedd hi wedi anafu ei hun hefyd. Roedd craith ar ei thrwyn a'i chlust dde a chreithiau mawr ar ei phawennau blaen.

Am ddyddiau bu'r anifeiliaid eraill yn helpu Cynffon Goch. Yn wir, roedden nhw'n meddwl nad oedd hi am fyw. Ond roedd hi'n gwella'n araf bob dydd. Roedd rhai o'r anifeiliaid yn cario bwyd iddi a'r anifeiliaid eraill yn codi tŷ newydd iddi yn yr hen goeden dderw.

Dechreuodd Cynffon Goch feddwl pa mor dda roedd ei ffrindiau wedi bod.

"Rwy'n gwybod fy mod wedi bod yn hen wiwer fach hunanol, gas ac annifyr. Fe wnes i ddweud nad oeddwn i eisiau ffrindiau. Ond erbyn hyn rydw i wedi newid fy meddwl. Rydw i am wneud parti mawr i chi pan fydda i'n well ac fe gewch chi i gyd ddod i'r parti. Ac fe gaf ddweud DIOLCH YN FAWR wrth bob un ohonoch."

Diolch i ti, O Dduw, am ffrindiau.
Helpa fi i fod yn ffrind i bawb. Amen.

✦ Fyddwch chi weithiau'n gas ac yn annifyr? Pam tybed?
✦ Beth sy'n gwneud ffrind da?

Y Wiwer Hunanol

Taid Jôs a Nyth y Robin Goch
Gofal / Gwneud Cymwynas

Taid Jôs oedd o i bawb o blant y pentref. Roedd ganddo ardd fawr wrth ymyl yr eglwys a byddai'r plant i gyd yn eu tro yn troi i mewn i gael sgwrs efo Taid Jôs. Dyn caredig distaw oedd Taid Jôs â llond ei boced bob amser o bethau da i'w rhannu â'r plant. Pan fyddai'r plant yn yr ardd efo Taid Jôs mi fyddai'n siŵr o ddangos pethau diddorol iddyn nhw.

Mis Ebrill oedd hi, a'r ardd yn dechrau glasu ar ôl i'r gaeaf fynd heibio. Roedd tri o'r plant wedi dod draw i sgwrsio efo Taid Jôs gan ei bod hi'n wyliau'r Pasg.

"Mi rydw i isio i chi ddod i mewn i'r sied efo mi," meddai wrth y plant, "ond mae'n rhaid i chi fod yn ddistaw bach. Dim smic rŵan," gan roi ei fys dros ei geg.

Dilynodd y plant Taid Jôs yn ddistaw bach i mewn i'r sied.

"Welwch chi'r gôt fawr yna sy'n hongian ar y bachyn fan acw. Honna fydda i'n ei gwisgo pan fydda i'n gweithio yn yr ardd yn y gaeaf," sibrydodd Taid Jôs.

"Y gôt frown yna," meddai un o'r plant yn uchel.

"Sh!" meddai Taid Jôs a rhoi ei fys ar ei geg unwaith yn rhagor. "Wel, yn y boced yna ar y chwith mae yna robin goch yn nythu. Dwi'n siŵr bod yr iâr ar y nyth, yn y boced, y munud yma," sibrydodd Taid Jôs unwaith yn rhagor. Doedd y plant ddim yn deall. Sut oedd robin yn gallu mynd yn ôl a blaen pan oedd drws y sied wedi ei gloi gyda'r nos.

"Wel edrychwch chi'n ofalus," meddai Taid Jôs. "Mi rydw i'n gadael y ffenestr acw'n agored drwy'r dydd a'r nos. Mi rydw i wedi gweld y robin yn mynd a dod drwy'r ffenestr."

"Oes yna gywion yn y nyth?" gofynnodd un o'r plant mewn llais uchel unwaith yn rhagor.

"Sh," meddai Taid Jôs. "Na, dydw i ddim yn meddwl. Rhyw bedwar i bump diwrnod yn ôl y gwelais i robin yn dechrau mynd a dod drwy'r ffenestr. Felly mae'n bur debyg mai newydd ddodwy wyau roedd yr iâr."

"Edrychwch," meddai un o'r plant yn sydyn, "mae yna robin goch wrth y ffenestr. Felly does yna ddim un ar y nyth yn y boced."

"Wel oes," meddai Taid Jôs. "Mae'r ceiliog a'r iâr yn debyg iawn i'w gilydd. Mae gan y ddau fron goch ac mae'r ddau'n edrych 'run fath i ni."

"Ydi o'n beth anarferol i robin nythu ym mhoced eich côt, Taid Jôs?" holodd un o'r plant.

"Ylwch, mi awn ni allan i'r ardd er mwyn i'r adar gael llonydd."

Ac allan â nhw i'r ardd i eistedd ar y fainc o dan y goeden afalau.

"I ateb eich cwestiwn," meddai Taid Jôs, "mae robin goch yn nythu mewn lleoedd rhyfedd iawn. Mi glywais i am robin yn nythu mewn hen degell mewn gwrych yng ngardd hen ffrind i mi. Mi glywais i hefyd am robin oedd wedi nythu mewn blwch postio ac mi fuo rhaid i'r Post Brenhinol ofyn i bobl beidio â phostio eu llythyrau yn y blwch rhag iddyn nhw darfu ar y teulu bach."

"Be ddigwyddodd wedyn?" holodd un o'r plant.

"Wel, ar ôl i'r cywion adael y nyth mi roedd popeth yn iawn wedyn i bobl bostio eu llythyrau. Ond wyddoch chi yr hanesyn mwya diddorol glywais i oedd am bâr o robinod wnaeth godi nyth mewn tas wair. Fel y gwyddoch chi, mae tas wair yn lle cynnes, clyd iawn. Ond wnaeth yr wyau ddim deor o gwbl – roedd y gwres o'r das wair wedi'u crasu nhw bron. Hen dro, yntê!"

Byddai plant yr ardal wrth eu bodd yn gwrando ar straeon Taid Jôs.

"Hei lwc i'r nyth hwn ym mhoced fy nghôt, gan obeithio na chawn ni wanwyn oer neu mi fydda i wedi rhynnu i farwolaeth heb fy nghôt fawr."

Diolch i Ti, O Dduw, am ryfeddodau sy'n digwydd o'n cwmpas a diolch hefyd am bobl fel Taid Jôs. Amen.

✢ Pam rydych chi'n meddwl fod y robin yn gwneud ei nyth mewn lleoedd rhyfedd?
✢ Sut fuasech chi'n disgrifio Taid Jôs?

Taid Jôs a Nyth y Robin Goch

Y Penbwl Pwysig

Cyfeillgarwch / Caredigrwydd / Gostyngeiddrwydd

Yn y pwll yn ymyl y ffordd roedd criw o benbyliaid duon yn byw. Roedd pob un ohonyn nhw wedi deor o'r wyau oedd yn y grifft. Yn ystod y dydd byddai'r penbyliaid yn nofio'n braf yn y dŵr. Pan fyddai'r haul yn tywynnu byddai'r penbyliaid yn casglu at ei gilydd ar lan y dŵr i dorheulo.

Penbyliaid tawel, cyfeillgar oedden nhw i gyd ond un. Yn eu plith roedd un penbwl pwysig iawn. Doedd y penbwl pwysig ddim yn hoff o'r penbyliaid eraill. "Dydw i ddim yn hoffi 'run ohonoch chi," meddai wrth y penbyliaid eraill. Bob dydd o'r wythnos byddai'n dweud yr un peth wrth y penbyliaid eraill.

Un diwrnod, dywedodd y penbyliaid eraill wrtho, "Pam nad ei di i fyw i rywle arall. Mae'n siŵr bod penbyliaid pwysig fel ti yn byw i fyny'r afon. Dos i fyw atyn nhw."

Meddyliodd y penbwl pwysig am hyn ac i ffwrdd â fo i fyny'r afon i chwilio am benbyliaid pwysig.

Roedd y penbyliaid eraill i gyd yn falch o glywed hyn. Doedd yr un ohonyn nhw'n hoff o'r penbwl pwysig.

Cyrhaeddodd lyn mawr i fyny'r afon. Yn y llyn roedd penbyliaid mawr, mawr yn byw. Edrychodd un o'r penbyliaid mawr, mawr arno'n sarrug. "Pwy wyt ti? Beth wyt ti yn ei wneud yn ein llyn ni?" Cyn iddo gael ateb dyma nhw'n ei erlid ac yn ymosod arno. Nofiodd y penbwl pwysig i ganol y tyfiant. Yno y buo fo'n cuddio. Disgwyliodd i'r lleill i gyd fynd oddi yno.

Pan ddaeth o ganol y tyfiant daeth tri phenbwl mawr ar ei draws. Dyma nhw'n agor eu cegau led pen. Rhuthrodd y penbwl pwysig i guddio unwaith eto.

"Dydw i ddim yn hapus yn y llyn mawr," meddai. "Mi fuasai'n well gen i petawn i'n ôl yn y llyn bach ym mhen arall yr afon."

Arhosodd yng nghanol y tyfiant drwy'r dydd a'r nos. "Pan ddaw y bore," meddai, "rydw i am nofio i lawr yr afon i'r llyn bach."

Pan ddaeth pelydrau'r haul ar y dŵr cychwynnodd y penbwl pwysig am y llyn bach. I ffwrdd ag ef i lawr yr afon yn gyflym, gyflym. Ar ôl awr o nofio caled cyrhaeddodd y llyn bach.

Roedd y penbyliaid eraill i gyd yn nofio'n braf a hamddenol. Dyma un ohonyn nhw'n ei weld.

"Edrychwch," meddai wrth y penbyliaid eraill. "Edrychwch pwy sydd wedi dod yn ôl."

Edrychodd pob un arno. Roedd y penbwl pwysig yn teimlo'n swil ac meddai wrth y lleill. "Pe bawn i'n gwybod pa fath o benbyliaid oedd yn y llyn mawr fuaswn i byth wedi mynd yno. O hyn ymlaen dydw i ddim am fod yn benbwl pwysig. Y fi fydd y penbwl hoffus, caredig a chyfeillgar o hyn ymlaen."

Ac felly y bu. Bu'r penbyliaid i gyd, gan gynnwys y penbwl pwysig, yn ffrindiau mawr.

Diolch i Ti, O Dduw, dy fod yn ein caru hyd yn oed pan fyddwn yn gwneud drwg.
Helpa ni i fod yn annwyl ac i faddau i bawb o'n cwmpas. Amen.

✛ Pa eiriau fyddech chi'n eu defnyddio i ddisgrifio'r penbwl pwysig?
✛ Pam rydych chi'n credu y daeth o'n ôl i'r llyn bach at y penbyliaid eraill?

Y Penbwl Pwysig

Brenin yr Adar
Gonestrwydd

Daeth adar y goedwig i gyd at ei gilydd. Pwy oedd yn mynd i fod yn frenin arnyn nhw? Hwn oedd y cwestiwn pwysig.

"Sut ydan ni'n mynd i ddewis ein brenin?" gofynnodd Robin Goch.

"Beth am i ni ddewis yr un sy'n gallu hedfan bellaf?" meddai Colomen y Coed.

"Na," meddai aderyn y to, "beth am ddewis yr aderyn sy'n gallu hedfan gyflyma?"

O gwr y goedwig daeth y paun balch.

"Rydw i'n credu mai'r aderyn prydfertha ddylai fod yn frenin arnom," meddai'r paun gan ysgwyd ei gynffon liwgar.

"O, na'n wir," meddai'r eos. "Beth am yr aderyn sy'n gallu canu orau. Fo ddylai fod yn frenin yr adar."

"Yr aderyn cryfaf ddylai fod yn frenin," rhuodd yr eryr o ben y graig.

Yn y goeden dderw gerllaw, roedd y dylluan yn gwrando'n astud ar gleber yr adar. Roedd hi'n edrych mor ddoeth.

"Beth am i ni ofyn i'r dylluan ddewis brenin i ni," meddai'r adar i gyd gyda'i gilydd.

Aethant i gyd at gangen y goeden dderw. Edrychodd yr hen dylluan arnyn nhw ag un lygad. Caeodd y llygad arall ac meddai, "Yr aderyn sy'n hedfan uchaf ddylai fod yn frenin ... Tw- wit, tw-hw, Tw-wit tw-hw."

Meddyliodd y dryw bach. "Maen nhw'n meddwl fod y dylluan frech yn ddoeth ond mi rydw i'n ddoethach na nhw i gyd. Mi rydw i'n gwybod pa aderyn all hedfan uchaf." Dechreuodd chwerthin yn ddistaw bach.

Ymhen dim roedd yr adar i gyd yn paratoi ar gyfer yr ornest.

"Un ... dau ... tri ... i ffwrdd â chi," meddai'r dylluan ddoeth.

I fyny ac i fyny yr aethon nhw. Yn uwch ac yn uwch ac yn uwch. Roedd yr adar bach yn dechrau blino. O un i un roedden nhw'n dechrau dod yn ôl i lawr i'r ddaear. Dim ond yr ehedydd a'r eryr oedd yn dal i hedfan, yn uwch ac yn uwch. Ni allai'r ehedydd fynd yn uwch, ond roedd yr eryr yn dal i hedfan yn uwch ac yn uwch i'r awyr las.

Dechreuodd yr adar ar lawr y goedwig weiddi gyda'i gilydd, "Yr eryr ydi'n brenin! Yr eryr ydi brenin yr adar!" Ymhen dim amser roedd wedi dod i lawr o'r entrychion i'r ddaear. Dyna pryd y gwelwyd fod dryw bach wedi aros ar ben yr eryr drwy'r amser.

"Y fi ydi brenin yr adar," meddai'r dryw bach. "Fe es i'n uwch na'r eryr hyd yn oed."

Doedd yr adar eraill ddim yn gwybod beth i'w ddweud na beth i'w wneud. Fe aethon nhw'n syth at y dylluan frech. Edrychodd y dylluan yn ddoeth a chaeodd un llygad. Ar ôl meddwl yn ofalus, dywedodd, "Wnaeth y dryw ddim hedfan o gwbl, dim ond cael ei gario gan yr eryr. Felly yr eryr ydi brenin yr adar. Nid yn unig fe hedfanodd yn uwch na'r adar eraill i gyd ond fe gariodd aderyn arall ar ei ben."

"Hwrê, hwrê," chwarddodd yr adar eraill i gyd. "Yr eryr ydi brenin yr adar."

Diflannodd y dryw bach o'r golwg i'r perthi. Roedd o'n credu ei fod yn ddoethach na'r dylluan frech. Hyd heddiw, hedfan yn isel yn y perthi y mae'r dryw bach. Yno, yn y gwrych yn hedfan yn isel, y mae'n hoffi bod.

O Dduw, gwna fi'n blentyn gonest, bob amser. Amen.

✣ Gwnewch restr o'r holl adar sy'n cael eu henwi yn y stori.

✣ Ydych chi'n meddwl fod y dryw bach wedi twyllo'r adar eraill i gyd?

Brenin yr Adar

Teigr yn yr Ysgol

Ffyddlondeb / Dyfalbarhad / Ymddiriedaeth

Eisteddodd y teigr wrth ochr Heulwen yn y dosbarth. Cyrliodd ei gynffon o gwmpas ei gorff ac eisteddodd yno'n ddistaw bach. Pan fyddai'r athrawes yn gofyn cwestiynau byddai'r teigr yn rhoi ei bawen i fyny yn yr awyr. Doedd o byth yn rhuo. Doedd o byth yn chwyrnu. Yn ystod amser chwarae dysgodd Heulwen y teigr sut i sgipio. Roedd y plant eraill i gyd yn edrych ar y teigr. Bob amser chwarae byddai Heulwen a'r teigr yn chwarae efo'i gilydd yng nghanol y buarth.

"Beth am i ni chwarae efo'r plant eraill?" gofynnodd y teigr.

Atebodd Heulwen, "Dydw i ddim yn hoffi chwarae efo'r bechgyn mawr. Maen nhw'n chwarae'n wyllt. Maen nhw'n gwthio pawb.

Rhuodd y teigr, "Wnân nhw ddim fy ngwthio i," meddai.

"Mae yna un bachgen yn yr ysgol – bachgen mawr, mawr. Huw Hir ydi'i enw fo. Mae Huw Hir yn fy ngwthio bob dydd," meddai Heulwen.

Roedd y bechgyn mawr yn chwarae'n wyllt a dyma Huw Hir yn dod i fyny at Heulwen. Dechreuodd redeg mewn cylchoedd gan ddod yn nes ac yn nes ati. "Dos oddi yma," meddai'r teigr, "mae peryg i ti daro fy ffrind."

"Na," meddai Huw Hir, gan herio'r teigr.

Aeth Heulwen i guddio tu ôl i'r teigr. Dechreuodd y teigr ysgwyd ei gynffon yn ôl a blaen. Daeth Huw Hir yn nes ac yn nes. Rhuodd y teigr. Dangosodd ei ddannedd miniog oedd fel cyllyll. Stopiodd Huw yn stond. Arhosodd. Syllodd ar y teigr.

Agorodd y teigr ei geg yn llydan agored. Roedd ei geg mor fawr nes bod ei dafod i'w gweld, a'i wddw'n union fel twnnel tywyll du. Gwelodd Huw Hir. Rhuodd y teigr. RHUODD a RHUODD dros y lle. Roedd y plant i gyd yn crynu. Daeth yr athrawon i gyd i weld beth oedd yn digwydd ar y buarth. Roedd y plant wedi stopio chwarae. Roedd pob un ohonyn nhw â'u bysedd yn eu clustiau. A dyma'r bachgen mwyaf un, Huw Hir, yn rhedeg a rhedeg a rhedeg – allan o'r ysgol – ar hyd y stryd. Rhedodd yr holl ffordd adref at ei fam.

Daeth Heulwen i'r golwg. Roedd hi wedi bod yn llechu tu ôl i'r teigr.

"Wel," meddai, "does gen i ddim llawer o feddwl o Huw Hir. Dydw i ddim yn mynd i ofni Huw Hir byth eto."

Y bore wedyn cychwynnodd Heulwen yn brydlon am yr ysgol. Roedd hi'n edrych ymlaen at fynd i'r ysgol.

Yn ystod amser chwarae daeth un o'r plant ati a gofyn. "Ble mae dy ffrind sy'n gweiddi'n uchel?"

"Dydi o ddim yma heddiw," meddai Heulwen.

"Tybed fydd o'n dod ryw ddiwrnod arall?" gofynnodd eto.

"Efallai," meddai Heulwen. "Efallai y bydd o'n dod rhyw ddiwrnod arall. Felly gwylia di, Huw Hir. Gwylia di."

O Dduw, weithiau mae arna i ofn pob math o bethau. Wnei di fy helpu? Amen.

✦ Gwnewch restr o'r pethau mae arnoch chi eu hofn.
✦ Gwnewch restr arall o'r pethau sy'n codi ofn arnoch chi.
✦ Oes gennych chi greadur tebyg i'r teigr sydd yn eich amddiffyn chi?

Y Carw a'i Gynffon

Bodlonrwydd / Gofalu am ein corff

Pan oedd y carw'n pori yn y caeau gwelodd gŵn rheibus yn dod tuag ato. Dechreuodd y cŵn redeg ar ei ôl. Rhedodd y carw'n gyflymach ac yn gyflymach â'r cŵn yn ei ymlid. Gwelodd ogof yn y creigiau. Rhedodd i mewn i'r ogof. Doedd gan y cŵn ddim syniad i ble roedd wedi mynd. Arhosodd yn yr ogof i gael ei wynt ato. Dechreuodd siarad efo fo'i hun.

"Traed, fy nhraed, beth a wnaethoch chi i'm helpu i gyrraedd yr ogof?" gofynnodd i'w draed.

"Mi wnaethon ni neidio dros gerrig a chreigiau ac mi ddaethon ni â thi yma'n saff."

"Da iawn chi, draed," meddai'r carw. "A beth amdanoch chi, glustiau. Beth wnaethoch chi i'm helpu?"

"Ni glywodd sŵn y cŵn yn dod," meddai'r ddwy glust.

"Da iawn chi, glustiau," meddai'r carw. "A beth wnaethoch chi, lygaid?"

"Ni wnaeth ddangos y ffordd i ti. Ni oedd yn dy arwain di drwy'r dyffryn a thros yr afon ac i mewn i'r ogof," meddai'r llygaid.

"Da iawn chi, lygaid," meddai'r carw.

"A beth amdanat ti, y trwyn hir?" gofynnodd y carw. "Beth wnest ti i'm helpu rhag i mi gael fy llarpio gan y cŵn rheibus?"

Meddyliodd y trwyn am funud ac meddai, "Fe wnes i arogli'r cŵn o bell. Felly pan glywaist ti arogl y cŵn dyma ti'n mynd nerth dy draed."

"Da iawn ti, drwyn hir," meddai'r carw. "Da iawn chi bob rhan o'm corff.

Yna cofiodd yn sydyn am ei gynffon. "O, beth wyt ti wedi'i wneud i'm helpu, gynffon annwyl?" meddai'r carw. "Rwy'n siŵr na wnest di ddim byd o gwbl i'm helpu," meddai'r carw'n ddig wrth ei gynffon.

Teimlodd y gynffon i'r byw ac meddai. "Do, fe wnes i dy helpu di. Mi wnes i ysgwyd i ddweud wrth y cŵn rheibus am dy ymlid."

82

"O'r gynffon ddrwg," meddai'r carw gan edrych yn ddig ar ei gynffon. "Rwyt ti'n gynffon ddrwg, ddrwg iawn. Trodd ei ben tua'i gynffon a dechreuodd ei brathu'n egr. Daliodd ati i frathu ei gynffon. Gwaeddodd yn wyllt ar ei gynffon. "Dos oddi yma ar unwaith. Dos allan o'r ogof yma. Yr hen gynffon ddrwg."

Gwthiodd ei gynffon allan o'r ogof. Wrth iddo wthio ei gynffon allan o'r ogof roedd y carw hefyd yn mynd allan o'r ogof. A phwy oedd yn disgwyl tu allan i'r ogof ond y cŵn rheibus. Doedd dim modd dianc yn awr. Rhuthrodd y cŵn rheibus tuag at y carw druan a'i ddal.

Diolch i Ti, O Dduw, am bob rhan o'm corff. Mae pob rhan yn bwysig. Wnei di fy nysgu i ofalu am fy nghorff? Amen.

✦ Sut y byddwch chi'n gofalu am eich corff?
✦ Beth a ddigwyddodd i'r carw yn y diwedd? Pam y digwyddodd hyn?

Y Carw a'i Gynffon

Y Ci oedd yn Meddwl ei fod yn Llew

Bod yn chi eich hun

I lawr yn y ddinas fawr roedd ci yn byw gyda'i frodyr a'i chwiorydd. Roedd ganddo ddau frawd a thair chwaer. Yn y tŷ roedd ei frodyr a'i chwiorydd yn byw ond roedd ef yn byw yn yr ardd. Roedd o'n credu ei fod yn llew ac allan yn yr awyr agored roedd llewod yn byw.

Roedd y cŵn yn bwyta gyda'i gilydd ond roedd ef yn bwyta gwair yn yr ardd – oherwydd mai dyna roedd llewod yn ei fwyta. Roedden nhw i gyd yn cysgu efo'i gilydd ond roedd ef yn cysgu o dan y goeden fawr yng ngwaelod yr ardd – oherwydd dyna lle roedd llewod yn byw. Roedden nhw i gyd yn chwarae efo'i gilydd ond roedd ef yn chwarae dal ei gysgod ei hun pan fyddai'r haul yn tywynnu – oherwydd mai dyna roedd llewod yn ei wneud. Roedd y cŵn eraill i gyd yn chwarae'n hapus efo'i gilydd ond roedd ef yn ysgyrnygu a chwyrnu ar bawb oedd yn mynd heibio'r ardd – oherwydd mai dyna roedd llewod yn ei wneud.

Un diwrnod dywedodd wrth ei frodyr a'i chwiorydd, "Dydw i ddim am fyw efo chi ddim mwy. Rydw i am fynd i ymuno â'r syrcas yn y dref – oherwydd mai dyna mae'r llewod yn ei wneud."

I ffwrdd â fo i ymuno â'r syrcas yn y dref.

"Mi hoffwn i ymuno â'r syrcas," meddai wrth berchennog y syrcas.

"Wrth gwrs," meddai yntau, "mae croeso mawr i ti ymuno efo ni. Rwy'n siŵr y byddi'n hapus iawn efo'r anifeiliaid eraill."

Yn ystod y dydd byddai'n cerdded yn araf a hamddenol o gwmpas y syrcas – oherwydd, dyna roedd llewod yn ei wneud. Yn ystod y nos roedd yn cysgu ar lwch lli – oherwydd dyna roedd llewod yn ei wneud. O dro i dro, byddai'n chwarae efo balŵns – oherwydd mai dyna roedd llewod yn ei wneud. Un diwrnod aeth i mewn i'r babell fawr ac yno gwelodd LEW

MAWR, MAWR. "Helô'r llew mawr," meddai, "ga i chwarae efo ti?"

Am Fyd!

MAWR, MAWR. "Helô'r llew mawr," meddai, "ga i chwarae efo ti?"

"Beth, ti yn chwarae efo fi?" meddai'r llew mawr gan agor ei geg a dangos ei ddannedd mawr miniog.

"Pam na cha i chwarae efo ti? Rwyt ti'n llew ac mi rydw innau'n llew."

"Ti ... yn llew. Nid llew wyt ti ond ci," meddai'r llew dan chwerthin dros y lle.

"Beth, ci ydw i? Hwrê!" meddai.

Rhedodd o'r syrcas ar hyd y ffordd yn ôl at ei frodyr a'i chwiorydd.

"Ci ydw i!" meddai wrthyn nhw.

Mae ci sy'n gwybod ei fod yn gi yn byw gyda'i frodyr a'i chwiorydd. Mae'n bwyta, cysgu a chwarae efo nhw bob dydd.

O Dduw, wnei di ddangos i mi sut fath o blentyn ydw i mewn difri. Amen.

✦ Pam nad oedd y ci yn byw efo'i frodyr a'i chwiorydd?

✦ Pa bryd y daeth y ci i wybod mai ci oedd ac nid llew?

✦ Beth ddigwyddodd wedyn?

Y Ci oedd yn Meddwl ei fod yn Llew

85

Y Goeden Nadolig Leiaf yn y Byd

Tristwch / Amynedd

Ar ochr y bryn roedd y goeden binwydd fach yn tyfu. Coeden fechan ddigalon iawn oedd y goeden binwydd. Roedd ei changhennau'n plygu gan ei bod mor oer.

Daeth aderyn heibio a gofyn iddi, "Pam wyt ti mor drist, yr hen goeden fach? Cod dy galon, mae'r Nadolig yn nesáu. Wyt ti am fynd i'r dref dros y Nadolig?

"Nag ydw. Maen nhw'n dweud mod i'n rhy fychan. Does neb f'eisiau i," wylodd y goeden fach.

Dywedodd wrth yr aderyn fod y coed eraill i gyd wedi crefu arni i dyfu'n gyflym, gyflym a dod yn goeden Nadolig yn barod i fynd i'r dref. Yna dyma nhw i gyd yn mynd i'r dref i fod yn goed Nadolig a gadael y goeden fach ar ei phen ei hun.

Roedd y goeden fach yn unig iawn. "Mi fuaswn i wrth fy modd petawn i'n dalach," dechreuodd grio unwaith eto.

Meddyliodd yr aderyn am y goeden fach drist. Sut yn y byd y gallai helpu. "Mi wn i am syniad da. Mi af i weld y mul bach sy'n byw yn y pentref. Mae o'n gwybod bob dim am y Nadolig."

Cyrhaeddodd y mul bach a'r aderyn ochr y bryn. Ar hyd y ffordd cwynai'r mul bach. "Fydda i byth yn barod erbyn y Nadolig. Mae gen i gymaint o waith i'w wneud." Bu'n grwgnach ar hyd y ffordd i fyny'r bryn.

"Dyma ni wedi cyrraedd," meddai'r aderyn. Syllodd y mul bach ar y goeden.

"Tybed alla i dy helpu?" gofynnodd y mul bach.

"Efallai y gelli di," meddai'r goeden fach. "Coeden fechan ydw i ac mi fuaswn i'n hoffi bod yn goeden dal, dal." Dechreuodd grio unwaith yn rhagor.

"Paid â chrio, goeden fach," meddai'r mul bach. "Edrych ar y goleuadau ar y goeden Nadolig yn y dref. Mae pawb yn paratoi ar gyfer y Nadolig. Mae'r anrhegion yn barod. Mae'r cardiau'n barod. Mae'r twrci a'r gacen Nadolig yn barod. Mae'r plant yn barod i ganu carolau Nadolig. Mae pawb yn paratoi ar gyfer y Nadolig. Efallai, y flwyddyn nesaf, mai ti fydd y goeden Nadolig yng nghanol y dref."

Sychodd y goeden ei dagrau. Tywynnodd yr haul ar yr eira gwyn. Ac yng nghanol yr eira roedd y goeden Nadolig hardda welsoch chi erioed. Dechreuodd y mul bach a'r aderyn ganu carolau. Daeth yr anifeiliaid oedd yn byw yn y cyffiniau atyn nhw i ganu carolau.

Ymhen dim roedd pawb wedi dod at ymyl y goeden fach.

Doedd y goeden fach ddim ar ei phen ei hun mwyach. Doedd y goeden fach ddim yn drist, mwyach. Meddai wrthi'i hun, "Efallai, y flwyddyn nesaf, mai fi fydd y goeden Nadolig yng nghanol y dref."

O Dduw, pan fydda i'n drist a digalon wnei di godi fy nghalon? Amen.

✦ Pam roedd y goeden fach yn drist?
✦ Fyddwch chi'n drist adeg y Nadolig?
✦ Beth ddigwyddodd i wneud y goeden yn hapus unwaith eto?

Owain yr Ysgyfarnog Dewr

Dewrder / Gweld Cyfle

Bob dydd byddai Owain Ysgyfarnog yn byw mewn ofn. Roedd arno ofn popeth. Roedd arno ofn y glaw oedd yn disgyn ar y dail. Roedd arno ofn yr eira oedd yn syrthio ar y llawr. Roedd arno ofn, hyd yn oed, y gwynt oedd yn chwythu drwy'r goedwig.

Byddai'r ysgyfarnogod eraill i gyd yn gwneud sbort am ei ben. "Gwyliwch," medden nhw efo'i gilydd, "mae Owain yr Ysgyfarnog Ofnus yn dod." Yna fe fydden nhw i gyd yn dechrau chwerthin.

"Be sy'n bod, Owain Ofnus?" gofynnodd un o'r ysgyfarnogod eraill. "Pam fod arnot ti ofn popeth?"

Dechreuodd Owain grio. Doedd ganddo ddim help ei fod yn ofnus.

"Paid â chrio, Owain," meddai'i ffrind wrtho. "Rwyf am i ti fod yn Owain Ddewr o hyn ymlaen."

"Iawn," meddai Owain, "felly rydw i am fod. Does arna i ddim ofn dim yn y byd. Does arna i ddim ofn y glaw na'r eira na'r gwynt. Does arna i ddim ofn y llwynog coch. Does arna i ddim ofn yr un anifail yn y byd i gyd."

Oedd, roedd Owain yn teimlo'n ddewr iawn, iawn.

Pan oedd Owain wrthi'n canmol ei hun fel hyn pwy ddaeth dros y bryn ond y llwynog coch. Rhedodd pob un o'r ysgyfarnogod nerth eu traed. Arhosodd Owain yn llonydd.

Dechreuodd y llwynog lyfu ei geg â'i dafod hir.

"O mae arna i ofn am fy mywyd," meddai Owain. "Mae arna i ofn ofnadwy. Mae arna i ofn y glaw, yr eira a'r gwynt. Mae arna i ofn y llwynog coch a phob anifail arall yn y byd."

Roedd o'n crynu o'i ben i'w gynffon bwt. Neidiodd yn ei ddychryn i'r awyr a syrthiodd ar gefn y llwynog coch. Rhoddodd un naid arall i'r awyr a dechreuodd redeg am ei fywyd. Roedd y llwynog coch yntau wedi dychryn yn arw. Doedd o ddim yn gwybod beth oedd wedi neidio ar ei gefn.

Rhedodd Owain nerth ei draed. Roedd o'n mynd yn

gyflymach na'r gwynt a'r glaw. Teimlai fod y llwynog coch wrth ei sodlau. Roedd o'n clywed dannedd y llwynog yn crensian wrth ei gynffon. Ymlaen yr aeth yn gynt ac yn gynt. Yn gynt na'r gwynt, yn gynt na'r glaw. Gwelodd lwyn o ddrain ym môn y clawdd. Rhedodd i ganol y brigau a'r dail i guddio. Curai ei galon yn gyflymach ac yn gyflymach.

Ond ble roedd y llwynog coch?

Wel, roedd y llwynog coch yn rhedeg i'r cyfeiriad arall. Pan neidiodd yr ysgyfarnog ar ei gefn credai fod yr heliwr wedi'i ddal. Tra oedd yr ysgyfarnog yn rhedeg gan gredu fod y llwynog ar ei ôl roedd y llwynog yn rhedeg i'r cyfeiriad arall gan gredu fod yr heliwr ar ei ôl.

Bu'r llwynog yn rhedeg am amser maith. Roedd wedi rhedeg cryn bellter o'r cae lle roedd yr ysgyfarnogod yn byw. Roedden nhw i gyd wedi gweld beth oedd wedi digwydd. Pan ddaeth Owain ato'i hun cerddodd yn ôl yn hamddenol at ei ffrindiau. Roedden nhw i gyd yn disgwyl amdano.

"Edrychwch pwy sy'n dod," medden nhw efo'i gilydd. "Nid Owain Ofnus ydi hwn ond Owain Ddewr. Welsoch chi o'n dychryn y llwynog coch a'i ymlid i ffwrdd?"

"Mae'n rhaid i mi ddiolch i chi gyd," meddai Owain, "chi wnaeth fy helpu i fod yn ysgyfarnog dewr. I chi mae'r diolch am fy helpu. Y fi ydi'r ysgyfarnog dewraf yn y byd i gyd a chithau ydi'r ysgyfarnogod ofnus. Pob un ohonch chi."

Doedd dim taw ar Owain ar ôl y diwrnod hwnnw. Cerddai o gwmpas gan ddweud wrth yr anifeiliaid eraill i gyd mai fo oedd Owain yr Ysgyfarnog Dewr.

Helpa fi, O Dduw, i fod yn ddewr pan fo angen bod yn ddewr. Amen.

✦ Ydych chi'n credu bod ffrindiau Owain wedi bod yn ffrindiau da iddo?

✦ Sut un ydych chi? Ydych chi'n ddewr neu a oes arnoch chi ofn bob dim?

Owain yr Ysgyfarnog Dewr

Lili Wen Fach

Codi Calon / Gweledigaeth / Dewrder

Ar gwr y pentref roedd hen ŵr a hen wraig yn byw. Roedd y ddau yn casáu'r gaeaf am fod y tywydd yn oer a'r dydd yn fyr.

Pan fyddai'r tywydd yn oer, oer, ni fyddai'r hen ŵr a'r hen wraig byth yn mynd allan o'r tŷ am fod arnyn nhw ofn syrthio a thorri eu coesau. Felly, doedd yna ddim amdani ond aros yn y tŷ yn gynnes. Roedd hi wedi bod yn aeaf caled iawn. Roedd hi wedi bwrw eira'n drwm ac wedi rhewi'n gorn. Roedd yr haul fel petai wedi digio efo'r ddaear. Doedd o byth i'w weld yn yr awyr.

Bob dydd byddai'r hen ŵr yn mynd i chwilio am goed tân ond roedd y rheiny'n dechrau prinhau. Roedd y ddau'n poeni'n arw; os byddai'r tywydd oer yn parhau yna byddai'n anodd iawn cael coed tân a heb dân byddai'r ddau'n siŵr o rynnu i farwolaeth.

"Pa bryd mae'r gaeaf yma'n mynd i'n gadael ni?" gofynnodd yr hen ŵr.

"Paid ti â phoeni," meddai'r hen wraig, "rydw i wedi gweld gaeafau oer stormus iawn ond bob tro mae'r gwanwyn yn siŵr o ddod. Mi ddaw y gwanwyn cyn bo hir, gei di weld.

Bryd hynny bydd yr adar bach yn dechrau canu, y blodau'n dechrau tyfu a'r coed yn deilio."

"Wel, gobeithio dy fod ti'n dweud y gwir," meddai'r hen ŵr yn ddigon digalon.

"Ond cofia di," meddai'r hen wraig, "Cyn y bydd y gwanwyn yn dod bydd yn siŵr o anfon ei negeseuwyr."

"O! a phwy ydi'r rheiny?" gofynnodd yr hen ŵr.

"Negeswyr y gwanwyn ydi'r lili wen fach neu dlws yr eira. Mi fydda'n nhw'n ysgwyd eu pennau cyn pen dim," meddai'r hen wraig yn sicr ohoni'i hun.

Y noson honno aeth yr hen ŵr i'w wely yn ddigon trist. Tybed a oedd negeseuwyr y gwanwyn am ddod y noson honno. Tybed a fyddai yna ddigon o goed tân ar gyfer gweddill y gaeaf? Tybed a oedd yr haul wedi digio efo'r ddaear? Dyma'r cwestiynau oedd yn ei flino. Bu'n troi a throsi drwy'r nos; wnaeth o ddim cysgu winc. Cododd yn fuan fore drannoeth a gwnaeth frecwast cynnar iddo ef a'i wraig.

"Mi rydw i am fynd i chwilio am goed tân, yn syth ar ôl brecwast," meddai wrth yr hen wraig.

Ar ôl iddo orffen bwyta, gwisgodd ei gôt fawr, ei fenig a'i sgarff ac aeth allan drwy'r drws. Beth welai yn chwifio eu pennau yn yr ardd, ynghanol yr eira, ond clwstwr o dlws yr eira yn ysgwyd eu pennau yn y gwynt oer. Galwodd ar ei wraig y munud hwnnw. "Tyrd yma," gwaeddodd. "Edrych beth sydd yma yn yr ardd, negeswyr y gwanwyn."

"Roeddwn i'n dweud wrthyt ti," meddai hithau.

"Roeddwn i'n gwybod nad oedd y gwanwyn ddim ymhell.

Gyda hyn, bydd y tywydd oer yn cilio a bydd gwyrddni newydd yn ymddangos ar draws y wlad i gyd."

"Wel, diolch am hynny," meddai'r hen ŵr yn hapusach erbyn hyn.

Ffarweliodd â'r hen wraig ac i ffwrdd â fo i chwilio am goed tân. "Y tro olaf, gobeithio, y gaeaf hwn," meddai wrtho'i hun.

O Dduw, diolch am dymor y gwanwyn. Bydd hwn yn dod i godi'n calonnau ar ôl tymor du y gaeaf. Amen.

✢ Sut fuasech chi'n disgrifio tlws yr eira?
✢ Oes yna enwau eraill ar gyfer y planhigyn hwn?
✢ Pam fod lili wen fach neu eirlys yn blanhigyn sy'n codi calon?

Lili Wen Fach

Y Crwban Dŵr
Parchu dymuniadau eraill

Y duw Seus oedd pennaeth y duwiau eraill i gyd. Ef oedd y duw cryfaf a mwyaf cadarn. Pan fyddai'n flin byddai'n hyrddio'r taranau o gwmpas, a phan fyddai hyn yn digwydd byddai'r duwiau eraill i gyd yn crynu mewn ofn. Duw cas ac annymunol oedd Seus.

Pan benderfynodd Seus ei fod am briodi, gwahoddodd yr holl anifeiliaid, bob un ohonyn nhw, i'r wledd briodas. Pan ddaeth y diwrnod mawr cychwynnodd yr anifeiliaid i gyd ar eu taith, yn cyfarth a brefu, yn rhochian a gwichian, yn udo a chwyrnu, yn gweryru a chwibanu a phob un yn edrych ymlaen yn hapus.

Fe gawson nhw ddiwrnod i'w gofio. Pob un yn cael bwyta'r bwydydd roedden nhw'n eu hoffi orau. Pan ddaeth yr hwyr roedd pob un o'r anifeiliaid yn dew, dew.

Edrychodd Seus arnyn nhw gan wenu. Ond yn sydyn dechreuodd wylltio, "Ble mae'r crwban dŵr?" gofynnodd i Hera ei wraig newydd. "Pam nad ydi'r crwban dŵr wedi dod i'r wledd briodas?"

Edrychodd Hera'r dduwies o gwmpas ystafell y wledd a gwelodd nad oedd y crwban dŵr yno ymhlith yr anifeiliaid eraill. "Mi af am dro i chwilio am y crwban dŵr a gofyn iddo pam nad oedd o wedi dod i'r wledd briodas," meddai Seus.

Y diwrnod canlynol, daeth Seus ar draws y crwban dŵr yn gorffwyso'n dawel yng nghanol y mwd ar lan yr afon. "Grwban dŵr, pam nad oeddet ti, o bawb, yn y wledd briodas ddoe?" gofynnodd Seus mewn llais tyner.

Ceisiodd y crwban guddio tu ôl i ddeilen fawr oedd yn tyfu ar lan yr afon. Ni ddywedodd air o'i ben.

"Pam nad oeddet ti yn y wledd briodas ddoe? Rho ateb i mi," mynnodd Seus. Cododd y crwban dŵr ei ben a sibrydodd mewn llais distaw, ofnus, "Does unman yn debyg i gartref."

Trodd Seus yn gas. Gwaeddodd mewn llais cras oedd

mor uchel nes dychryn yr holl adar oedd yn y coed, "Felly'n wir! O hyn ymlaen byddi'n cario dy dŷ ar dy gefn i ble bynnag y byddi'n mynd." Yna diflannodd Seus drwy'r fforest gan wneud sŵn fel taran.

Yn sydyn teimlodd y crwban dŵr bwysau ar ei gefn. Roedd cragen galed yn gorchuddio ei gefn o'i wddf at fôn ei gynffon. Dechreuodd grafangu i ffwrdd gyda'i ben, blaen ei gynffon a'i bedair coes yn ymddangos o dan ei gragen.

O'r amser hwnnw, mae holl grwbanod dŵr y byd yn cario eu tai ar eu cefnau.

Weithiau, O Dduw, mi rydw i eisiau fy ffordd fy hun. Dydw i ddim yn hidio dim am deimladau pobl eraill. Wnei di fy helpu i fod yn berson mwy dymunol? Amen.

✦ Fyddech chi'n dweud fod y duw Seus yn berson annymunol? Pam?
✦ Tybed oedd Seus hefyd yn berson hunanol?

Y Crwban Dŵr

Cath Fach Newydd

Cyd-fyw / Cyfeillgarwch

Cath Fach Newydd

Un bore daeth cnoc ar y drws. Rhedodd Llŷr at y drws fel arfer. Mr Edwards drws nesaf oedd yno. Ar ôl sgwrs fer wrth y drws rhedodd Llŷr yn ôl at ei rieni.

"Mae Mr Edwards yn gofyn wnawn ni gymryd cath fach ddu a gwyn. Mam, gawn ni ei chymryd hi?"

Edrychodd y fam ar ei dad. Edrychodd ei dad ar ei fam. A dyma'r ddau'n edrych ar Smotyn oedd yn cysgu'n braf yn ei fasged. Doedd Smotyn ddim yn hoffi cathod. Pan fyddai cath yn mentro i'r ardd byddai Smotyn yno fel mellten, yn cyfarth yn gynddeiriog. Ymhen dim byddai holl gathod yr ardal wedi diflannu.

"Edrych, Llŷr bach," meddai'i dad, "fuasai Smotyn ddim yn gadael i unrhyw gath ddod ar gyfyl y tŷ yma."

"Ond nid unrhyw gath ydi hon, ond cath fach ddel, ddu a gwyn. Efallai byddai cath fach yn iawn efo Smotyn, a Smotyn efo hithau." Doedd dim troi ar Llŷr.

Yn y gornel, roedd ei chwaer, Angharad, wedi bod yn gwrando. Roedd Angharad yn hŷn na Llŷr. Rhoddodd hithau ei phwt i mewn.

"Beth am i ni roi cynnig arni? Os na fyddan nhw'n cyddynnu rwy'n siŵr y byddai Mr Edwards yn ei chymryd yn ôl."

Cytunodd y rhieni.

Ar ôl ysgol daeth Llŷr i'r tŷ efo bwndel o ffwr du a gwyn. Rhoddodd y gath fach ar y mat o flaen y tân. Cododd Smotyn o'i fasged. Dechreuodd arogli o'i gwmpas. Gwelodd y bwndel bach du a gwyn. Rhuthrodd amdani. Cododd y gath fach ar ei thraed y munud hwnnw. Roedd ei chefn yn wargam. Dechreuodd hisian yn ffyrnig. Trawodd wyneb Smotyn efo'i phawen. Roedd ei hewinedd wedi ei daro yn ei drwyn. Neidiodd Smotyn yn ôl a rhedodd y gath o dan y bwrdd ac yno y bu am oriau.

Aeth Smotyn i'w fasged ac yno y bu yntau am hydoedd.

Pan oedd hi'n amser gwely daeth y gath fach yn araf, araf a gorwedd wrth ochr basged Smotyn. Arhosodd yntau yn ei fasged gan edrych ar y gath. Roedd hi'n amlwg fod y gath fach wedi gwneud meistr arno.

"Mae'n amlwg eu bod nhw'n ffrindiau," meddai tad Llŷr.

"Cofiwch chi, y ddau ohonoch, mae'n rhaid i chi roi cartref da i'r gath fach. Beth am gael enw arni? Fedrwn ni ddim galw 'cath fach' arni drwy'r amser."

Ar ôl noson o gwsg, rhuthrodd Llŷr i stafell wely ei rieni.

"Mi rydw i wedi meddwl am enw ar y gath fach – Lwcus."

"Pam wyt ti eisiau ei galw'n Lwcus?" gofynnodd ei fam.

"Am nifer o resymau," meddai Llŷr. "Rydyn ni'n lwcus o'i chael hi, a hefyd rydyn ni'n lwcus ei bod hi a Smotyn yn ffrindiau."

"Wel, Lwcus amdani felly," meddai'r tad.

Wnei di fy nysgu, O Dduw, i fod yn ffrind da i bob anifail. Amen.

✦ Fedrwch chi feddwl am anifeiliaid sydd ddim yn gallu cyd-fyw?

✦ Ydych chi'n credu bod Llŷr wedi rhoi enw da ar y gath fach? Pam?

Cath Fach Newydd

Trip i'r Sw

Mwynhau a gwerthfarogi byd natur

Am naw o'r gloch, tu allan i'r ysgol, roedd pedwar bws anferth. Hwn oedd diwrnod y trip i'r sw. Roedd y plant i gyd yn eu hwyliau gorau a'r athrawon yn flin iawn am fod y plant yn swnllyd. "Un gair eto a fydd dosbarth pedwar ddim yn mynd i'r sw," meddai Miss Parry, athrawes dosbarth pedwar. Swatiodd pawb yn ddistaw. Daeth y pennaeth heibio a dweud ei bod hi'n amser i bawb fynd ar y bysiau.

Ar ôl cyrraedd y sw aeth pob dosbarth yn drefnus efo'r athrawon i weld y gwahanol adar ac anifeiliaid. Roedd dosbarth pedwar yn awyddus i fynd i weld yr eliffantod. Tri eliffant mawr oedd yn y sw. Pan gyrhaeddon nhw roedd eu gwarchodwyr yn eu bwydo efo pob math o ffrwythau, llysiau a digonedd o wair.

Pan welodd un o'r eliffantod y plant, plygodd dros y ffens a chodi ei drwnc hir i gyfeiriad Miss Parry. "Does gen i ddim byd i ti," meddai Miss Parry'n gellweirus wrth yr eliffant. Roedd y plant wedi cael digon ar yr eliffantod.

"Miss, gawn ni fynd i weld y llewod?" oedd cri'r dosbarth cyfan.

"I ffwrdd â ni i weld y llewod, felly," meddai Miss Parry.

Mae'n amlwg ei bod yn ddiwrnod da yn y sw gan fod y llewod yn cael eu bwydo hefyd. Roedd darnau mawr o gig ar lawr y cawell ac ambell lew mwy barus na'i gilydd wedi dwyn dau ddarn mawr o gig. Roedd eraill yn rhuo a chwyrnu.

"Gwrandewch rŵan," meddai Miss Parry, oedd yn siarad yn union fel athrawes, "rydach chi wedi cael gweld yr eliffantod a'r llewod. Mi fuaswn i'n hoffi cael mynd i weld y mwncïod."

"Iawn, Miss Parry," meddai'r plant fel un côr.

Wel dyna hwyl oedd yng nghawell y mwncïod. Roedd oddeutu dau ddwsin ohonyn nhw yn y cawell. Roedd rhai yn rhedeg yn wyllt o un lle i'r llall. Eraill yn eistedd gyda'i gilydd.

"Edrych," meddai Ianto, "mae'r mwnci yna'n hel chwain oddi ar gefn y llall." Chwarddodd y plant i gyd.

Allan o gwt yn y gornel daeth mwnci, a mwnci bach yn sownd ar ei bol. Esboniodd Miss Parry, "Edrychwch, y fam ydi hon a mwnci bach yn cael diod." Roedd y plant i gyd wedi rhyfeddu.

Yn araf, ond yn wyliadwrus daeth, y fam yn nes ac yn nes at y plant. Arhosodd ar y graig ym mhen blaen y cawell. Tynnodd y mwnci bach oddi ar ei bol a gafael ynddo'n ofalus. Cododd y mwnci bach yn ei breichiau. "Miss Parry," gofynnodd Sioned yn feddylgar, "ydi hi'n dangos ei babi bach newydd i ni?"

"Wel, mae'n edrych felly," meddai Miss Parry.

A diwrnod felly y bu. Diwrnod o ryfeddodau. Diwrnod i'w gofio. Ar eu ffordd adref yn y bws roedd y plant i gyd wedi penderfynu eu bod am weithio mewn sw ar ôl iddyn nhw dyfu i fyny.

"Pam?" gofynnodd Miss Parry. Yr ateb unfryd oedd 'am fod anifeiliaid yn bethau diddorol'.

 O Dduw, rydw i'n hoffi pob math o anifeiliaid. Anifeiliaid gwyllt ac anifeiliaid dof. Gwna fi'n ffrind i bob anifail. Amen.

 ✢ Fyddwch chi'n hoffi mynd i'r sw?
✢ Beth fyddwch chi'n hoffi orau yn y sw?
✢ Fyddech chi'n hoffi gweithio mewn sw? Pam?

Trip i'r Sw

Y Ci Dewr
Caredigrwydd / Gofal / Cyfeillgarwch

Doedd neb eisiau Ben. Mwngrel mawr du oedd Ben. Roedd wedi bod yn y cartref i gŵn ers blwyddyn gron gyfan. Bob dydd byddai rhywun yn dod heibio i chwilio am gi. Bob nos byddai Ben yn yr un hen le. Neb eisiau Ben. Roedd perchnogion y ganolfan yn ddigon caredig. Byddai'n cael digonedd o fwyd a chael mynd am dro unwaith y dydd.

Un diwrnod clywodd sgwrs fu bron â thorri ei galon:

"Mi fydd rhaid i ni gael gwared â Ben. Mae o wedi bod yma ers blwyddyn erbyn hyn. Mae'r gost o'i gadw'n mynd yn ormod," meddai Sioned, un o'r genethod oedd yn gweithio yno.

"Beth fydd hynny'n ei olygu?" gofynnodd yr eneth arall iddi. Newydd ddechrau gweithio yn y cartref oedd Lyn. Roedd hi'n galon feddal iawn.

"Bydd rhaid i'r milfeddyg ei roi i gysgu," oedd yr ateb.

"O na! Ben druan," meddai Lyn.

Y noson honno bu Lyn yn pendroni. Roedd hi newydd symud i fflat ar ei phen ei hun. Byddai ci yn gwmpeini iddi.

Bore drannoeth, cyrhaeddodd ei gwaith yn brydlon. Aeth i weld y perchennog yn syth.

"Ydych chi'n meddwl y buaswn i'n cael cymryd Ben?"

"Wrth gwrs," oedd yr ateb pendant.

Y noson honno treuliodd Ben ei noson gyntaf gyda'i berchennog newydd. Cysgodd yn drwm drwy'r nos. Fore trannoeth roedd yn prancio efo Lyn. A dyna oedd y drefn bob dydd – mynd am dro yn y bore a'r hwyr a digon o fwyd. Un noson, dihunodd Ben yn sydyn. Teimlai'n anghysurus. Roedd rhywbeth yn bod. Roedd arogl dieithr yn ei ffroenau. Arogl nwy oedd yn yr ystafell. Dechreuodd gyfarth ac udo. Clywodd Lyn ei gyfarthiad. Cododd ar ei hunion a mynd i'r gegin lle roedd Ben yn cysgu. Pan agorodd y drws, roedd Ben yn sefyll yn y drws a golwg gynhyrfus iawn arno.

"Be sy'n bod, Ben bach?" gofynnodd Lyn. Cyfarthodd yn

wyllt unwaith eto. Roedd Lyn yn deall ar ei hunion beth oedd yn bod. Roedd hi'n arogli nwy oedd yn llenwi'r ystafell. Gafaelodd yn Ben a'i dynnu gyda hi i'r ystafell nesaf. Ond roedd arogl nwy yno hefyd. Galwodd ar y gwasanaethau brys yn ddiymdroi ac aeth allan o'r fflat.

Cyn pen dim roedd y gwasanaethau brys wedi cyrraedd. Soniodd Lyn wrthyn nhw am yr hyn a wnaeth Ben.

"Dyna gi da," meddai hi wrtho a'i fwytho. "Rwyt ti wedi achub fy mywyd i."

Ar ôl y digwyddiad hwnnw bu Lyn a Ben yn ffrindiau pennaf.

Diolch i Ti, O Dduw, am bobl garedig.
Pobl sy'n barod i ofalu am anifeiliaid tebyg i Ben y ci. Amen.

✦ Pam nad oedd neb eisiau Ben tybed?
✦ Fedrwch chi feddwl am straeon eraill lle mae anifeiliaid wedi achub pobl?

Y Ci Dewr

Y Blaidd a'r Oen

Dysgu Gwrando / Dod i benderfyniad

Pan oedd y blaidd yn yfed o'r afon gwelodd oen bychan llond ei groen yn prancio i lawr y bryn. Daeth i lawr at ymyl y dŵr a dechrau yfed ymhellach i lawr yr afon.

"Bore da, a dyma fy mrecwast," meddai'r blaidd gan lyfu ei weflau.

"Beth – wyt ti am fy mwyta?" gofynnodd yr oen bach yn betrus.

"Yn sicr i ti," meddai'r blaidd gan agor ei geg a dangos ei ddannedd miniog.

"Plîs, paid," plediodd yr oen. "Dydw i ddim wedi gwneud drwg i ti o gwbl."

"Drwg?" meddai'r blaidd. "Beth am y gaeaf diwethaf pan oeddet ti'n cuddio tu ôl i'r gwrych ac yn gweiddi, 'Pwy sydd ofn y blaidd mawr tew?' "

"Ond doeddwn i ddim wedi cael fy ngeni y gaeaf diwethaf. Dim ond mis oed ydw i," meddai'r oen bach.

"Dy frawd oedd o felly. Roedd o'n union fel ti – dwy glust, pedair coes a chôt o wlân," meddai'r blaidd.

"Ond does gen i ddim brawd. Y fi ydi'r oen cyntaf i gael ei eni. Dydw i ddim wedi gwneud drwg i ti o gwbl."

Meddyliodd y blaidd am funud. "Beth am y munud yma? Rwyt ti wedi yfed y dŵr o'r un afon ag rydw i wedi yfed ohoni. Mae dy hen geg fudr di wedi bod yn y dŵr."

"Ond," meddai'r oen bach, "yfed i lawr yr afon oeddwn i. Roedd y dŵr o gwmpas fy ngheg yn llifo i lawr yr afon ac nid i fyny atat ti."

"Beth bynnag, mi rydw i am dy fwyta," meddai'r blaidd.

"Pam? Rho un rheswm da i mi," meddai'r oen bach.

"Wel, wythnos diwethaf mi wnest di ddifrod i 'nghartref i. Roeddet ti'n prancio ar y borfa uwchben fy ffau a dyna'r tir yn dymchwel i mewn i'r ffau. Roedd fel daeargryn mawr."

"Dwyt ti ddim yn credu fod hynna'n wir? Y fi, oen bach

ysgafn yn prancio ar y borfa a'r tir yn disgyn oddi tanaf?"

"Wrth gwrs fod hynny'n wir," meddai'r blaidd. Rhuthrodd tuag at yr oen bach ac ymosod arno'n ddidrugaredd.

Pan glywodd y dylluan ddoeth am hyn galwodd holl anifeiliaid y fro at ei gilydd.

"Rydw i eisiau i chi wrando'n astud iawn," meddai. "Doedd y blaidd drwg ddim yn credu dim a ddywedodd wrth yr oen bach. Doedd o ddim am wrando ar yr oen bach. Roedd y blaidd wedi penderfynu ei fod am fwyta'r oen bach. Doedd dim byd yn mynd i newid ei feddwl o gwbl. Roedd yn benderfynol o fwyta'r oen bach."

Meddyliodd y dylluan ddoeth unwaith eto a meddai, "Cyn i chi wneud drwg i neb, meddyliwch chi'n galed yn gyntaf a byddwch yn barod i wrando."

Aeth yr anifeiliaid i ffwrdd i feddwl am yr hyn ddywedodd y dylluan ddoeth.

O Dduw, gwna fi'n fwy parod i wrando. Amen.

✦ Sut anifail oedd y blaidd yn y stori?
✦ Petaech chi'n oen bach beth fuasech chi wedi'i wneud?

Y Blaidd a'r Oen

Gofal y Fam Gath
Gofal / Caredigrwydd

Mewn blociau mawr o fflatiau roedd Blodwen y fam gath yn byw gyda'i pherchennog. Gan fod perchennog Blodwen yn byw ar y llawr uchaf byddai'n rhaid i'r gath fynd i fyny ac i lawr y grisiau ddwywaith neu dair y dydd. Roedd ei pherchennog wedi gwneud twll neu fflap arbennig yn y drws er mwyn iddi gael mynd yn ôl a blaen fel y mynnai.

Cafodd Blodwen bedair o gathod bach. Roedd ei pherchennog wrth ei bodd efo'r cathod bach. Roedd hi wedi dotio. "Y petha bach dela welsoch chi erioed," meddai wrth ei chymydog un bore.

Yn ystod y dydd roedd perchennog Blodwen yn gweithio yn y ddinas. Byddai'n gadael yn y bore bach cyn i Blodwen godi o'i basged. Erbyn amser cinio byddai Blodwen hithau wedi gadael y tŷ ac wedi mynd i hela yn y caeau gerllaw. Ond roedd rhywbeth dychrynllyd yn digwydd yn y fflat. Roedd y perchennog wedi anghofio diffodd y tân trydan ac roedd ymyl y gadair wedi dechrau llosgi. Sylwodd un o'r cymdogion fod mwg yn dod o'r fflat. Ffoniodd 999 am y frigâd dân. Cyn pen dim roedd dwy frigâd dân a deg o ddynion wrthi'n ceisio diffodd y tân yn y fflat. Pan gyrhaeddodd Blodwen yn ôl, a gweld y dynion tân o gwmpas ymhob man aeth yn syth i mewn i'r fflat ac i'r gegin lle roedd ei basged. Cydiodd yn sgrepan un gath fach a'i chario i lawr y grisiau i ddiogelwch. Gwnaeth yr un peth efo'r tair arall.

Erbyn hyn roedd perchennog y fflat wedi dychwelyd. Cafodd fraw ond roedd y tân wedi'i ddiffodd erbyn hyn. Roedd llawer o'r dodrefn wedi'u llosgi'n ulw. Cofiodd yn sydyn am Blodwen a'r cathod bach. Rhedodd ar ei hunion i'r gegin. Roedd y fasged wedi llosgi'n ulw. Ond ble roedd Blodwen a'r cathod bach?

"Welsoch chi'r gath a'r cathod bach?" gwaeddodd y perchennog yn ei braw.

"Na, welais i mo'r gath na'i chathod bach," meddai'r dyn tân yn ddigon swta. Rhuthrodd y perchennog yn wyllt i'r ystafell fyw lle roedd y dynion tân yn codi'r carpedi ac yn archwilio'r dodrefn. "Welsoch chi'r gath?" gofynnodd y perchennog.

"Na," oedd yr ateb bob tro.

Y noson honno cafodd y perchennog fynd i gysgu i dŷ cymydog yn y fflat islaw. Wnaeth hi ddim cysgu fawr ddim; roedd hi'n poeni am Blodwen a'i chathod bach. Beth petaen nhw wedi llosgi i farwolaeth?

Cododd yn fuan fore trannoeth a mynd yn syth i'r fflat. Pan oedd hi'n dringo i fyny'r grisiau pwy oedd yn mynd o'i blaen efo cath fach yn ei cheg ond Blodwen. Agorodd y drws iddi a beth oedd yn gorwedd ar y llawr yr ochr arall ond tair o gathod bach. Roedd Blodwen yn cario'r olaf i mewn.

Cafodd Blodwen a'i chathod bach groeso mawr.

Gwna fi, O Dduw, yn blentyn gofalus bob amser. Amen.

✦ Ydych chi wedi clywed am straeon tebyg am gathod?

✦ Pa eiriau y byddech chi'n eu defnyddio i ddisgrifio'r fam gath?

Am Fyd!

Y Deinosoriaid

Parchu Eraill / Adnabod Pobl

Filiynau o flynyddoedd yn ôl, ymhell cyn i bobl ymddangos ar y ddaear, roedd anifeiliaid anferth yn crwydro'r ddaear. Roedd y mwyafrif ohonyn nhw'n llawer mwy na'n mamaliaid ni heddiw. Roedd rhai o'r creaduriaid yma yn 22 metr o flaen eu trwyn i fôn eu cynffon – gymaint â thri bws. Y rhain oedd y deinosoriaid. Roedd un ohonyn nhw, sef y BRONTOSOR, yn treulio'r rhan fwyaf o'i fywyd yn byw o gwmpas dŵr gan fod ei gorff mor drwm. Ond doedd hwn ddim yn anifail peryglus. Byw ar ddail a phlanhigion roedd y BRONTOSOR a byddai'n treulio'r rhan fwyaf o'i amser yn cysgu, hyd yn oed yn ystod y dydd.

Ond creadur gwahanol iawn oedd ALOSOR. Rhedeg ar ei goesau ôl roedd hwn ond roedd ganddo ben anferth a chymaint ag wyth deg o ddannedd miniog. Roedd ALOSOR ymhlith y creaduriaid ffyrnicaf ar y ddaear bryd hynny. Byddai'n hela yn y coedwigoedd a'r corsydd am fwyd – cig yn bennaf. Roedd TYRANOSOR yn llawer mwy nag ALOSOR gyda dannedd hirach a chryfach. Hwn, yn ôl pob sôn, oedd yr anifail mwyaf a gerddodd y ddaear yma erioed.

Pan fyddai'r creaduriaid eraill yn gweld y TYRANOSOR yn dod i'w gyfarfod byddent yn ffoi am eu bywydau. Ond roedd un yn barod i sefyll ei dir. Y STEGOSOR oedd hwn. Gwyddai STEGOSOR na allai'r un anifail, hyd yn oed y TYRANOSOR, roi ei ddannedd miniog drwy'r croen caled oedd yn gorchuddio'i gorff. Byddai'n defnyddio'i gynffon sbardunog i ymosod ar unrhyw greadur fyddai'n meiddio dod yn agos ato.

Dyma rai o'r deinosoriaid – gair sy'n golygu 'madfall ddychrynllyd', oedd yn crwydro'r ddaear 65,000 miliwn o flynyddoedd yn ôl. Does yna neb erioed wedi gweld deinosor. Bu'r olaf ohonyn nhw farw ymhell cyn i ddyn ymddangos ar y ddaear. Ond rydym yn gwybod sut greaduriaid oedd y rhain gan fod eu hesgyrn a rhannau o'u cyrff wedi eu claddu yn y ddaear.

Y Deinosoriaid

ﻷ

Bob blwyddyn, mewn gwahanol rannau o'r byd, mae pobl yn darganfod olion y creaduriaid anferth hyn.

O'r hyn rydym yn ei wybod amdanyn nhw gwyddom fod rhai ohonyn nhw'n greaduriaid rheibus, yn 'fadfallod dychrynllyd' yn wir. Ond er bod eraill yn fawr ac yn hyll, eto i gyd roedden nhw'n ddigon diniwed.

Mae hi'n hawdd iawn beirniadu yn ôl golwg. Efallai bod gan berson sy'n edrych yn gas a milain galon gynnes a charedig. A'r person sy'n dlws a phrydferth yn gallu bod yn frwnt ei dafod ac yn angharedig. Mae'n rhaid dysgu dod i adnabod pobl.

Wnei di fy nysgu, O Dduw, i barchu
pawb ac i wneud fy ngorau i bawb? Amen.

✦ Ysgrifennwch ychydig o fanylion am y gwahanol ddeinosoriaid yn y stori.
✦ Ydi'r hyn sydd ym mharagraff olaf y stori yn wir, tybed?

Slothyn

Cyfeillgarwch / Parchu Eraill / Caredigrwydd

Rwy'n siŵr fy mod yn un o'r creaduriaid rhyfeddaf sy'n bod. Mae pawb yn gwneud hwyl am fy mhen. Y fi ydi'r creadur mwyaf diog yn y byd i gyd yn grwn. Petai yna ras rhyngof fi a'r crwban wyddoch chi pwy fuasai'n ennill? Y crwban – wir i chi! Creadur y goedwig ydw i. Yn y coed mae 'nghartra i, yn hongian yn braf ar fy mhen i lawr. Fydda i ddim yn symud rhyw lawer o ddydd i ddydd, o fis i fis, o flwyddyn i flwyddyn. Weithiau, mi fydda i'n hongian o un gangen am ddyddiau. Ond fel mae hi'n nosi mi fydda i'n dechrau ymysgwyd ac yn mynd i chwilio am fwyd. Ond gan nad ydw i'n greadur heini does arna i ddim angen llawer o fwyd.

Mae anifeiliaid y fforest i gyd yn gwneud sbort am fy mhen. Pan fyddan nhw'n mynd heibio maen nhw'n siŵr o ddweud rhywbeth amdana i. Y dydd o'r blaen daeth un o deulu'r llew heibio ac meddai, "Y slothyn diog, dwyt ti ddim wedi symud ers pedwar diwrnod."

Yna, dyma ewig bychan yn carlamu'n heini drwy'r tyfiant ond pan welodd o fi yn hongian o'r gangen, meddai, "Rwyt ti'n rhy ddiog i wneud dim, ond cysgu ar dy ben i lawr." Ac i ffwrdd â fo drwy'r fforest.

Un diwrnod daeth bachgen heibio. Un o blant y fforest. Mae wrth ei fodd yn chwarae ar lawr y fforest. Weithiau bydd yn dal pryfed a'u bwyta, dro arall bydd yn ceisio dal y glöynnod byw lliwgar ond maen nhw'n rhy gyflym iddo. Pan ddaeth ar wib heibio'r goeden roeddwn i'n hongian oddi arni, stopiodd yn stond. Edrychodd arnaf mewn braw a dechreuodd siarad yn araf efo mi.

"Be ydi dy enw di?" gofynnodd.

"Slothyn," meddwn innau yn ara deg. "Mae fy holl symudiadau i'n ara deg." Dywedais wrtho wedyn fod pawb yn gwneud sbort am fy mhen.

"Mae rhai yn galw enwau arna i. Mae rhai eraill yn

dweud nad ydw i yn dda i ddim byd – nad oes yna ddim pwrpas i mi ar y ddaear yma."

Symudais yn nes at y bachgen bach. Yn araf iawn, cofiwch. Wrth i mi symud mae dŵr yn dod o'm llygaid. Roedd y bachgen yn meddwl fy mod yn crio.

"Paid ti â chrio," meddai'r bachgen wrthyf. "Mi fydda i yn ffrind i ti. Mi ddo i i edrych amdanat bob dydd. Paid â bod yn drist."

"D...i...o...l...ch," meddwn wrtho, "M...a...e g...a...n r...y...w...u...n f...e...dd...w...l o...h...o...n...a i w...e...d...i'r c...w...b...l."

Caeais fy llygaid a mynd i gysgu eto.

Weithiau, Arglwydd, mi fydda i'n teimlo'n unig iawn. A phan fydda i'n teimlo felly wnei di ddweud wrtha i nad ydw i ddim yn unig. Rwyt ti efo mi? Amen.

✦ Chwiliwch am lun o'r slothyn. Sut greadur ydi o?
✦ Pa bryd fyddwch chi'n teimlo'n unig?
✦ Beth fyddwch chi'n ei wneud pan fyddwch chi'n unig?

Yr Hen Ŵr a'r Ehedydd

Helpu eraill / Gofal

Ar ynys ymhell bell yn y gorllewin roedd hen ŵr yn byw ar ei ben ei hun. Byddai wrth ei fodd yn crwydro yma a thraw ar hyd a lled yr ynys. Yn yr haf, pan fyddai'r nosweithiau'n hir a braf, byddai'n crwydro ar y mynydd-dir oedd ar ochr orllewinol yr ynys. Yn y gaeaf, pan fyddai hi'n oer a stormus, byddai'n crwydro ar lan y môr i chwilio am froc môr. Ar y glannau byddai darnau o bren yn cael eu lluchio gan y tonnau. Byddai'r hen ŵr yn casglu'r coed i wneud ffidil iddo'i hun. Roedd ganddo ddwsinau ohonyn nhw yn ei fwthyn.

Gyda'r nos byddai'n chwarae'r offerynnau hyn – ffidil wahanol bob nos. Dyna sut y byddai'n diddori ei hun yn ystod tymor y gaeaf pan fyddai'r môr o gwmpas yr ynys yn frochus.

Ond pan ddelai'r gwanwyn byddai'n mynd am dro ar hyd y llechweddau. Pan oedd yn cerdded trwy weirglodd â'r blodau gwyllt o gwmpas ei draed ymhob man sylwodd fod y cudyll coch yn hedfan uwchben. Mae'n rhaid ei fod wedi gweld pryd o fwyd yn y caeau islaw! Wrth i'r hen ŵr gamu ymlaen sylwodd fod aderyn bach ofnus yn cuddio ynghanol y blodau menyn. Aeth ar ei liniau i lawr i siarad efo'r aderyn bach.

"Beth sy'n bod? Ofn y cudyll coch sydd arnat ti?" gofynnodd yr hen ŵr i'r ehedydd bach.

"Ie," meddai yntau. "Wnei di ofalu amdana i?"

"Wrth gwrs," meddai'r hen ŵr, a chododd yr ehedydd bach yn ei ddwylo.

Roedd yn crynu a'i galon yn curo fel gordd.

Daliai'r cudyll coch i hedfan o gwmpas. Un munud roedd yn hedfan yn uchel yn yr awyr a'r munud nesaf byddai'n gwibio tua'r ddaear. Pan fyddai hyn yn digwydd byddai'r ehedydd yn crynu ac yn rhoi ei ben i fyny llawes yr hen ŵr.

"Mae'n well i ni fynd oddi yma," meddai'r hen ŵr.

Cerddodd yn araf tua glan y môr â'r ehedydd yng nghledr ei law. Roedd y llanw ar ei ffordd allan a'r tywod yn felyn. Eisteddodd yr hen ŵr ar y tywod. Edrychodd o'i gwmpas. Doedd dim golwg o'r cudyll. Roedd yn amlwg ei fod wedi mynd i chwilio am fwyd i rywle arall.

"Mae hi'n saff i ti fynd," meddai'r hen ŵr. Agorodd ei ddwylo a hedfanodd yr ehedydd i fyny ac i fyny i'r awyr. Dechreuodd ganu ei gân swynol. Edrychodd yr hen ŵr arno am rai munudau. Diflannodd yr ehedydd i'r entrychion.

Ar ei ffordd adref roedd yr hen ŵr yn ceisio cofio cân yr ehedydd. Hon oedd y gân brydferthaf roedd wedi'i chwarae ar ei offeryn. Cân o ddiolch oedd hi. Diolch am gael dianc o grafangau'r cudyll coch.

Gwna fi, O Dduw, yn berson sy'n mwynhau popeth o'm cwmpas. Amen.

✦ Sut fuasech chi'n disgrifio yr hen ŵr?
✦ Beth fuasech chi wedi'i wneud efo'r ehedydd bach?

Yr Hen Ŵr a'r Ehedydd

Dant y Llew
Gweithio ac Ymlacio

Blodyn bach eithriadol o brysur ydi Dant y Llew. Gallwch ddefnyddio ei ddail danheddog i wneud gwin. Mae ei wreiddiau yn cael eu defnyddio i wneud coffi a'i flodau yn gwneud gwin. Mae'r sudd yn ei goesyn yn cael ei ddefnyddio i gael gwared â defaid ar eich dwylo. Ac mae'n gwneud yn siŵr y bydd yn ymddangos flwyddyn ar ôl blwyddyn. Ar ôl i'r blodau aeddfedu bydd eu hadau yn cael eu cario gan y gwynt i ailddechrau'r cylchdro unwaith eto.

Mae llawer o bobl brysur o'n cwmpas. Y dynion sbwriel sy'n codi ben bore i lanhau ein ffyrdd a gwagio'r biniau. Y postmon wedyn – mae yntau'n codi yn y bore bach er mwyn i ni gael ein llythyrau amser brecwast. A beth am y dyn llefrith? Bore-godwr arall.

Wyddoch chi fod athrawon yn bobl brysur hefyd? Ydyn, maen nhw'n brysur yn ystod y dydd yn yr ysgol ond dydi eu gwaith nhw ddim yn gorffen pan fyddwch chi'n mynd adref. Na, mae yna waith paratoi ar gyfer drannoeth. Rhieni wedyn. Mae'n rhaid gofalu bod y tŷ mewn trefn, glanhau, paratoi bwyd, garddio a chant a mil o bethau eraill.

Sut mae Dant y Llew yn llwyddo i fod yn blanhigyn bach mor brysur? Yn ystod tymor y gaeaf, prin y gwelwch chi'r planhigyn hwn yn ei flodau. Tymor y cysgu a'r gorffwyso ydi tymor y gaeaf. Mae cyfnod o lonyddwch yn bwysig iddo. Cyfnod i adfer nerth ac i dynnu maeth o'r pridd.

Mor bwysig ydi dysgu ymlacio a chymryd gorffwys. Dydi bywyd ddim yn waith i gyd nac yn orffwys i gyd. Y gamp ydi cadw'r balans rhwng y ddau.

O Dduw,
mi ydw i wrth fy modd pan fydda i'n brysur,
yn brysur yn yr ysgol.
Symiau, sgwennu, darllen,
rhedeg, neidio, dringo,
bwyta, chwerthin, crio.
Yn brysur adref –
chwarae, darllen, mynd am dro,
helpu yn yr ardd, o gwmpas y tŷ.
Mi rydw i wrth fy modd pan fydda i'n gorffwyso,
yn ymlacio o flaen y teledu,
yn pendwmpian yn y gadair,
yn cysgu yn y gwely.
Helpa fi, Arglwydd,
i fod yn brysur a phan ddaw'r amser
i orffwyso a chysgu.   Amen.

✦ Ydych chi'n credu y dylai pobl orffwyso mwy yn ystod diwrnod gwaith?
✦ Sut y byddwch chi'n ymlacio?
✦ Gwnewch restr o bobl brysur yn eich ardal chi.

Dant y Llew

Cwlwm y Cythraul *

Casineb / Maddeuant

Blodyn prydferth ydi blodyn y planhigyn hwn. Blodyn gwyn ar siâp trwmped. Yn yr haf, bydd y blodau gwynion, mawr i'w gweld yn y cloddiau. Pan welwch chi'r blodau, ewch atyn nhw. Does ganddyn nhw ddim persawr fel y rhosyn neu'r gwyddfid. Ond maen nhw'n flodau urddasol. Mae'r planhigyn hwn yn tyfu'n sydyn trwy glymu ei hun ar blanhigion eraill. Ond does dim rhaid cael planhigyn arall, mi wnaiff ffens, wal neu giât y tro'n iawn. Tyfu i fyny tua'r goleuni y mae'r planhigyn.

Os daw hwn i'r ardd, rhad arnoch! Bydd wedi nadreddu ei hun o gwmpas y planhigion eraill. Yn y man, bydd wedi cuddio a thagu sawl planhigyn er mwyn cyrraedd y goleuni. Planhigyn yw hwn sydd yn mynnu aros efo chi. Mae'n gwreiddio'n ddwfn iawn. Os byddwch yn credu eich bod wedi cael gwared â Chwlwm y Cythraul bydd yn siŵr o ymddangos y flwyddyn ddilynol a'r flwyddyn ddilynol. Fe gymer flynyddoedd maith i waredu hwn. A beth am yr hadau? Gall y rhain aros yn y pridd am ugain mlynedd cyn egino.

Dweud y mae'r planhigyn hwn – 'mi rydw i am aros efo chi. Mi gewch chi gryn anhawster i gael gwared â fi'.

Ydych chi wedi teimlo'n gas tuag at rywun? Eich rhieni, plant sy'n byw ar y stryd, neu blant sydd efo chi yn yr ysgol. Efallai bod eich mam yn mynnu eich bod yn glanhau eich ystafell wely, neu helpu'n yr ardd, a chithau ddim awydd gwneud hynny. Mae'r plant sy'n byw ar y stryd yn galw enwau arnoch. Mae plant yn y dosbarth yn gwneud sbort am eich pen.

Mae'r rhain i gyd yn eich gwneud i deimlo'n gas a milain. Gall y casineb hwn wreiddio'n ddwfn fel gwreiddiau Cwlwm y Cythraul. Gall y casineb aros efo ni am flynyddoedd maith. Mae hynny yn ei dro yn ein gwneud yn bobl annymunol.

* Convolvulus, Leser Bindweed

O Dduw,
weithiau, rwy'n teimlo'n gas,
yn ffraeo efo pawb –
efo'm rhieni,
efo'm brodyr a'm chwiorydd,
nain a taid,
ffrindiau ar y stryd,
ffrindiau yn yr ysgol.
Ar ôl i mi fod yn gas,
wedyn, rydw i'n teimlo'n gas efo mi fy hun.
Mae arna i ofn tyfu i fyny yn berson cas.
Fydd neb byth yn hoff ohonof wedyn.
Wnei di fy helpu?
Pan fydda i'n dechrau troi'n gas
wnei di ddangos ffordd well i mi?
Gwna fi yn berson annwyl ac addfwyn.
Ond weithiau
mae yna le i mi fod yn gas –
pan fydd pobl yn cael eu cam-drin a
phan fydd pobl yn cael cam.
O Dduw, helpa fi
i ddysgu bod yn gas ar yr amser cywir,
ac yn addfwyn bob tro arall.   Amen.

Cwlwm y Cythraul

✢ Oes gennym ni hawl i fod yn gas efo'n rhieni ac athrawon pan maen nhw gwybod beth sydd orau i ni?
✢ Beth sy'n eich gwneud chi'n gas ac annymunol?

Noson y bomio

Helpu Eraill / Gofal / Meddwl am Eraill

Yn ystod yr Ail Ryfel Byd bu bomio diddiwedd ar ddinas Llundain. Bob nos, o'r bron, byddai awyrennau'r gelyn yn gollwng eu bomiau ar yr adeiladau. Un o'r adeiladau i gael eu dinistrio oedd eglwys ar gyrion y ddinas. Yn digwydd bod doedd neb yn yr eglwys pan syrthiodd y bomiau. Wel ... neb?

Fore trannoeth, ar ôl y bomio, daeth offeiriad a chriw o'r aelodau i weld yr adeilad. Roedd y bom wedi syrthio'n syth drwy'r to. Tu mewn i'r adeilad roedd llechi a cherrig ymhob man. Ynghanol y rwbel arhosodd yr offeiriad am funud neu ddau.

"Gawn ni air bach o weddi," meddai wrth y llond dwrn o aelodau oedd yno. "Yr Almaenwyr sydd wedi gwneud hyn. Gawn ni weddïo drostyn nhw?"

Roedd rhai o'r aelodau wedi rhyfeddu o glywed fod yr offeiriad am weddïo dros y gelyn. Aeth yr offeiriad ymlaen i ofyn i Dduw eu helpu i ailadeiladu'r eglwys. Yn sydyn gofynnodd un o'r aelodau, "Ble mae'r gath?" Arhosodd pob un yn llonydd. Roedd y gath yn ffefryn gan bawb. Yn ystod y gwasanaethau yn yr eglwys byddai'r gath yn dod i mewn ac yn eistedd, bob tro, ar y sêt wrth ymyl y pulpud. Byddai'r offeiriad yn dweud yn aml fod y gath yn gwrando'n well na'r gynulleidfa.

Ychydig ddyddiau cyn i'r bomio ddechrau roedd y gath wedi rhoi genedigaeth i un gath fach. Roedd plant yr eglwys wedi gwirioni. Byddai'r gath yn arfer cysgu o dan y sedd wrth ochr y pulpud.

Edrychodd yr offeiriad i lawr tua'r pulpud. Roedd carreg fawr wedi syrthio arno. "Mae'n bur debyg fod y cerrig yna wedi syrthio ar y gath. Mae hi a'i chath fach wedi'u lladd, mae'n bur debyg," meddai'r offeiriad a thristwch yn ei lais.

"Dowch i ni gael gweld," meddai un o'r dynion.

"Na'n wir, fedrwch chi ddim cerdded dros y cerrig yna. Beth petaech chi'n torri'ch coes?" meddai un o'r gwragedd yn ddigon gofidus.

Mynnodd y dyn ei fod am fentro. Aeth yr offeiriad gydag ef. Camodd y ddau'n ofalus dros y cerrig a'r llechi. Roedd hi'n beryglus iawn. Llithrodd y dyn wrth gamu dros y llechi miniog.

Helpodd yr offeiriad ef i godi ar ei draed. Gwyliodd y gweddill gamau'r ddau. Dyma gyrraedd y pulpud.

"Sh," meddai'r offeiriad, "mae yna sŵn mewian yn dod o dan y cerrig yma." Gwrandawodd y ddau'n astud. Oedd, roedd sŵn mewian. Bu'r ddau wrthi am hydoedd yn symud y cerrig a'r llechi'n ofalus iawn rhag ofn iddyn nhw wneud niwed i'r gath â'r gath fach.

"Un garreg eto," meddai'r offeiriad gan wthio'r garreg yn ofalus i'r chwith. A phwy gerddodd allan ond y gath â'r gath fach yn ei cheg.

Roedd y fam wedi gorwedd drosti a'i diogelu drwy gydol yr holl fomio arswydus y noson cynt.

Diolch i Ti, O Dduw, am bobl ddewr sy'n barod i fentro eu bywydau i helpu eraill. Amen.

✦ Ydych chi'n credu fod yr offeiriad yn iawn yn gweddïo dros y rhai oedd wedi gwneud difrod i'r eglwys?
✦ Fuasech chi wedi mentro dros y cerrig a'r llechi i chwilio am y gath?

Noson y bomio

Y Gwynt a'r Haul yn Ffraeo
Pawb â'i rôl

Bob dydd byddai'r haul a'r gwynt yn ffraeo. Roedd y ddau'n genfigennus iawn o'i gilydd. Roedd pawb yn gallu gweld yr haul ond doedd neb yn gallu gweld y gwynt – dim ond y pethau oedd yn cael eu chwythu. Un diwrnod dyma'r ddau'n cyfarfod ar ben y mynydd. Dechreuodd y ddau sôn am y pethau roedden nhw'n gallu eu gwneud.

"Rydw i," meddai'r haul, "yn dod â'r haf i aeddfedu'r ffrwythau ac mi rydw i'n gallu gorchuddio'r ddaear efo blodau hardd."

"Ond beth amdana i, ynte?" gofynnodd y gwynt. "Mi rydw i'n gallu siglo'r coed a symud y moroedd i ddod â'r gaeaf yn ei dro."

Felly, bob dydd, byddai'r ffraeo'n mynd ymlaen. Bob amser roedden nhw'n dadlau pwy oedd y cryfaf.

"Y fi," meddai'r gwynt.

"Na," meddai'r haul, "y fi ydi'r cryfaf."

"Beth bynnag," meddai'r gwynt wrth yr haul, "mi rydw i'n gryfach o lawer na ti."

"Felly'n wir," meddai'r haul â gwên lydan ar ei wyneb. "Mi gawn ni weld."

Pwy welson nhw'n dod i fyny'r mynydd ond dyn yn gwisgo côt fawr, drwchus. Roedd yn cerdded yn araf o gam i gam.

"Y fi ydi'r cryfa o'r ddau ohonon ni," meddai'r gwynt. "Beth am i ni gael gweld? Mi fedra i dynnu côt y dyn acw oddi amdano cyn y medri di wneud hynny."

"Beth am i ti drio gwneud hynny? Mi af i gysgodi tu ôl i'r cwmwl du fan acw," meddai'r haul.

Aeth yr haul i gysgodi am ychydig tu ôl i'r cwmwl du.

Dechreuodd y gwynt chwythu a chwythu. Daliodd ati i chwythu ond roedd y dyn yn lapio'i gôt yn dynnach amdano. Roedd canghennau'r coed yn plygu a'r dail yn cael eu chwythu i bob cyfeiriad, ond cau ei gôt yn dynn, dynn wnaeth y dyn. Er i'r gwynt chwythu'n gryfach a chryfach, dal i lapio'i gôt yn dynn amdano wnaeth y dyn.

"Wel, beth am i mi drio yn awr?" meddai'r haul â gwên ar ei wyneb.

Yn araf daeth yr haul i'r golwg. Diflannodd y cwmwl du.

Dechreuodd y dyn deimlo'n gynnes. Agorodd fotymau ei gôt fawr. Roedd yn mynd yn boethach a phoethach. Roedd gwres yr haul yn ormod i'r dyn. Tynnodd ei gôt fawr oddi amdano. Rhedodd i'r goedwig i chwilio am gysgod. Yno y bu'n eistedd o dan y coed yn chwysu ac yn chwysu.

"Wel, Mr Gwynt," meddai'r haul, "wyt ti'n dal i feddwl mai ti ydi'r cryfaf o'r ddau ohonom?"

Wnaeth y gwynt druan ddim ateb o gwbl. Dim ond awel dyner oedd o erbyn hyn. Chwythodd ei hun yn araf tua'r de. Ond wnaeth o ddim ffraeo a dadlau efo'r haul byth wedyn. Roedd wedi dysgu ei wers. Ond mi roedd yna rai pethau roedd y gwynt yn gallu eu gwneud hefyd. Ond doedd o ddim am ddadlau efo'r haul na neb arall, dim ond gwneud ei waith ei hun. Ac fe wnaeth ei waith yn rhagorol.

"Oes," meddai'r haul, "mae gan bob un ohonom waith arbennig i'w wneud a dim ond ni fedr wneud y gwaith hwnnw." Teimlodd y gwynt yn hapusach ar ôl clywed y geiriau hyn.

 O Dduw, helpa fi i wneud y gwaith rwyt ti eisiau i mi ei wneud. Amen.

 ✦ Fedrwch chi feddwl beth mae'r gwynt yn gallu ei wneud yn well na'r haul?
✦ Oes yna bethau da y medrwch chi eu gwneud?

Y Gwynt a'r Haul yn Ffraeo

Yr Alarch a'r Pysgodyn Peic

Caredigrwydd / Parchu Eraill / Cyd-dynnu

Hen aderyn cas oedd yr alarch. Fel arfer mae'r alarch yn edrych yn aderyn gosgeiddig, tawel. Ond doedd hyn ddim yn wir am yr alarch oedd yn byw ar y llyn ar gwr y pentref. Un diwrnod pan oedd hwyaden wyllt yn mynd am dro ar draws y llyn efo'i chywion bach dyma'r alarch yn ymosod arnyn nhw. Roedd hi'n ysgwyd ei hadenydd yn wyllt ac yn hisian fel neidr. Roedd y cywion bach i gyd wedi dychryn am eu bywydau. Yn wir, un diwrnod ymosododd yr alarch ar eneth fach oedd wedi dod â bwyd iddi. Brathodd yr eneth fach yn ei choes. Os byddai aderyn dieithr yn glanio ar y llyn byddai'r alarch yn sicr o'i ymlid. Doedd yr un o'r adar yn hoffi'r alarch. Hi, yn sicr oedd y bwli mawr.

Ond i lawr yng ngwaelod y pwll roedd bwli arall. Pysgodyn oedd hwn – y peic. Mae'r peic yn byw ar bysgod eraill. Bydd yn eu bwyta wrth y dwsin ar waelod y llyn. Pysgodyn cyfrwys ydi'r peic. Bydd yn aros yn llonydd am oriau ar waelod y llyn. Yna'n sydyn bydd yn ymosod ar bysgodyn diniwed fydd yn nofio heibio. Mae ganddo geg fawr gyda sbeiciau fel dannedd. Gyda'r rhain bydd yn darnio'r pysgodyn y bydd yn ei ddal. Roedd ofn y peic ar bob pysgodyn a phob creadur arall oedd yn byw yn y dŵr.

Roedd pob creadur ar wyneb y dŵr yn ofni'r alarch a phob creadur o dan y dŵr yn ofni'r peic. Clywodd y ddau greadur am ei gilydd. Roedd yr alarch yn gynddeiriog pan glywodd mai'r peic oedd pennaeth y llyn. Yn yr un modd roedd y peic yntau'n gynddeiriog pan glywodd mai'r alarch oedd pennaeth y llyn.

Un diwrnod dyma'r ddau yn cyfarfod bwli. Pan oedd yr alarch yn nofio'n braf ar wyneb y llyn gwelodd y peic yn llechu yng nghanol y tyfiant ar waelod y llyn. Deifiodd â'i phig agored tuag at y peic. Dychrynodd y peic a cheisiodd amddiffyn ei hun gyda'i geg fawr yn barod i ymosod. Aeth pen yr alarch yn syth i mewn i geg y peic. Ceisiodd yntau lyncu'r alarch. Ysgydwodd yr alarch ei adenydd yn wyllt nes roedd y dŵr yn tasgu i bobman. Roedd dŵr y llyn yn fudr gan fod yr alarch yn ysgwyd y mwd oedd ar waelod y llyn. Erbyn hyn roedd bron â mygu. Tagodd y peic. Ar ôl rhai munudau roedd dŵr y llyn yn dawel a llonydd. Roedd y mwd oedd ar waelod y llyn wedi llonyddu.

Daeth y creaduriaid eraill i weld beth oedd wedi digwydd. Ond y fath olygfa! Ar waelod y llyn roedd yr alarch mawr gwyn yn farw. Ac wrth ei ymyl roedd y peic yntau'n farw.

Aeth y stori ar hyd a lled y llyn. "Glywsoch chi fod y ddau fwli mawr wedi marw?" gofynnodd yr hwyaden wyllt. Roedd y silidon yn falch iawn o glywed a meddai, "Ydi o'n wir fod pob bwli yn y diwedd yn siŵr o gyfarfod â rhywun fydd yn troi arno?" Aeth yn ei flaen i ddweud wrth bob pysgodyn arall fod y ddau fwli wedi marw.

O Dduw, does gen i fawr o ddim i'w ddweud wrth y bwli. Tybed a wnei di fy helpu i fod yn garedig wrth bawb – hyd yn oed y bwli? Amen.

✦ Ydi'r bwli bob amser yn llwyddo?
✦ Beth mae'r stori hon yn ei ddweud wrthym am y bwli?

Yr Alarch a'r Pysgodyn Peic

119

Y Glöyn Milain
Caredigrwydd / Cyd-dynnu

Y Glöyn Milain

Cododd yr haul yn fore. Pump o'r gloch oedd hi. Daeth un glöyn byw mawr glas i'r ardd i chwilio am neithdar. Ymhen dim daeth un arall i'r ardd i chwilio am frecwast. Roedd blodyn mawr coch wedi agor ei betalau. Roedd digonedd o neithdar melys ynghanol y blodyn. Yn sydyn, daeth glöyn byw arall i'r ardd. Glöyn milain oedd hwn. Edrychodd yn gas ar y ddau löyn arall.

"Bore da," meddai'r ddau löyn glas efo'i gilydd.

"Ewch i ffwrdd," meddai'r glöyn milain wrthyn nhw. "Y fi biau'r ardd yma. Y fi biau'r blodau i gyd. Ffwrdd â chi nerth eich adenydd."

"Pam?" meddai un o'r glöynnod glas. "Mae gennym ninnau hawl i ddod i chwilio am fwyd i'r ardd."

"Nac oes," chwyrnodd y glöyn milain. "Ydach chi eisiau ffeit?"

"Beth am i ni rannu'r neithdar?" gofynnodd y glöyn glas.

"Na, fi biau'r neithdar i gyd. Dim ond y fi a neb arall. Ffwrdd â chi o'r ardd yma ar unwaith."

Penderfynodd y ddau löyn glas beidio â chymryd dim sylw o'r glöyn milain. Dyma nhw'n dechrau sugno'r neithdar efo'u tafodau hirion.

"Dydych chi ddim i ddod yn agos at y blodyn coch yma," meddai'r glöyn milain. "Yn hwn mae'r neithdar melysaf yn yr ardd i gyd."

Daeth y ddau löyn glas yn agos at y blodyn coch.

Cododd y glöyn milain ei ddau deimlydd a phwnio'r gloynnod eraill yn eu hadenydd. "I ffwrdd â chi. Fi biau'r blodyn coch."

Unwaith eto dyma'r ddau löyn glas yn hedfan uwchben y blodyn coch. Gwylltiodd y glöyn milain ac ysgwyd ei adenydd yn gyflym. "Rwy'n barod am ffeit," meddai'n haerllug wrth y ddau löyn glas.

"Wyt ti'n barod am ffeit, felly?" meddai un o'r glöynnod glas gan hedfan yn nes ac yn nes at y glöyn milain.

Edrychodd ar y glöyn milain ym myw ei lygaid. Camodd y glöyn milain yn ôl oddi wrth y blodyn coch ar y dail. Doedd y glöyn milain ddim yn sicr ohono'i hun erbyn hyn.

"O, dydych chi ddim digon mawr i ymladd efo fi," meddai'r glöyn milain gan ysgwyd ei adenydd a'i deimlyddion yn wyllt.

"Pam na wnei di ddewis rhywun mwy ynteu?" gofynnodd un o'r glöynnod glas.

"Mi wna i hynny," meddai'r glöyn milain gan sgrechian. "Mi ddangosa i i chi pa mor gryf ydw i." Chwyddodd ei hun yn fawr. Cododd ar ei adenydd ac aeth dros glawdd yr ardd i'r caeau gerllaw.

Cafodd y ddau löyn glas amser bendigedig yn yr ardd. Buon nhw'n sugno'r neithdar o'r blodyn coch. Y neithdar melysaf roedden nhw wedi'i flasu erioed.

"Gobeithio na welwn ni fyth mo'r glöyn milain yn yr ardd eto," meddai'r ddau löyn glas.

O Dduw, doeddwn i ddim yn hoffi'r glöyn milain. Os bydda i'n filan a chas, wnei di fy helpu i fod yn blentyn caredig? Amen.

✦ Oeddech chi'n hoffi'r glöyn milain? Pam?
✦ Pa eiriau fyddech chi'n eu defnyddio i ddisgrifio'r ffordd roedd yn ymddwyn?

Achub dy Groen!
Cadernid

Am ganrifoedd bu'r anifeiliaid yn byw'n hapus efo'i gilydd. Ond, un diwrnod trist iawn daeth dyn heibio iddynt. Roedd ganddo rywbeth rhyfedd iawn yn ei ddwylo. Gyda'r teclyn hwn lladdodd un o'r ceirw. O hynny ymlaen dyna oedd hanes y dyn, lladd, rheibio a dinistrio.

Daeth yr anifeiliaid at ei gilydd i drafod y mater. Siaradodd yr eliffant i ddechrau gan mai ef oedd y mwyaf o'r holl anifeiliaid. "Mae gen i ffordd dda i ddychryn pobl. Byddaf yn ysgwyd fy nghlustiau ac yn rhuthro amdanyn nhw."

"Ymosod yn syth fyddaf i," meddai'r teigr, "a neidio ar gefn y bobl gan eu brathu gyda'm dannedd miniog."

Siaradodd un o'r ceirw'n ddistaw, "Rhedeg yn gyflym fydda i pan fydda i'n gweld pobl. All neb yn y byd byth fy nal i."

"Mae'n gas ... s ... s ... s gen i bobl," hisiodd y neidr. "Mae gen i ffordd well na'r un ohonoch chi. Byddaf yn cyrlio fy hun yn y gwair ac yna pan fydd pobl yn agosáu byddaf yn eu brathu. Mae fy mrathiad i'n wenwynig ac yn farwol."

Agorodd y crwban ei lygaid yn araf, "Rydw i wedi adeiladu tŷ i mi fy hun. Pan fyddaf yn gweld perygl byddaf yn mynd i mewn i'm tŷ ar f'union. Byddaf yn teimlo'n saff ac yn gysurus yn fy nhŷ."

Ysgydwodd y ci ei gynffon, "Mae gen i ffordd well o lawer o drin pobl. Yr unig ffordd i drin pobl ydi ceisio ufuddhau iddyn nhw. Rydw i yn aros yn eu cartrefi. Er fy mod wedi fy nghaethiwo eto i gyd rydw i'n cael aelwyd gynnes a digonedd o fwyd."

Ar y gangen uwchben roedd y camilion yn gwrando'n astud. "Rydych i gyd yn ffyliaid," meddai, "yn sôn am eu dychryn, ymosod arnyn nhw, rhedeg i ffwrdd oddi wrthyn nhw neu geisio bod yn ffrindiau efo nhw. Does dim rhaid i chi wneud yr un o'r pethau hyn. Beth am i chi wneud fel y bydda i'n ei wneud? Mi fyddaf yn troi fy lliw ar gyfer pob achlysur. Dim ots gen i faint o weithiau y bydda i i'n troi fy lliw. Dim ots gen i sut y bydda i'n edrych. Os ydych chi eisiau bywyd braf yna newidiwch eich lliw i arbed eich croen! Does dim rhaid i chi wneud dim byd arall.

O Dduw, oes raid i mi droi fy lliw
bob amser? Oes yna adeg pan mae'n rhaid i mi
sefyll yn gadarn? Amen.

✦ Beth yw neges y stori hon?
✦ Pa agwedd dylen ni ei chymryd pan fyddwn yn cael ein beirniadu gan eraill?

Achub dy Groen!

123

Y Danadl Poethion
Parch at fywyd / Dod i benderfyniad

Doedd dim dwywaith bod rhaid cael gwared â'r danadl poethion i gyd o ben draw'r ardd. Rhedodd Manon i'r tŷ yn sgrechian, "Mam, Mam, mi rydw i wedi cael fy mhigo gan y danadl poethion yna. Mae 'nghoesau i'n goch i gyd." Roedd hi'n dal i sgrechian a chrio.

"Aros am funud bach i mi gael gweld," meddai'r fam wrthi.

Ond dal i grio a sgrechian roedd Manon.

"Tyrd yma, i mi gael gweld," meddai Mam wrthi wedyn gan ei chodi ar ei glin. Roedd y llosgiadau yn amlwg iawn ar ei choesau. Roedden nhw'n wrymiau cochion ac wedi chwyddo'n lympiau.

"Eistedd di fan hyn am funud, mi a' i i chwilio am ddail tafol i'r ardd," meddai'r fam wrthi.

Eisteddodd Manon ar y gadair yn dal i ochneidio a'r dagrau'n rhedeg i lawr ei bochau poethion.

Rhwbiodd ei mam y dail tafol ar y llosgiadau.

"Ydi o'n well rŵan?" gofynnodd.

"Ydi," meddai Manon gan ddal i ochneidio.

"Yli, mi wna i ofyn i Dad ddadwreiddio'r danadl poethion 'na i gyd, pan ddaw o adra heno. Iawn, dos di allan i chwarae rŵan, ond gwylia di nad ei di ddim ar gyfyl y danadl poethion yna."

Roedd dydd Sadwrn, y diwrnod canlynol, yn ddiwrnod braf, heulog. Roedd Manon a'i thad yn yr ardd.

"Manon, tyrd yma," meddai'i thad, "edrych ar y glöynnod byw yma ar y blodau. Hon ydi'r iâr fach amryliw, ac fe weli di yn fan acw y glöyn peunog. Tydyn nhw'n rhai tlws?"

Roedd Manon wedi gwirioni efo'r glöynnod hardd.

"O, Dad," meddai'n sydyn, "fe wnes i syrthio i ganol y danadl poethion ddoe a llosgi fy nghoesau. Os wnewch chi eu tynnu nhw o'r gwraidd, mi fydd yna fwy o le i mi chwarae wedyn yng ngwaelod yr ardd."

"Manon," meddai'i thad. "Gwranda, mi rydw i wedi plannu'r danadl poethion yng ngwaelod yr ardd i bwrpas arbennig."

"Beth ydach chi'n feddwl?" holodd Manon.

"Funud neu ddau yn ôl mi roedden ni'n edrych ar y glöynnod yn hedfan o gwmpas y blodau yna. Ond wyddost ti lle mae'r glöynnod yna'n dodwy eu hwyau?" gofynnodd ei thad iddi.

"Na, dydw i ddim yn gwybod," meddai hithau.

"Wel mae'r ddau löyn hardd yna, yr iâr fach amryliw a'r glöyn peunog, yn dodwy eu hwyau ar ddanadl poethion. Dyna pam rydw i wedi eu plannu yng ngwaelod yr ardd er mwyn denu mwy o löynnod byw i'r ardd yma. Ac ar ôl i'r wyau ddeor mi fydd y lindys bychain yn bwyta dail y danadl poethion..."

Torrodd Manon ar ei draws, "Ond fyddan nhw ddim yn cael niwed, fel y ces i ddoe?"

"Wel, na fyddan, yn rhyfedd iawn," meddai'r tad. "Y dail ydi bwyd y lindys. Felly, wyt ti'n gweld, dydw i ddim am gael gwared â'r danadl poethion. Manon, fydd raid i ti gymryd mwy o bwyll pan fyddi di'n chwarae yng ngwaelod yr ardd. Mae'n rhaid i ni helpu'r glöynnod byw."

Roedd Manon wedi anghofio am y danadl poethion ac roedd hi'n barod i helpu ei thad i helpu'r glöynnod byw.

O Dduw, mae yna bethau rhyfedd iawn yn digwydd yn y byd. Mae rhai pethau'n gallu bod yn ddrwg i rai ac yn ddaioni i eraill. Amen.

✦ Beth fedrwn ni ei wneud i helpu'r glöynnod byw?
✦ Gwyliwch yn ofalus y glöynnod fydd yn dod i ardd eich ysgol. Gwnewch restr ohonyn nhw.

Y Danadl Poethion

Y Blaidd a'r Ci

Cryfder / Parchu'r hyn sydd gennym / Cadernid

Bu'r blaidd yn hela drwy'r nos.

"Mae hi wedi bod yn noson ddifrifol iawn," meddai wrtho'i hun. Dim byd yn unman. Roedd bron â llwgu. Cofiodd am y fferm i lawr yn y dyffryn. Carlamodd dros y cloddiau nes cyrraedd y fferm. Mae'n bur debyg y byddai hwyaden, iâr neu geiliog llond ei groen yn llechu yn y llwyni. Ond, na, doedd dim anifail i'w weld na'i arogli yn unman. Dim ond un, sef y ci defaid.

Dechreuodd y ci gyfarth ac udo. Ond cyn iddo ddeffro'r ffermwr rhedodd y blaidd tuag at y ci. "Sut wyt ti, 'rhen gi defaid?" gofynnodd y blaidd iddo. Doedd y ci defaid erioed wedi gweld y blaidd o'r blaen. Roedd yn amlwg fod y blaidd eisiau sgwrsio efo'r ci defaid.

"Rwyt ti'n edrych yn dda, 'rhen gi," meddai'r blaidd.

"Wel, mi rydw i yn edrych yn dda. Cofia di, mi rydw i'n cael lle da yma. Rydw i'n cael digon i'w fwyta. Pryd o fwyd maethlon ddwywaith y dydd. A weithiau, bydd gwraig y ffermwr yn gadael sbarion i mi gyda'r nos."

"Yn wir!" meddai'r blaidd.

"Ond gwranda," meddai'r ci, "pan fydda i wedi blino mi fydda i'n cael mynd i'r gegin ar y glustog fawr. Yno y bydda i'n cysgu pan fydd hi'n oer yn y gaeaf."

Meddyliodd y blaidd. "A finna'n gorfod cysgu yng nghysgod y graig neithiwr."

Aeth y ci defaid ymlaen i ddweud ei stori.

"Mi rydw i'n cael pob chwarae teg gan y ffermwr a'i wraig. Fe fydd hi'n brwsio fy nghot deirgwaith yr wythnos. Mi fydda i'n cael mynd am dro i fyny'r mynyddoedd unwaith yr wythnos efo'r ffermwr."

Torrodd y blaidd ar ei draws. "Mi fuaswn i'n hoffi bod yn gi," meddai. "Beth am i mi fynd i weld y ffermwr?"

Aeth yr hen gi yn ddistaw. "Mae'n well i ni aros tan y bore. Fedra i ddim dod yn rhydd o'r gadwyn yma tan y bore.

Bryd hynny, bydd y ffermwr yn fy ngollwng yn rhydd."

Edrychodd y blaidd ar y gadwyn drom a'r goler oedd am wddw'r ci. Gofynnodd i'r ci, "Pam mae yna goler am dy wddw di?"

Atebodd y ci, "Mae'r goler yma'n dweud mai'r ffermwr piau fi. Mae enw'r ffermwr a'i gyfeiriad ar y goler. Rwy'n credu bod ei rif ffôn ar y goler hefyd."

Trodd y blaidd ar ei sawdl a dechreuodd gerdded at giât y fferm.

"Be sy'n bod?" gofynnodd y ci. "Dwyt ti ddim eisiau byw ar y fferm?"

"Na'n wir," meddai'r blaidd. "Digonedd o fwyd, cael mynd i mewn i'r ffermdy, cael mynd am dro bob hyn a hyn, cael brwsio fy nghôt deirgwaith yr wythnos. Efallai'n wir. Ond mi rydw i'n rhydd. Mi ga i fynd i'r fan a fynnaf. Does dim rhaid i mi ddisgwyl wrth y ffermwr a'i wraig. 'Rhen gi, fe gei di gadw dy fferm."

Rhedodd y blaidd yn gyflym dros y cloddiau. Efallai ei fod eisiau bwyd ond roedd yn rhydd – yn rhydd i fynd i lle bynnag oedd eisiau mynd. Aeth y ci i mewn i'w gwt yn ddistaw bach a chysgodd tan y bore.

O Dduw, pan fydda i'n anhapus fy myd weithiau, helpa fi i sylweddoli gymaint sydd gen i mewn difri. Amen.

✢ Sut fywyd oedd bywyd y ci?
✢ Beth oedd yn gwneud bywyd y blaidd yn wahanol i fywyd y ci?
✢ Pa fath o fywyd fyddech chi'n hoffi ei gael?

Y Blaidd a'r Ci

Cynnau Tân

Dewis rhwng y da a'r drwg / Cyfrifoldeb

Cychwynnodd Meri Jên, y gath drilliw, ar ei thaith i lawr y stryd, dros y wal ac i fyny am y bont oedd yn croesi'r afon. Hon oedd taith bob dydd Meri Jên. Eisteddodd, yn ôl ei harfer, ar ben wal y bont i edrych i'r dŵr islaw. Gwelai ddau neu dri o bysgod braf yn nofio. Buasai wrth ei bodd yn dal y pysgod a'u bwyta. Wel, roedd ganddi hawl i freuddwydio! I ffwrdd â hi ar hyd y wal gan neidio i'r glaswellt yr ochr arall. Gwelodd focs melyn yng nghanol y glaswellt. Aeth ato gan ei arogli. Dyna arogl rhyfedd.

Doedd hi erioed wedi arogli hyn o'r blaen. Cododd y bocs melyn â'i phawennau. Roedd llun alarch arno – alarch mawr gwyn. Sgwn i beth oedd yn y bocs? Bu wrthi am hydoedd yn ceisio'i agor. Roedd un ochr i'r bocs yn llyfn ond roedd yr ochr arall yn arw. Rhedodd ei thafod goch ar hyd yr ochr arw.

Roedd wedi anafu ei thafod. Dyma hi'n rhoi ei phawen i mewn i un ochr y bocs a llwyddodd i wthio. Daeth yr ochr arall allan o'r bocs. Roedd yna bethau rhyfedd iawn yn y bocs.

Darnau bychain o bren a phen coch ar ben bob un ohonyn nhw. Dechreuodd arogli'r darnau pren. Roedd arogl rhyfedd ar y rhain hefyd. Gafaelodd yn un ohonyn nhw yn ei phawen. Bu wrthi'n chwarae gyda'r darn pren tenau am hydoedd. Rhoddodd y pen coch ar ochr arw'r bocs melyn. Rhwbiodd y pen coch yn sydyn. Dyma fflach o dân. Dychrynodd Meri Jên yn arw a thaflodd y darn pren i ganol y glaswellt.

Dechreuodd y glaswellt fflamio. Rhedodd oddi yno, gan adael y bocs melyn ar y llawr. Aeth yn ei hôl ar hyd wal y bont, ar hyd y stryd yn ôl i'w chartref. Aeth yn syth i'w basged yn y sied. Roedd ei chalon yn curo fel gordd. Roedd hi wedi dychryn yn lân. Fel roedd hi'n mynd i gysgu clywodd sŵn rhyfedd yn dod o gyfeiriad y ffordd fawr. Sŵn clychau'n canu. Clywodd sŵn plant oedd yn byw ar y stryd yn dweud, "Mae'r frigâd dân yn mynd i gyfeiriad y bont. Mae'n rhaid fod yna dân yn rhywle."

Am Fyd!

Pan glywodd Meri Jên y gair 'tân' dechreuodd grynu unwaith eto. Meddyliodd am y bocs melyn, llun yr alarch a darnau bychain o bren a phen coch ar bob un ohonyn nhw. Tybed ai hi oedd wedi cynnau'r tân wrth ymyl y bont?

Penderfynodd na fyddai hi byth yn chwarae efo matsus byth wedyn. Gyda'r nos pan oedd yn gorwedd o flaen y tân clywodd ei meistres yn dweud wrth ei gŵr bod rhywun wedi cynnau tân wrth y bont. Aeth i gysgu'n ddistaw bach. Gobeithio na fyddai neb yn dod iwybod pwy wnaeth gynnau'r tân y bore hwnnw.

O Dduw, mi fydda i'n gwneud pethau peryglus iawn weithiau. Wnei di fy nysgu i wybod beth sy'n dda a beth sy'n ddrwg? Amen.

✦ Pa mor beryglus ydi chwarae efo matsus?
✦ Sut y gallan nhw greu perygl i bobl eraill?
✦ Pa mor bwysig ydi ystyried y gall ein chwarae ni fod yn niweidiol i bobl eraill?

Cynnau Tân

Y Dyfrgi Penderfynol
Dysgu gwrando ar eraill / Parod i rannu

Yn y dŵr byrlymus roedd Dyfrig y Dyfrgi yn byw. Un diwrnod gofynnodd ei fam a fuasai'n mynd â brithyll llond ei groen i'w daid oedd yn byw i lawr yr afon. "Ond Mam," gofynnodd Dyfrig, "oes raid i mi fynd? Mae dŵr yr afon yn uchel iawn wrth ymyl lle mae Taid yn byw ac mae'r rhaeadr yn beryglus iawn. Oes raid i mi fynd?

"Rydw i'n gwybod fod y rhaeadr yn beryglus ond mae'n rhaid i ti fynd. Fedra i ddim mynd – mae'n rhaid i mi ofalu am y plant eraill. Ac mae Taid yn anabl i fynd i chwilio am fwyd. Felly ffwrdd â ti, ond cymer di ofal," meddai ei fam wrtho.

I ffwrdd â Dyfrig gyda brithyll tew yn ei geg. Plymiodd i ddŵr yr afon a nofio'n gyflym i lawr yr afon. Cyrhaeddodd y rhaeadr.

Roedd y dŵr yn rhedeg drosto'n gyflym. Daeth ofn mawr arno pan welodd y dŵr yn tasgu dros y dibyn. Arhosodd i wylio'r dŵr yn dymchwel drosodd. Sut roedd yn mynd i gyrraedd cartref ei daid. Beth petai'n cael ei hyrddio dros y dibyn i'r dŵr oddi tano. Aeth yn araf, araf at ymyl y rhaeadr. Pwy welai yn nofio yn y dŵr brochus islaw ond ei ewythr. Gwaeddodd ei ewythr arno o'r dŵr islaw. "Beth sy'n bod Dyfrig bach, oes arnat ti ofn y dŵr brochus yma?"

"Oes," oedd ateb swta Dyfrig. "Sut ydw i'n mynd i gyrraedd cartref Taid?"

"Mi hoffwn i roi cyngor i ti," gwaeddodd ei ewythr arno.

"Dal ati i drio dy orau. Os nad wyt ti'n llwyddo'r tro cyntaf, dal ati i drio yr ail waith a'r drydedd waith nes y byddi di wedi llwyddo."

"Diolch am eich cyngor," meddai Dyfrig.

"Ond cofia di," meddai'i ewythr wrtho. "Mae yna adeg yn dod pan ddylet ti roi'r gorau iddi. Weithiau, gelli di drio'n rhy galed. Efallai bod yn well i ti roi i fyny a chwilio am ffordd arall."

Meddyliodd Dyfrig am funud. Ond doedd o ddim yn

gwybod am ffordd arall i gyrraedd cartref ei daid. "Fedrwch chi fy helpu?" gofynnodd Dyfrig.

"Gallaf," meddai ei ewythr wrtho. "Wyddost ti beth fuaswn i wedi'i wneud?"

"Beth?" gofynnodd Dyfrig.

"Mi fuaswn i'n dod allan o'r dŵr a cherdded o gwmpas y rhaeadr, i lawr y cae ac yna'n syth i'r dŵr wrth ochr y graig fawr acw."

Gwrandawodd Dyfrig ar ei ewythr. Daeth allan o'r dŵr a cherdded ar hyd y cae ac i lawr at y graig fawr. Plymiodd i'r dŵr a ffwrdd â fo am gartref ei daid â'r brithyll mawr yn dal yn ei geg.

Dysg ni, o Dduw, i wybod pa bryd yr ydan ni wedi methu ac i ofyn wedyn am dy gymorth di. Amen.

✦ Ydi o'n beth da gofyn am gyngor gan oedolyn o dro i dro?
✦ Ydych chi wedi cael cyngor gan eich rhieni neu athrawon yn yr ysgol?

Y Dyfrgi Penderfynol

Torri Addewid

Parchu dymuniadau eraill / Cenfigen

Cnociodd y postmon ar y drws. Rhedodd Tom i'r drws a gwelodd fod gan y postmon lond ei ddwylo o lythyrau a'r cwbl iddo fo. "Diolch," meddai Tom a rhuthro i mewn i'r tŷ. Hwn oedd diwrnod ei ben-blwydd. Eisteddodd ar y gadair esmwyth i ddarllen ei gardiau. Daeth ei fam i eistedd wrth ei ochr. "Faint o gardiau rwyt ti wedi'u cael?" gofynnodd. Cyfrodd Tom y cardiau'n sydyn – dau ddeg pedwar ohonyn nhw. Aeth drwyddyn nhw'n sydyn i weld a oedd yna gerdyn neu lythyr gan ei daid.

Yn ystod yr haf roedd ei daid wedi addo cael ci iddo. Roedd Tom yn gwybod na fyddai'r ci yn dod drwy'r post ond tybed a oedd yna lythyr neu gerdyn gan ei daid i ddweud pa bryd y byddai'r ci yn cyrraedd? Yng nghanol y cardiau gwelodd ysgrifen ei daid. Rhwygodd yr amlen a dechreuodd ddarllen yr ysgrifen ar y cerdyn.

Annwyl Tom.
Pen-blwydd hapus iawn i ti, Tom, heddiw.
Roeddwn i'n gwybod dy fod eisiau ci, felly dyma un i ti!!!
Mae croeso i ti ddod i aros efo ni dros y Sul.
Nain a Taid xxx

Ond roedd rhywbeth arall yn yr amlen. Ffrâm wydr ac yn y ffrâm roedd llun y ci bach dela welsoch chi erioed. Syrthiodd y ffrâm ar y llawr a thorri'n deilchion. Cododd ei fam y darnau gwydr, "Bydd di'n ofalus, Tom, rhag ofn i'r gwydr fynd i dy ddwylo," meddai hi. "Mi rydw i'n cofio'r llun yma'n iawn. Pan oeddwn i'n eneth fach, rydw i'n cofio'r llun hwn yn fy ystafell wely. Byddwn yn edrych arno bob nos cyn mynd i'r gwely," meddai ei fam wrtho.

Ddywedodd Tom ddim gair o'i ben. Roedd bron â chrio. "Oeddet ti'n disgwyl ci go-iawn?" gofynnodd ei fam iddo.

"Oedd, mi roedd o'n disgwyl ci go-iawn ar ei ben-blwydd," meddai ei frawd bach oedd yn eistedd ar y llawr yn gwylio'r teledu.

"Nac oedd siŵr!" meddai ei fam. "Mae Tom yn gwybod na fyddai gan Taid a Nain ddigon o arian i brynu ci go iawn iddo fo."

Aeth ei fam yn ei blaen, "Rwyt ti'n gwybod yn iawn nad oes gynno ni ddim digon o le i gadw ci yn yr ardd. A pheth arall, mae'r ffordd yma o flaen y tŷ yn beryglus iawn efo'r ceir sy'n mynd yn gyflym ar hyd-ddi. Wyt ti'n cofio beth ddigwyddodd i'r gath rai misoedd yn ôl?"

Cofiodd Tom am y diwrnod hwnnw pan gafodd y gath ei lladd ar y ffordd. Edrychodd mam Tom ar y cerdyn pen-blwydd unwaith yn rhagor. "Edrych, Tom," meddai, "mae Nain a Taid eisiau i ti fynd i aros efo nhw dros y Sul. Dyna neis. Beth am i ti fynd wythnos nesaf neu dros wyliau'r Pasg?"

Cododd Tom ei ben a meddai, "Dydw i ddim eisiau mynd yno. Dydw i ddim eisiau gweld Nain a Taid. Byth! Byth! Dydw i ddim eisiau mynd a dydw i ddim eisiau eu gweld. A dyna fo."

Rydw i'n casáu fy hun pan fydda i'n pwdu. O Dduw, wnei di fy helpu i fod yn blentyn sydd byth yn pwdu? Amen.

✦ Oeddech chi'n credu fod Tom yn siomedig?
✦ Sut oedd o'n teimlo? Sut oedd o'n ymddwyn?

Torri Addewid

Yr Afon Fechan Benderfynol

Wynebu anawsterau / Bod yn benderfynol / Peidio â gadael
i anawsterau fod yn dramgwydd

Yr Afon Fechan Benderfynol

Cychwynnodd yr afon fechan ar ei ffordd i'r môr. Dim ond ychydig o ddŵr oedd yn diferu i lawr y bryn. "Mae'n rhaid i mi gyrraedd y môr mawr," meddai'r afon fechan. Ond yn y man daeth yr afon fechan ar draws cerrig mawrion.

"Chei di ddim mynd i'r môr," meddai'r cerrig mawrion. "Mi wnawn ni dy rwystro di."

Ond i lawr y bryn yr aeth yr afon fechan gan droelli heibio'r cerrig. Drwy'r adeg roedd yr afon fechan yn dweud wrth fynd heibio'r cerrig, "Mae'n rhaid i mi gyrraedd y môr mawr." Ar ôl mynd heibio'r cerrig daeth yn y man at dwll mawr, mawr. Agorodd y twll ei geg yn fawr a syrthiodd yr afon i'r twll mawr. Ond yng ngwaelod y twll mawr roedd yna dwnnel tywyll. Ymlaen aeth yr afon fechan drwy'r twnnel. Clywodd y twll mawr yn dweud, "Chei di ddim mynd ar dy daith – mi wna i i dy rwystro di."

Ond ymlaen yr aeth yr afon fechan gan ddweud, "Mae'n rhaid i mi gyrraedd y môr mawr."

Erbyn hyn roedd yr afon wedi cyrraedd y tir gwastad. Roedd hi'n anodd iawn symud ar y tir gwastad. Cyn cyrraedd y tir gwastad roedd yr afon wedi dod i lawr y bryn. Meddai'r tir gwastad wrth yr afon, "Chei di ddim mynd i'r môr mawr, mi rydw i am dy rwystro di."

Roedd yr afon fechan braidd yn ddigalon erbyn hyn. Roedd hi'n credu'n siŵr na fyddai hi byth yn cyrraedd y môr. Ond yn araf bach diferodd yr afon ei ffordd tua'r môr. "Mae'n rhaid i mi gyrraedd y môr mawr," meddai wrthi'i hun.

Erbyn hyn roedd yr haf wedi mynd heibio a'r hydref wedi cyrraedd.

"Mi faswn i'n hoffi cyrraedd y môr cyn i'r gaeaf ddod," meddai wrthi'i hun.

Pan ddaw'r gaeaf mi fydd pob man yn oer a bydd y dŵr

wedi rhewi. Treiglai'r afon yn araf, araf. Daeth y gaeaf. Dechreuodd y dŵr rewi. Daeth yr eira ac erbyn hyn roedd y byd i gyd yn wyn.

"Chei di ddim mynd ar y daith hir," meddai'r rhew wrth yr afon. "Rydw i am dy wneud yn llonydd. Fedri di ddim symud o gwbl." Roedd yr afon fechan yn teimlo'n ddigalon iawn. Ond un diwrnod daeth yr haul allan. Diflannodd y rhew. Dyma'r afon fechan yn cychwyn ar ei thaith unwaith eto tua'r môr. "Mae'n rhaid i mi gyrraedd y môr mawr," meddai.

Cyrhaeddodd yr afon ddŵr yr afon fawr oedd yn llifo i'r môr. "O," meddai'r afon fechan, "beth wna i yn awr? Wna i byth gyrraedd y môr. Mi fydda i wedi cymysgu efo dŵr yr afon fawr."

Clywodd yr afon fawr sibrwd yr afon fechan ac meddai,

"Mi fyddi di'n siŵr o gyrraedd y môr mawr; fe gei di ddod efo mi. Mi wna i dy helpu di i gyrraedd y môr."

Felly dyma'r afon fawr yn llifo'n gyflym ar ei thaith i'r môr. Roedd llongau'n hwylio ar y dŵr a phlant a phobl yn pysgota ar y lan. Aeth yr afon yn lletach ac yn lletach. Dim ond dŵr oedd ymhob man. Roedd y dŵr yn ddŵr hallt erbyn hyn. Roedd yr afon fechan wedi cyrraedd y môr o'r diwedd.

O Dduw, gwna fi'n berson penderfynol. Mi rydw i eisiau bod yn benderfynol i wneud popeth da. Amen.

✦ Rhestrwch y pethau oedd yn rhwystro'r afon fechan rhag iddi gyrraedd y môr.
✦ Beth ddigwyddodd i'r afon fechan yn y diwedd?
✦ Sut afon oedd yr afon fawr?

Yr Afon Fechan Benderfynol

Y Wenynen Fach Wahanol
Colli Cyfle / Cyfrwystra / Bod yn benderfynol

Drwy'r dydd bu'r wenynen fach wrthi'n ddiwyd yn cario neithdar i'r cwch. Bu'n hedfan o flodyn i flodyn gan sipian neithdar o un i'r llall. Yn ôl â hi i'r cwch. Roedd y gwenyn eraill wrthi'n brysur yn casglu o flodyn i flodyn. Byddai rhai o'r gwenyn yn dawnsio yn y cwch. Roedd hon yn ddawns bwysig iawn. Fe fydden nhw'n siglo'u penolau yn ôl a blaen. Roedd y ddawns yn helpu'r gwenyn eraill i wybod i ba gyfeiriad i fynd i chwilio am neithdar.

Yna fe fydden nhw i gyd yn mynd i'r cyfeiriad hwnnw. Ond doedd y wenynen fach brysur ddim am ddilyn y lleill. Roedd hi am fynd i'r cyfeiriad arall. Roedd hi bob amser eisiau bod yn wahanol i'r gweddill. I ffwrdd â hi i'r cyfeiriad arall.

Hedfanodd o flodyn i flodyn. Ond doedd fawr o neithdar i'w gael yn y blodau hyn. Erbyn hyn roedd hi wedi blino'n lân. Doedd ganddi fawr o nerth i hedfan yn ôl i'r cwch at y gwenyn eraill. Gwelai'r haul yn machlud dros y gorwel. Roedd hi'n dechrau nosi. Beth fyddai'r gwenyn eraill yn ei feddwl ohoni! Tybed a fydden nhw'n poeni amdani? Roedd ei chorff yn flinedig a doedd ganddi ddim nerth i hedfan o un blodyn i'r llall.

Gwelodd flodyn coch llachar yn tyfu wrth graig fawr. Cododd ar ei hadenydd i geisio hedfan tuag at y blodyn coch. Ond roedd hi mor flinedig. Cyrhaeddodd y blodyn coch. Roedd ei betalau mawr coch yn dechrau cau am y nos.

"Wyt ti eisiau cysgu ar fy mhetalau sidan i?" gofynnodd y blodyn coch iddi.

"Os gweli di'n dda," meddai hithau, "rwyf wedi blino'n lân."

"Pam felly?" gofynnodd y blodyn coch iddi.

"Rydw i wedi bod wrthi drwy'r dydd yn cario neithdar yn ôl i'r cwch. Mae hi wedi bod yn waith caled iawn. Does yna fawr o neithdar yn y blodau sydd yn y caeau o gwmpas," meddai hithau, bron â chysgu erbyn hyn.

"Dim ond ti fydda i'n ei weld o gwmpas y caeau hyn. Pam

na fydd y gwenyn eraill yn dod yma?" gofynnodd y blodyn coch.

"Wel," meddai'r wenynen fach. "Mae'r gwenyn eraill i gyd yn mynd i gyfeiriad arall. Mae yna ddigon o neithdar yn y blodau yn y caeau lle maen nhw'n mynd. Ond mi ydw i eisiau bod yn wahanol i'r gwenyn eraill. Dydw i ddim eisiau gwrando ar y lleill."

Roedd y blodyn coch yn gwrando ar y wenynen fach.

"Pan fydd un wenynen yn dawnsio yn y cwch mi fydd y gwenyn eraill i gyd yn hedfan i ffwrdd ond mi fydda i bob amser yn hedfan i'r cyfeiriad arall. Ond bob tro, maen nhw'n cario mwy o neithdar i'r cwch nag ydw i."

"Beth am i ti ddilyn y gwenyn eraill am unwaith?" gofynnodd y blodyn coch.

Gwrandawodd y wenynen fach ar yr hyn oedd gan y blodyn coch i'w ddweud. Efallai ei fod yn iawn wedi'r cwbl.

Caeodd y blodyn ei betalau'n ofalus a lapio'n dynn am y wenynen fach. Aeth hithau i gysgu. Breuddwydiodd ei bod yn hedfan gyda'r gwenyn eraill a'i bod yn cario neithdar i'r cwch yn union fel y gwenyn eraill. Dyna a wnaeth hi ar ôl hynny. Dilyn y gwenyn eraill.

Weithiau, O Dduw, mi ydw i eisiau bod yn wahanol i bawb arall. Tybed ydw i'n iawn bob tro? Amen.

✢ Sut fyddech chi'n disgrifio'r wenynen fach wahanol?
✢ Oes rhaid i ni ddysgu cydweithio a chydchwarae? Sut mae gwneud hynny?

Y Wenynen Fach Wahanol

Y Gwningen a'r Tarw
Dyfalbarhad / Amynedd

"Mae'n rhaid i mi gael bwyd i'r teulu," meddai'r gwningen wrthi'i hun, "ond does gen i ddim cae i dyfu bwyd."

Roedd hi'n gwybod fod gan y tarw du ddigonedd o dir, aceri ar aceri o dir ffrwythlon. Ar ôl petruso llawer aeth y gwningen i gael sgwrs efo'r tarw.

"Dim problem o gwbl," meddai'r tarw. "Fe gei di blannu hynny rwyt ti eisiau, ond mi hoffwn i gael siâr o bopeth rwyt ti wedi'i dyfu."

"Beth rwyt ti eisiau felly?" gofynnodd y gwningen.

Gwenodd y tarw du. "Mi fuaswn i'n hoffi cael popeth sy'n tyfu uwchlaw'r pridd ac fe gei di bopeth sy'n tyfu yn y pridd," meddai.

Meddyliodd y gwningen am funud.

"Reit," meddai hi, "mi wnawn ni felly."

Ysgydwodd bawen gyda'r tarw du. Yna, ar ôl siarad efo'i theulu, i ffwrdd â'r gwningen i blannu yn y cae. Pan oedd hi'n barod anfonodd air at y tarw.

Daeth y tarw i weld beth oedd wedi digwydd.

Meddai'r gwningen wrtho, "Dim ond i ni ddeall ein gilydd. Rwyt ti i gael popeth sy'n tyfu uwchlaw'r pridd a minnau i gael poepth sy'n tyfu yn y pridd."

"Iawn," meddai'r tarw du.

Dechreuodd y gwningen a'i theulu godi'r tatws o'r pridd.

Edrychodd y tarw'n gas. Roedd y gwningen i gael y tatws i gyd a'r tarw druan i gael y gwlydd nad oedd yn dda i ddim i neb.

Y flwyddyn ganlynol penderfynodd y tarw ei fod am feddwl yn galed iawn. Meddai wrth y gwningen, "Y tro yma fe gei di bopeth sy'n tyfu uwchlaw'r pridd a minnau bopeth sy'n tyfu yn y pridd."

"Iawn," meddai'r gwningen.

Ymhen ychydig fisoedd roedd y cnydau'n barod. Daeth y tarw i'r cae i weld y cnydau.

"Mi rydw i wedi plannu letus y tro hwn," meddai'r gwningen.

Felly rhoddodd y gwreiddiau i'r tarw a'r letus i gyd iddi hithau a'i theulu. Roedd y tarw du wedi gwylltio'n lân.

"Reit," meddai, "dydi'r gwningen ddim yn mynd i gael fy nhwyllo y tro nesaf."

Pan ddaeth y tro nesaf fe ddywedodd wrth y gwningen.

"Y tro yma mi rydw i eisiau popeth sy'n tyfu yn y pridd a phopeth sy'n tyfu ar y pridd."

"Iawn," meddai'r gwningen. Meddyliodd yn galed, galed y tro hwn.

Roedd y tarw du yn berffaith sicr y byddai'n cael y cwbl y tro hwn.

Pan ddaeth yn adeg y cynhaeaf dyma'r tarw du'n dod yn wên o glust i glust. Ni fedrai gredu ei lygaid.

"Wyt ti'n cofio?" meddai'r gwningen. "Fe wnaethon ni gytuno dy fod ti i gael popeth sy'n tyfu o dan y pridd a phopeth sy'n tyfu ar y pridd."

"Do," meddai'r tarw'n falch, "rwyt ti'n iawn gwningen fechan."

Felly meddai'r gwningen, "fe gei di'r gwreiddiau a'r dail sy'n tyfu ac fe gymera i'r india corn sy'n tyfu ar ben y planhigion."

Ffyrnigodd y tarw du. Cododd ei ben i'r awyr a rhedeg nerth ei draed trwy'r caeau i'r cae pella i orwedd o dan y goeden dderw. Yno y bu am oriau. Doedd o ddim am adael i'r gwningen gael ei ffordd ei hun byth wedyn.

Ymhob dim, O Dduw, gwna fi'n blentyn gonest. Amen.

✦ Sut greadur oedd y gwningen mewn difri?
✦ Fyddech chi'n dweud fod y tarw yn greadur diniwed?

Y Gwningen a'r Tarw

Yr Oen bach a'r Mwnci

Talu'r pwyth yn ôl / Parod i rannu

Pranciai'r oen bach o gwmpas y cae. Pwy ymddangosodd ar ben y clawdd ond y mwnci. Gofynnodd i'r oen bach, "Wyt ti wedi cael digon i'w fwyta heddiw?"

"Na," oedd ateb yr oen bach. Neidiodd y mwnci o ben y clawdd a chafodd syniad da.

"Dilyn fi," meddai wrth yr oen bach, "a phan ddoi di at fy nghartref bydd digon o fwyd i ti ei fwyta."

Neidiodd y mwnci ar hyd y llwybr at ei gartref a'r oen bach yn ei ddilyn. Cyrhaeddodd gartref y mwnci. Dyna lle roedd y mwnci yn neidio i fyny ac i lawr ac yn gweiddi'n wyllt. "Ble rwyt ti wedi bod?" gofynnodd i'r oen bach.

"Roeddet ti'n mynd yn gyflym, gyflym a chofia mae oen bach ydw i. Coesau bach sydd gen i," meddai'r oen bach

"Wel, mi rydw i wedi bwyta'r bwyd i gyd," meddai'r mwnci. "Mae'r gweddill ar dop y goeden acw. Mae'n rhaid i ti ddringo'r goeden i gael dy fwyd."

Edrychodd yr oen bach i fyny i ben y goeden. Gwyddai na allai fyth gyrraedd y bwyd. Gwyddai'r mwnci hynny hefyd.

"Dos i nôl y bwyd i mi," meddai'r oen yn ddolefus.

Dringodd y mwnci'r goeden ar unwaith. Aeth i ben y goeden ac meddai, "Mae'n rhaid i ti ddringo i fyny'r goeden i gael bwyd."

Cychwynnodd yr oen bach am adref, yn llwglyd, blinedig a thrist. Meddyliodd am ffordd i ddial ar y mwnci.

Cafodd y mwnci wahoddiad i gael swper efo'r oen bach un noson. Roedd y mwnci'n falch nad oedd yr oen bach wedi llyncu mul. Derbyniodd y gwahoddiad.

I ffwrdd â'r mwnci i gael swper efo'r oen. Ar ei ffordd gwelodd fod y ddaear wedi llosgi. Roedd tân wedi llosgi'r tyfiant i gyd.

Cyrhaeddodd a gweld fod yr oen bach wrthi'n gwneud pryd o fwyd mewn crochan mawr du. Roedd arogleuon hyfryd yn dod o'r crochan.

"Dwyt ti ddim yn cael bwyta efo fi," meddai'r oen bach. "Edrych ar dy ddwylo. Maen nhw'n fudron. Dos yn ôl i'r afon i olchi dy ddwylo."

I ffwrdd â'r mwnci yn ôl i lan yr afon i olchi ei ddwylo. Dychwelodd drwy'r tir oedd wedi llosgi. Pan gyrhaeddodd yr ail waith roedd ei ddwylo'n ddu fel y frân.

"Dos yn ôl i olchi dy ddwylo eto," meddai'r oen bach.

"Maen nhw'n ddu."

I ffwrdd â fo yn ôl i lan yr afon. Ac felly y bu am weddill y noson yn rhedeg yn ôl a blaen i olchi'i ddwylo. Tra oedd y mwnci yn mynd yn ôl a blaen roedd yr oen bach wrthi'n bwyta o'r crochan mawr. "Mae hwn yn flasus dros ben," meddai bob hyn a hyn.

Gorffennodd y tamaid olaf. Daeth y mwnci yn ôl â'i ddwylo'n ddu fel y frân. Sylweddolodd y mwnci ei fod wedi cael ei dwyllo gan yr oen bach. Rhedodd adref nerth ei draed.

"Dyna ddysgu gwers i ti, yr hen fwnci bach," meddai'r oen bach, a syrthiodd i gysgu. Roedd ei stumog yn llawn.

O Dduw, pan fydda i wedi cael fy mrifo paid â gadael i mi dalu'r pwyth yn ôl. Amen.

✦ Pa eiriau fyddech chi'n eu dewis i ddisgrifio'r oen bach?

✦ Pa eiriau fyddech chi'n eu dewis i ddisgrifio'r mwnci?

Yr Oen bach a'r Mwnci

Yr Wylan yn y Ffynnon
Helpu'n gilydd / Dyfalbarhad

Cododd yr wylan ar ei hadain a hedfan dros y dyffryn i gyfeiriad yr hen chwarel. Cododd y gwynt yn dymestl a chwythodd yr wylan tuag at y ffynnon. Ceisiodd arbed ei hun ond syrthiodd i lawr ac i lawr ac i lawr i waelod y ffynnon ddofn. Doedd dim dŵr yn y ffynnon ond roedd hi'n dywyll ac yn oer. Arhosodd yr wylan yno. Doedd dim modd iddi ddod allan o'r ffynnon. A dweud y gwir doedd hi ddim yn trio dod allan. Dyna lle roedd hi'n cwyno wrtho ei hun, "Mi fydda i'n siŵr o farw yn y lle yma. Beth ydw i wedi'i wneud i haeddu hyn?" Am ddyddiau bu'n gweld bai ar bobl ac anifeiliaid eraill. Arnyn nhw oedd y bai ei bod yng ngwaelod y ffynnon. A'r gwynt creulon yna yn ei chwythu i'r gwaelodion!

"Nid fy mai i ydi o fy mod i yng ngwaelod y ffynnon. Pwy oedd y dynion gwirion wnaeth adeiladu'r ffynnon yn y lle cyntaf? Fe ddylai rhywun fod wedi rhoi caead ar ben y ffynnon. Fuaswn i ddim wedi syrthio i'r gwaelod wedyn. Nid fy mai i ydi hyn, nage wir." Felly roedd yr wylan yn cwyno bob dydd.

Dechreuodd weiddi am help, "Help! H...e...e...l...p! Ga i help? Os gwelwch chi'n dda wnewch chi fy helpu i ddod o'r twll yma!"

Edrychodd ambell un i mewn i'r ffynnon. Gwaeddodd un ohonyn nhw, "Mae gen ti adenydd. Rwyt ti'n gallu hedfan. Pam na wnei di geisio helpu dy hun?"

"Os bydda i'n ceisio hedfan yn y twll yma mi fydda i'n siŵr o anafu fy hun," cwynai'r wylan. "Nid fy mai i ydi o fy mod yng ngwaelodion y ffynnon yma. Mae'n rhaid i chi geisio fy helpu."

Gwaeddodd y bobl arni wedyn. "Mae yna ddigon o le i ti hedfan yn y ffynnon. Wnei di ddim anafu dy hun. Dwyt ti ddim yn hen ac yn fregus. Tyrd o'na!"

Gwrthododd yr wylan. Rhoddodd ei phen yn ei phlu ac eistedd yn bwdlyd ar waelod y ffynnon. "Does yna neb yn malio

Yr Wylan yn y Ffynnon

amdana i! Mae pobl mor galed ac angharedig. Does ganddyn nhw ddim diddordeb mewn aderyn fel fi," cwynai'r wylan drwy'r amser.

Er ei bod yn cwyno roedd hi'n mwynhau byw yn y ffynnon. Doedd hi ddim yn meddwl am ddianc. Yn y diwedd doedd ganddi ddim awydd o gwbl i adael y ffynnon. Roedd ei hadenydd yn mynd yn fwy llipa o ddydd i ddydd. Yn y diwedd doedd hi ddim yn gallu defnyddio ei hadenydd o gwbl. Roedden nhw'n rhy wan.

A dyna fu ei hanes. Yng ngwaelod y ffynnon dywyll y bu weddill ei hoes. Bob dydd roedd yn gwynfanus ac yn sarrug. Ond doedd hi ddim am helpu ei hun o gwbl.

Weithiau, Arglwydd, mi rydw i'n hapus efo pethau fel maen nhw. Ai dyma'r ffordd, mewn difri? Wnei di fy helpu?   Amen.

✦ Ydyn ni'n barod i weld bai ar bobl eraill bob amser?
✦ Ydych chi'n teimlo'n hapus efo pethau fel maen nhw?
✦ Beth fedrwch chi ei wneud i newid y sefyllfa?

Yr Wylan yn y Ffynnon

Y Ddraig oedd yn Tyfu a Thyfu

Mynnu sylw / Dangos eich hun

Pan ddeffrodd Elfyn un bore gwelodd ddraig fechan ar waelod ei wely. Rhedodd i lawr y grisiau i ddweud wrth ei fam. "Mam, mae yna ddraig yn fy ystafell wely."

"Twt lol," meddai ei fam, "does yna ddim ffasiwn beth â draig yn bod."

Pan glywodd y ddraig eiriau ei fam dechreuodd dyfu a thyfu. Daeth y ddraig i lawr y grisiau a bwyta brecwast pawb. Yna aeth i gysgu i'r ystafell wely. Yn fuan iawn roedd y ddraig wedi tyfu lond yr ystafell.

"Doeddwn i ddim yn gwybod fod dreigiau'n tyfu mor gyflym," meddai Elfyn.

"Does yna ddim ffasiwn beth â draig yn bod," oedd ateb ei fam unwaith eto.

Daeth y ddraig allan o'r ystafell wely a dechrau cerdded i lawr y grisiau. Ar ôl mynd i lawr y gris cyntaf aeth yn sownd. Yno y bu'r ddraig am weddill y bore.

Bu mam Elfyn yn brysur yn glanhau'r tŷ. Ond doedd hi ddim yn gallu mynd i fyny'r grisiau. Roedd rhaid iddi fynd trwy ffenestri i mewn i'r llofftydd.

Erbyn amser cinio roedd y ddraig wedi llenwi'r tŷ. Roedd ei phen allan trwy'r drws ffrynt a'i chynffon allan trwy'r drws cefn. Roedd yna ryw ran o gorff y ddraig ymhob stafell yn y tŷ. Erbyn amser te roedd y ddraig yn llwglyd iawn. Daeth y pobydd heibio. Aeth y ddraig i lawr y ffordd ar ôl y pobydd. Aeth â'r tŷ gyda hi, yn union fel cragen ar gefn malwen.

Pan ddaeth tad Elfyn adref o'i waith roedd y tŷ wedi diflannu. Dywedodd un o'r cymdogion wrtho. "Mae'ch tŷ wedi mynd i lawr y ffordd i gyfeiriad yr eglwys." Diolchodd tad Elfyn am y wybodaeth ac aeth ar ei union i lawr y ffordd. Craffodd yn ofalus ar bob tŷ. Gwelodd un oedd yn debyg i'w dŷ ef. Pwy welai yn y ffenestr ond ei wraig ac Elfyn yn codi llaw.

Dringodd y tad dros ben y ddraig ac i mewn trwy ffenestr y llofft.

"Beth ddigwyddodd?" gofynnodd mewn braw.

"Y ddraig ..." meddai Elfyn. Ond cyn iddo orffen ei frawddeg meddai ei fam.

"Ond does yna ddim ffasiwn beth â draig yn bod."

"Oes, mae yna ddraig," meddai Elfyn. "Draig fawr, fawr."

Rhoddodd Elfyn ei law ar ben y ddraig i'w hanwesu. Ysgydwodd y ddraig ei chynffon yn hapus. Dechreuodd y ddraig fynd yn llai ac yn llai. Ymhen dim roedd yn fach, fach – yr un maint ag oedd hi pan welodd Elfyn hi ar waelod ei wely.

"Dydw i ddim yn malio am ddreigiau y maint yna," meddai'r fam. "Pam wnaeth hi dyfu mor fawr?"

"Dydw i ddim yn gwybod. Efallai ei bod hi eisiau i bobl sylwi arni."

"Na," meddai'r tad, "efallai ei bod hi eisiau sylw."

O Dduw, weithiau mi fydda i'n ddrwg, ac mi fydda i'n gwneud pethau drwg, dim ond i gael sylw. Wnei di fy helpu? Amen.

✦ Pam oedd y ddraig eisiau tyfu mor fawr?
✦ Ydych chi wedi ymddwyn yn ddrwg pan nad oedd pobl yn cymryd sylw ohonoch?

Y Ddraig oedd yn Tyfu a Thyfu

Y Llwynog Cyfrwys
Parch at fywyd / Colli cyfle

Yn gynnar yn y gwanwyn roedd y ddau alarch wrthi'n codi nyth ar lan yr afon. Bob dydd, am ddyddiau, bu'r elyrch wrthi'n brysur yn llunio'r nyth yn ofalus. Roedd y nyth mewn llecyn anodd iawn i fynd ato. Y llynedd doedden nhw ddim wedi bod yn llwyddiannus iawn. Deuddydd ar ôl i'r wyau ddeor a'r cywion bach yn dechrau ymysgwyd yn y nyth daeth llwynog heibio a mynd â'r cywion i gyd. Felly roedden nhw am fod yn fwy gofalus y flwyddyn hon.

Roedd chwech o wyau mawr gwynion yn y nyth. Eisteddodd yr iâr yn dynn ar y nyth a'r ceiliog yn nofio o gwmpas ac yn cadw golwg. Weithiau bydd ef yn cymryd drosodd er mwyn i'r iâr gael bwydo. Yr iâr oedd yn treulio'r rhan fwyaf o amser ar y nyth.

Un bore braf, ddechrau mis Mai, roedd y ceiliog a'r iâr yn hapus iawn. Roedd yr wyau wedi deor a chwech o gywion bach yn y nyth. Nofiai'r ceiliog yn osgeiddig o gwmpas y nyth. Fel roedd y dyddiau'n mynd rhagddynt roedd y cywion yn mynd yn anniddig iawn yn y nyth. Roedden nhw'n dringo dros ochr y nyth er mwyn cael mynd i'r dŵr.

Dyma'r diwrnod mawr yn cyrraedd. Y ceiliog a'r iâr ar y blaen a'r cywion bach yn dilyn fesul un – chwech ohonyn nhw. Na, dim ond pump oedd yna. Ond ble roedd y chweched? Bu'r ceiliog a'r iâr yn chwilio'n ddyfal amdano. Ond doedd yna ddim golwg ohono yn unman. Beth petai'r llwynog yn dod heibio?

Drwy'r bore bu'r ceiliog a'r iâr yn chwilio amdano. Ond roedd yn rhaid cadw golwg ar y pump arall hefyd, rhag ofn iddyn nhw fynd ar goll.

Pan oedd y teulu ar fin troi'n ôl pwy oedd yn nofio'n braf tuag atyn nhw ond y cyw bach oedd wedi bod ar goll.

Yn ôl â nhw i gyd i glydwch y nyth ac yno y buon nhw'n gorwedd yn glyd yng nghesail yr iâr.

Roedd yr haul yn machlud yn goch dros y gorwel. Roedd

hi'n argoeli'n ddiwrnod braf drannoeth. Dechreuodd nosi a daeth y sêr i'r golwg. Pendwmpiodd y teulu i gyd. Yn sydyn cododd y ceiliog ei ben. Gwelodd gysgod tywyll yn nesáu at y nyth. Cyn iddo gael cyfle i symud roedd y llwynog wedi neidio ar y nyth. Ceisiodd yr iâr ei gorau glas i amddiffyn y cywion.

Erbyn y bore roedd tri o'r cywion yn farw wrth ymyl y nyth a dau arall wedi diflannu. Dim ond un cyw bach oedd ar ôl. Nofiodd y ceiliog, yr iâr a'r unig gyw bach ar hyd yr afon. Ddaethon nhw ddim yn ôl i'r nyth y flwyddyn honno.

Wnei di, O Dduw, f'amddiffyn bob amser. Amen.

✦ Sut anifail ydi'r llwynog? Pa eiriau fyddech chi'n eu defnyddio i'w ddisgrifio?
✦ Ydych chi'n credu fod yr elyrch wedi gwneud eu gorau i amddiffyn y cywion?

Y Llwynog Cyfrwys

Y Dyn a'i Enwair

Ymddiriedaeth / Gwrando ar eraill

Y Dyn a'i Enwair

Brithyll bychan ydw i. Mi rydw i wedi bod yn nofio am wythnosau efo'm brodyr a'm chwiorydd yn y llyn du wrth droed y mynydd. Mae'r haul wedi bod yn disgleirio drwy'r dŵr am ddyddiau. Mi rydw inna wedi bod yn nofio'n braf tua'r wyneb. Yn y fan honno mae hi'n gynnes iawn. O dro i dro byddaf yn gweld Mam yn nofio i fyny i'r wyneb. Ond nid mynd yno ar gyfer y cynhesrwydd mae hi ond mynd i chwilio am fwyd. Bydd pryfed bychain yn hedfan uwchben y dŵr. Mae nifer ohonyn nhw wedi cael eu geni a'u magu yng ngwaelod y llyn. Mae'r pryfed bychain sy'n hedfan uwchben y dŵr yn bryd o fwyd blasus. Weithiau, bydd Mam a rhai o'r pysgod mawr yn neidio allan o'r dŵr ac yn bwyta'r pryfed.

Un diwrnod mi benderfynais nofio ar draws y llyn i'r ochr arall. Doedd fy mrodyr na'm chwiorydd ddim yn hapus iawn fy mod yn mynd ar fy mhen fy hun. Ond mynd wnes i. Roedd y dŵr yn dywyll iawn yng nghysgod y mynydd. Bron nad oeddwn i'n gweld dim byd. Roedd ambell frithyll arall yn nofio o gwmpas ond doeddwn i ddim yn adnabod y pysgod yma. Ydi, mae'r llyn yn fawr iawn i bysgodyn bach fel fi.

Roedd hi'n oerach o lawer yn y rhan yma. Dyma benderfynu nofio i ran oedd yn ymddangos i mi yn oleuach. Yn y fan honno roedd yna dipyn mwy o bysgod yn nofio'n braf. Roedd hi'n ganol dydd erbyn hyn a'r haul ar ei orau. Dawnsiai'r pryfed mân ar lan y dŵr. Neidiais allan o'r dŵr a chefais lond ceg o bryfed blasus. Naid arall a mwy o bryfed blasus. Yn sydyn daeth cysgod sydyn dros y dŵr. Cysgod hir, du. Gwelais fod yna bry mwy na'r cyffredin yn hedfan uwchben y dŵr. Dyna bryd blasus! Ond roedd yn hedfan yn gyflym. Un munud roedd uwch fy mhen. Y munud nesaf roedd wedi hedfan i ffwrdd. Yna fe'i gwelais yn agos i'r lan lle roedd y dŵr yn taro yn erbyn y cerrig. Yna roedd yn hedfan yng nghanol y dŵr. Roedd hwn yn bry rhyfedd. Roedd hwn yn bry gwahanol i'r cyffredin. Roedd o'n lliwgar ac yn llawer mwy na'r pryfed bach oedd yn hedfan o gwmpas. Yn sicr, mi fyddai hwn yn bryd blasus iawn. Mi fyddai yn fy nghadw'n ddiddig am ddyddiau.

Beth am roi un llam o'r dŵr i geisio'i ddal? Ond roedd wedi diflannu unwaith eto. Wel dyma bry rhyfedd!

Dacw fo, unwaith eto, yn hedfan yn isel dros y dŵr. Dyma fy nghyfle olaf cyn iddo ddiflannu. Un llam enfawr ... Ond, O! mae rhywbeth yn sownd yn fy ngheg. Rydw i'n cael fy llusgo'n ara tua'r lan. Mae'r pry hwn wedi anafu ochr fy ngheg. Mae'n rhaid i mi ei boeri allan o'm ceg. Gyda chryn ymdrech mi lwyddais. Nofiais yn ôl i'r ochr arall i'r llyn. Roedd fy mrodyr a'm chwiorydd wedi bod yn poeni amdanaf. Fe ddywedais fy stori wrthyn nhw. Pwy oedd yn gwrando ar fy stori ond un o'r hen, hen bysgod oedd yn byw yn y llyn. Fe soniodd wrtha i am y dyn a'i enwair. Mi fûm i'n fwy gofalus byth wedyn.

Diolch i Ti, O Dduw, am fy amddiffyn pan fydda i mewn perygl. Amen.

✦ Beth ydi'ch barn chi am bobl sy'n mynd i bysgota? Fyddech chi'n dweud fod pysgota yn greulon?

✦ Pa ddrwg mae pysgota â bachyn yn ei wneud i adar?

Cartref i'r Ceffylau

Gosod esiampl / Amynedd / Tynerwch / Ffyddlondeb / Dyfalbarhad

Bu Megan yn swnian ers wythnosau. "Mam, plîs ga i geffyl? Mi fuaswn i wrth fy modd yn cael ceffyl."

Ond 'na' oedd yr ateb bob tro. "Mae gen ti gi, cath a bwji a dwyt ti ddim yn gallu gofalu am y rhain yn iawn. A pheth arall, mae ceffyl eisiau digon o le i ymarfer a dim ond gardd fechan sydd gennym ni. Felly, am y tro olaf, Megan, na ydi'r ateb. Na... na... na!"

Un diwrnod aeth Megan a'i ffrindiau am dro allan o'r pentref ar hyd y ffordd oedd yn arwain i'r dref. Wrth iddynt basio giât oedd yn arwain i un o'r caeau daeth ceffyl mawr atyn nhw a rhoddodd ei ben dros y giât i gael maldod.

"Mi fuaswn i wrth fy modd yn cael ceffyl fel hwn," meddai Megan wrth ei ffrindiau. "Lle fuaset ti yn ei gadw?" gofynnodd un o'r genethod iddi. "Mae hwn yn geffyl mawr, mawr. Ceffyl gwedd ydi'r enw ar y math yma o geffyl meddai Taid."

"Mi oedd Mam yn dweud fod yna yn yr ardal yma le i geffylau sydd wedi mynd yn hen," meddai Luned, un o'r genod.

"'Run fath â chartref i hen bobl, mae hwn yn gartref i hen geffylau," meddai Ceri dan chwerthin.

A dyna lle bu'r genethod yn mwytho'r hen geffyl gwedd. Ymhen dim roedd un arall wedi dod at y giât. Roedd yn amlwg fod y ddau geffyl wrth eu boddau, a'r genethod hefyd.

Ar ôl cyrraedd adref dechreuodd Megan swnian unwaith yn rhagor. "Mam, mi ydw i wedi gweld ceffyl mawr yn y caeau ar y ffordd i'r dref. Mi oedd Luned yn dweud mai cartra i hen geffylau sydd yna. Fuaswn i'n cael dod ag un o'r ceffylau adref i'r ardd?"

"Paid â bod yn wirion," meddai Mam wrthi. "Mae'r ardd yn rhy fechan a'r ceffyl yn rhy fawr."

Doedd dim troi ar Megan. Roedd hi â'i bryd ar gael ceffyl. Pan ddaeth ei thad adref o'i waith dechreuodd Megan swnian unwaith yn rhagor.

"Paid ti â phoeni am gael ceffyl," meddai'n bwyllog. "Amser cinio heddiw mi es i weld perchennog y cartref i'r hen geffylau. Dyn dymunol iawn oedd y perchennog. Ac mae o'n dweud y cei di fynd yno bob dydd Sadwrn i weithio. Ond mwy na hynny fe gei di fabwysiadu un o'r ceffylau. A dyna i ti £10 i ddechrau. Fe gei di roi yr arian i Mr Williams. Bydd yr arian yn helpu i brynu bwyd i'r ceffyl. Wyt ti'n hapus, rŵan?"

Roedd Megan ar ben ei digon. Aeth i'w hystafell wely i freuddwydio am gael gweithio efo'r ceffyl. Roedd hi wedi meddwl am enw iddo – Nedw.

O Dduw, paid â gadael i mi gael fy ffordd fy hun bob tro. Amen.

✦ Fyddech chi'n hoffi cael ceffyl? Rhowch resymau pam.

✦ Beth ydi'ch barn chi am Megan 'yn swnian' er mwyn cael?

✦ Oeddech chi'n meddwl fod yr hyn wnaeth ei thad yn syniad da?

Cartref i'r Ceffylau

Codi Carreg
Amrywiaeth bywyd / Parch at fywyd

"Mae hi'n ddiwrnod i fynd i'r ardd heddiw," meddai tad Carwyn ben bore. "Wyt ti am ddod i helpu?"

Doedd Carwyn ddim yn hoff iawn o arddio. Ond cytunodd yn anfoddog i helpu ei dad.

"Cyn i ni ddechrau plannu mae'n rhaid i ni baratoi'r tir yn ofalus." Doedd Carwyn ddim yn hoff iawn o wneud hynny. "Fe gei di baratoi'r tir," meddai'i dad wrtho. Y dasg gyntaf oedd casglu'r cerrig oedd yn y darn tir. Roedd yna gerrig mawr yno.

Wrth i Carwyn godi'r cerrig roedd yna bob math o greaduriaid yn llechu oddi tanynt. Roedd pryfed genwair enfawr yn llechu o dan y cerrig. Pan ddaeth ei dad ato esboniodd pa mor bwysig oedd y pry genwair. Hwn oedd yn troi'r tir. "Rho fo ar wyneb y pridd," meddai ei dad wrtho.

Gwyliodd y ddau y pry genwair yn ymwthio i mewn i'r pridd ac yn diflannu.

Gwaeddodd Carwyn ar ei dad, "Dad, be ydi hwn? Rhywbeth oren efo llawer o goesau."

"Neidr gantroed ydi hon. Cofia di, does ganddi ddim cant o draed, ond mae hi'n ddefnyddiol iawn yn y pridd. Mae hi'n byw ar fân bryfetach sy'n gwneud drwg i'r planhigion. Mae hon yn ffrind i'r garddwr," esboniodd ei dad wrtho. "Ond paid ti â gweiddi arna i bob munud neu fyddwn ni byth wedi gorffen trin yr ardd yma," meddai ei dad wrtho'n gellweirus.

Aeth Carwyn ymlaen â'i waith am ryw ychydig. Bloedd eto. "Dad, mae yna gannoedd o falwod o dan y garreg yma. ydyn nhw'n cysgu?"

Gadawodd ei dad y rhaw unwaith eto a dod i weld yr olygfa.

"Ydyn, mae'r rhain yn dal i gysgu. Weli di'r peth gwyrdd golau yma sydd ar draws ceg y gragen. Y llengig ydi hwn. Hwn sy'n cadw'r falwen rhag sychu yn ystod tymor y gaeaf."

"Ydi'r rhain yn ffrind i'r garddwr, Dad?" gofynnodd Carwyn.

"Nac ydyn wir," oedd ateb pendant ei dad. "Mae'r rhain yn gwneud difrod mawr yn yr ardd. Ar nosweithiau llaith yn ystod yr haf bydd cannoedd o'r rhain yn dod allan ac yn dechrau bwyta dail a blodau. Mewn un noson fe all y malwod wneud difrod mawr."

"Beth am y gwlithod?" gofynnodd Carwyn. "Mae yna rai yn cysgu yn ymyl y malwod."

"Ydyn, mae'r rheiny hefyd yn elyn i'r garddwr," meddai ei dad.

"Wyddost ti," meddai'i dad wrtho, "os ydi'r creadur yn ara deg, yna mae hwnnw'n elyn i'r garddwr ond os ydi o'n gyflym mae o'n ffrind i'r garddwr. Sut un wyt ti, dywed?" gofynnodd i Carwyn.

"Ara deg, mae gen i ofn," atebodd Carwyn. "Gelyn ydw i – mae gen i fwy o ddiddordeb yn y creaduriaid nag mewn garddio.

Helpa fi i sylweddoli, O Dduw, fod yna amrywiaeth o greaduriaid diddorol o dan ein trwynau. Paid â gadael i ni wneud niwed iddyn nhw. Amen.

✦ Fyddwch chi'n hoffi gweithio yn yr ardd? Pa dasgau fyddwch chi'n hoffi eu gwneud?
✦ Beth ydi'ch barn chi am yr hyn a ddywedodd tad Carwyn: 'creadur ara deg yn elyn a chreadur cyflym yn ffrind i'r garddwr'. Ydych chi'n credu fod hyn yn wir?

Ffon y Ci

Parch at eraill / Ymddiriedaeth / Cyfeillgarwch

Unwaith y flwyddyn byddai dyn yn dod i'r ysgol i diwnio'r piano. Roedd y plant yn hoff iawn ohono. Roedden nhw wrth eu bodd yn sgwrsio efo'r dyn tiwnio piano. Efallai bod yna reswm arall eu bod yn hoff o'r dyn. Roedd ganddo gi mawr du. Roedd hwn wrth ei ochr bob amser. I ble bynnag y byddai'r dyn yn mynd byddai'r ci yn mynd hefyd. Y ci mawr du, neu Ffon fel roedd y dyn yn ei alw, oedd yn tywys y dyn i bob man. Roedd y dyn yn ddall.

Gofynnodd un o'r plant iddo un diwrnod, "Pam ydych chi'n galw'ch ci yn Ffon?"

"Wel," meddai'r dyn yn bwyllog, "dydw i ddim yn gweld ac mi rydw i'n dibynnu'n llwyr ar y ci. Mae o fel 'ffon' i mi. A dyna pam ydw i wedi'i fedyddio fo yn 'Ffon'. Fedra i ddim mynd i unman heb y ci yma."

Roedd y plant yn awyddus i ofyn mwy o gwestiynau i'r dyn. "Ydi o wedi cael ei hyfforddi?"

"Do, mae Ffon wedi cael ei hyfforddi ers pan oedd o'n gi bach, bach."

"Beth sy'n digwydd i Ffon pan fyddwch chi'n cysgu?" oedd y cwestiwn nesaf.

"Mi fydd o'n cysgu yn ei fasged ar waelod y gwely. Yn y bore bydd o'n fy helpu i fynd i'r ystafell ymolchi."

"Ydi o'n cael mynd am dro ar ei ben ei hun?" gofynnodd Lowri.

"Ydi, mae o'n cael mynd am dro i waelod yr ardd bob dydd. Mi fydda i'n gadael iddo fynd am oriau. Ond pan fydda i'n gweiddi 'Ffon' bydd yn siŵr o ddod ar ei union i'r tŷ. Mae o'n gi ffyddlon iawn," meddai'r dyn. "Wel, gwrandewch rŵan, mae'n well i mi fynd ymlaen efo'r gwaith o diwnio'r piano neu fydd o ddim yn barod i chi ar gyfer Eisteddfod yr Urdd," meddai'r dyn ac aeth ati i drin y piano â Ffon yn gorwedd wrth ei ymyl.

Roedd y plant wedi cael modd i fyw yn sgwrsio efo

Mr Parry a Ffon. Ar ôl mynd yn ôl i'r ystafell ddosbarth fe fuon nhw'n dweud wrth eu hathrawes eu bod nhw wedi bod yn sgwrsio efo Mr Parry.

"Gawn ni ofyn i Mr Parry ddod i'r dosbarth i sgwrsio efo ni?" gofynnodd un o'r plant.

"Beth am i ni drefnu ar gyfer y tro nesaf er mwyn i Mr Parry gael paratoi ar ein cyfer," meddai'r athrawes. "Yn y cyfamser beth am i ni wneud ychydig o waith ar berthynas pobl ag anifeiliaid."

"Rwy'n siŵr y byddai Dad yn dod i'r ysgol i sôn am ei berthynas efo Meg," meddai Bethan.

"Pwy ydi Meg, felly?" gofynnodd yr athrawes.

"Ci defaid," meddai Bethan.

"Wel, dyna syniad da," meddai'r athrawes. "Mi fydd yr ysgol yma'n gŵn i gyd!"

Mi rydan ni eisiau diolch i ti, O Dduw, am bawb sy'n barod i helpu'r deillion. Amen.

✢ Fedrwch chi feddwl sut roedd Mr Parry yn gallu tiwnio'r piano ac yntau'n ddall?
✢ Beth fyddai'n digwydd i Mr Parry petai rhywbeth yn digwydd i Ffon y ci?
✢ Fedrwch chi feddwl am bobl eraill sy'n dibynnu ar gŵn?
✢ Ydych chi'n credu fod 'Ffon' yn enw da ar y ci?

Ffon y Ci

Gwenyn Meirch

Gwenyn Meirch

Parch at fywyd / Trefn natur

Penderfynodd Carwyn a'i ffrindiau fynd am dro i gael picnic ar lan yr afon. Roedd hi'n ddiwrnod braf, poeth. Ar ôl bod yn chwilio am bob math o greaduriaid yn nŵr yr afon roedd hi'n amser cinio a phob un ohonyn nhw'n edrych ymlaen at gael cinio ar lan yr afon. Brechdanau oedd gan y rhan fwyaf ohonyn nhw. Roedd gan rai gacennau melys a phob math o ddiodydd. Ar ôl i'r bechgyn ddechrau bwyta dyma greaduriaid eraill yn dechrau hedfan o'u cwmpas.

Creaduriaid melyn a du. A phob hyn a hyn roedden nhw'n glanio ar y brechdanau, y cacennau a'u diodydd. A dyna lle roedd y bechgyn yn chwifio'u dwylo yn yr awyr.

"Nid dyna'r ffordd i gael gwared â nhw," meddai Berwyn.

"Y peth gorau, medda Mam, ydi aros yn llonydd. Wrth i ni chwifio'n dwylo'n wyllt mi ydan ni yn eu ffyrnigo a dyna'r adeg maen nhw'n pigo."

Fel roedd Berwyn yn gorffen ei frawddeg dyma Huw yn gweiddi dros y lle. "Aw – aw – aw! Mi rydw i wedi cael fy mhigo ar gefn fy llaw!"

Roedd dagrau yn ei lygaid. Roedd y pigiad yn dechrau chwyddo a chonch i yn ymddangos o'i gwmpas.

"Oes gen ti finegr?" gofynnodd Tim. "Mae Mam yn dweud mai finegr ydi'r peth gorau at bigiad gwenynen feirch."

Ond doedd gan neb finegr.

A dyna lle bu Huw yn dioddef.

"Yli," meddai Tim, "mae ôl y colyn – sef y rhan o'r wenynen sydd wedi dy bigo di – yng nghanol y chwydd."

Oedd, roedd yna smotyn yng nghanol y chwydd. Doedd Huw ddim eisiau bwyd. Aeth i eistedd ar ei ben ei hun ar lan yr afon.

Bu gweddill y bechgyn yn trafod ymhlith ei gilydd. Un o'r cwestiynau oedd ai brathu ynteu pigo roedd y gwenyn. Roedd gan Tim ateb i bopeth. "Pigo mae'r wenynen fêl efo'i cholyn ac ar ôl iddi bigo mae'n gadael ei cholyn yn eich cnawd ac yn marw. Ond dydy'r wenynen feirch ddim yn gadael colyn ac mae hi'n gallu pigo nifer o weithiau."

Ond y cwestiwn oedd yn poeni'r bechgyn oedd pam fod yna gymaint o greaduriaid yn y byd sydd mor amhoblogaidd? Mewn gwledydd poeth roedd gwahanol fath o bryfed yn gwneud niwed mawr i bobl. Roedd Berwyn wedi darllen am y mosgito. Soniodd Tim am rai pryfed sy'n gallu byw o dan groen pobl yn y gwledydd poeth a bwyta eu cnawd.

Erbyn hyn roedd Huw wedi ymlwybro o lan yr afon at y bechgyn. Roedd yn teimlo'n well erbyn hyn a'r chwydd wedi diflannu.

"Mi fydda i'n casáu'r gwenyn meirch am byth," meddai.
"Y babi clwt," meddai gweddill y bechgyn.

Gwna fi, O Dduw, yn garedig tuag at bob anifail hyd yn oed y rhai sy'n fy mhigo. Amen.

✦ Ydych chi'n meddwl fod lliwiau'r wenynen yn arwydd o berygl i greaduriaid eraill?
✦ Rhestrwch anifeiliaid sy'n gwneud drwg i bobl.
✦ Ydych chi wedi cael eich pigo gan wenynen. Sut deimlad oedd cael eich pigo?

Gwenyn Meirch

Mesen

Parch at fywyd / Amynedd / Gofal

Diwrnod diflas arall! Dydd Sadwrn oer a'r niwl yn cau'n dynn dros y dyffryn. Doedd dim byd i'w weld yn unman. Roedd y rhan fwyaf o blant y pentref wedi mynd i'r ddinas i wylio'r gêm bêl-droed. Ond doedd gan Dylan fawr o ddiddordeb mewn pêl-droed. Roedd yn well ganddo fo chwarae rygbi ond doedd yna ddim tîm na gêm rygbi yn yr ardal nac ar y teledu. Doedd dim amdani ond eistedd yn y tŷ i wylio'r niwl yn mynd a dod.

"Wyt ti am ddod am dro efo mi?" gofynnodd ei dad iddo ar ôl cinio.

"Na, mae hi'n oer braidd," oedd ateb swta Dylan.

"Tyrd – beth am fynd am dro at y llyn?" meddai ei dad wrtho.

"At y llyn? Beth petaen ni ddim yn gweld y llyn ac yn syrthio i mewn iddo?" meddai Dylan a gwên ar ei wyneb.

"Tyrd yn dy flaen, rho dy esgidiau cryf am dy draed ac mi awn ni am dro."

"Ond i be?" gofynnodd Dylan unwaith yn rhagor.

"Tyrd – fe gei di weld."

Rhoddodd Dylan ddillad cynnes amdano ac i ffwrdd â'r ddau i gyfeiriad y llyn. Dechreuodd Dylan gwyno, "Dydw i'n gweld dim yn y niwl yma ... Mae hi'n oer ac yn damp ... gawn ni fynd adra'n ôl?"

"Tyrd yn dy flaen – mi awn ni at y llyn ac yn ôl," meddai ei dad wrtho'n bendant. Ar ôl cyrraedd at y llyn, roedd pobman yn ddistaw bach. Dim siw na miw yn unman. Doedd hyd yn oed yr hwyaid ddim wedi mentro allan ar y llyn.

"Wyt ti'n gweld y coed acw yr ochr arall? Mi awn i yno i chwilio am fes," meddai'r tad gan gychwyn yn ei flaen. Dilynodd Dylan ef.

"Pam ydan ni eisiau mes?" gofynnodd Dylan yn ddigon blin.

"Gei di weld pan awn ni adra," oedd ateb y tad.

Ar ôl iddyn nhw gyrraedd y coed derw roedd mes ymhob man. Roedd yn amlwg fod gwynt diwedd yr hydref wedi'u chwythu oddi ar y coed.

"Rhain ydi ffrwythau'r coed derw," esboniodd y tad. "Mi ddaw yna goeden dderw newydd sbon o bob un o'r rhain."

"Ydi coeden fawr fel hon yn mynd i dyfu o fesen fach fel hon?" gofynnodd Dylan mewn braw.

"Ydi," meddai'r tad, "ac mi ydan ni am fynd ag ychydig o'r rhain adra efo ni i'w plannu."

Rhoddodd Dylan ddwsin o fes gwyrdd, caled yn ei boced ac i ffwrdd â'r ddau am adref.

Roedd tad Dylan wedi paratoi potiau llawn o bridd ar gyfer y mes. "Ar ôl plannu'r mes, un fesen i bob potyn, fe gawn ni adael iddyn nhw am flwyddyn yn y potyn ac yna eu trawsblannu ar gwr y goedwig," meddai'r tad wrth Dylan. "Wel, dyna ni, wedi gwneud ein rhan fach ni i helpu'r amgylchfyd o'n cwmpas."

Gwna fi, O Dduw, yn fwy parod i wneud lles i'r amgylchfyd yn hytrach na gwneud drwg. Amen.

✦ Beth fedrwch chi, fel dosbarth, ei wneud i helpu'r amgylchfyd?
✦ Ysgrifennwch weddïau i ddiolch i Dduw am y byd a hefyd i annog y gwledydd i barchu'r byd.

Mesen

Am Fyd!

Pryfed Bach Prysur
Gwneud yn fawr o amser / Mwynhau bywyd natur

Ganol mis Mai, pan fydd y tywydd wedi cynhesu a'r blodau a'r coed ar eu gorau, ewch am dro i lan yr afon. Eisteddwch ar y dorlan a gwyliwch. Ymhen dim byddwch yn siŵr o weld cannoedd o bryfed yn hedfan uwchben y dŵr. Gwybed undydd neu wybed Mai ydi'r rhain. Fel mae'r enwau'n dweud, pryfed sydd i'w gweld ym mis Mai ydi'r rhain ond yr hyn sy'n anhygoel ydi mai dim ond am un diwrnod y maen nhw'n byw. Ie, gwybed undydd ydyn nhw! Mae'r pryfed yn byw yn y dŵr am fisoedd. Bydd y benywod yn dodwy eu hwyau yn y dŵr. Bydd yr wyau wedyn yn syrthio i'r llyn. Ar ôl rhai wythnosau bydd yr wyau'n deor yn nymffiaid. Bydd y rhain yn byw yng nghanol y cerrig mân a'r tyfiant.

Fel bydd y gwanwyn yn troi'n haf bydd y nymffiaid wedi tyfu i'w llawn dwf. Gyda'r nos byddan nhw'n dringo o'r dŵr ar blanhigyn sy'n tyfu ar y lan. Ar ôl gorffwyso am gyfnod byr, erbyn y bore bydd cefn y nymff yn hollti ac allan ohono bydd pry newydd yn ymddatod. Bydd gwres y bore bach yn ei helpu i sychu ei adenydd ac ymhen awr neu ddwy bydd yn barod i hedfan. Ond nid un nymff fydd yn dringo allan o'r dŵr ond cannoedd. Ac felly ar fore braf o Fai bydd cannoedd ar gannoedd o wybed undydd yn hedfan uwchben y dŵr. Mae hon yn olygfa fythgofiadwy. Beth felly yw diwrnod ym mywyd gwybedyn undydd?

Ar ôl i'r haul godi'n gynnar yn y bore a'r ddaear yn dechrau cynhesu bydd y gwybed yn dawnsio uwchben y dŵr. Bydd y benywod a'r gwrywod yn dawnsio gyda'i gilydd. Dawns ydi hon i chwilio am gymar. Tua chanol dydd, pan fydd yr haul yn ei anterth, bydd y gwrywod a'r benywod yn paru. Bydd hyn yn digwydd tra maen nhw'n hedfan yn yr awyr. Erbyn canol y pnawn bydd y fenyw'n barod i ddodwy ei hwyau yn y dŵr. Fel mae'r haul ym machlud bydd bywyd y gwybedyn undydd ar ben. Bydd y benywod a'r gwrywod yn syrthio ar wyneb y dŵr yn

Pryfed Bach Prysur

160

farw gelain. Bydd y pysgod yn llamu o'r dŵr i'w llyncu. Pryd da o swper cyn i'r nos dywyllu pobman. Ac yn ystod y diwrnod hwn mae'r gwybedyn undydd wedi paratoi ar gyfer y dyfodol. Y cyfan wedi ei gywasgu i un diwrnod o fywyd anhygoel.

Maen nhw'n byw am fisoedd yn nhywyllwch y llyn ac yna am un diwrnod fe fyddan nhw'n byw yn yr heulwen. Mae'n rhaid i'r gwybedyn undydd wneud yn fawr o'r un diwrnod arbennig hwn i baratoi ar gyfer y dyfodol. Mor bwysig ydi'r un diwrnod!

O Dduw, helpa fi i fyw bywyd llawn bob dydd o'r flwyddyn. Amen.

✦ Chwiliwch am lun o'r gwybedyn undydd. Pam fod y gwybed hyn yn bryfed mor anhygoel?
✦ Beth yn union mae'r gwybedyn undydd yn ei wneud yn ystod y diwrnod y bydd yn dod allan o'r dŵr?

Pryfed Bach Prysur

Y Crëyr Glas
Gweld cyfle

Mae'r crëyr glas yn aderyn mawr. Bydd yn bwyta pysgod trwy eu dal gyda'i big fawr bigfain. Un diwrnod roedd crëyr yn sefyll yn nŵr yr afon. Wrth edrych i'r dŵr gwelai laweroedd o bysgod mawr tew yn nofio yma a thraw. Roedd y pysgod tewion yn nofio o gwmpas ei draed. Buasai wedi gallu dal pysgodyn neu ddau yn hawdd iawn. Ond meddai wrtho'i hun. "Na, mi rydw i am ddisgwyl nes y bydd hi'n amser cinio. Mi fydda i bron â llwgu erbyn hynny." I ffwrdd â fo i gyfeiriad y bont oedd yn croesi'r afon.

Pan ddaeth hi'n amser cinio daeth yn ôl at lan yr afon. Cerddodd yn hamddenol i ganol y dŵr. "Dyma gyfle'n awr i ddal un o'r pysgod mawr tew," meddai. Ond pan edrychodd i'r dŵr roedd y pysgod mawr tew wedi diflannu, bob un ohonyn nhw. Dim ond pysgod bach oedd yn nofio yn y dŵr! "Dydw i ddim am fwyta'r pysgod bach. Mi arhosa i; efallai bydd y pysgod mawr yn dod yn ôl yn nes ymlaen," meddai.

I ffwrdd â fo tua'r mynydd. Bu'n hedfan o gwmpas y mynydd am awr neu ddwy. Erbyn hyn roedd eisiau bwyd yn arw iawn. Roedd yn edrych ymlaen at ddal pysgodyn tew, braf. Aeth i lawr at lan yr afon. Cerddodd i mewn i'r dŵr. Edrychodd o'i gwmpas. Erbyn hyn roedd hyd yn oed y pysgod bychain wedi diflannu. Roedd y crëyr bron â llwgu eisiau bwyd.

"Mi af am dro unwaith eto," meddai, ac i ffwrdd â fo i gyfeiriad y dyffryn. Bu'n hedfan i fyny ac i lawr y dyffryn ddwywaith, dair. Aeth yn ôl i lan yr afon. Cerddodd i mewn i'r dŵr. Roedd hi'n anodd iawn gweld beth oedd yn y dŵr. Roedd hi'n dechrau nosi erbyn hyn. Gwelai ambell bysgodyn bach, bach yn nofio o gwmpas. Cerddodd yn ôl a blaen ar hyd glan yr afon rhag ofn y gwelai bysgodyn mawr tew yn nofio. Ond doedd dim un pysgodyn mawr tew yn unman, dim ond ambell bysgodyn bach, bach.

Erbyn hyn roedd y crëyr glas bron â syrthio eisiau bwyd.

Roedd o bron yn rhy wan i gerdded yn ôl a blaen. Suddodd yr haul dros y gorwel. Fel roedd yn barod i godi ar ei adain gwelodd wlithen fechan yn cerdded ar y gwair yn ei ymyl.

Trywanodd y wlithen â'i big fawr bigfain. Doedd o erioed o'r blaen wedi bwyta gwlithen. Llyncodd hi ar ei union.

"Ych a fi," meddai, "dyna flas drwg oedd ar y wlithen yna, ond roedd hi'n well na dim." Cododd ar ei adain a ffwrdd â fo i gyfeiriad y bont. Yn ystod oriau'r nos doedd y crëyr ddim yn gallu cysgu. Bu'n meddwl am y diwrnod a aeth heibio.

"O yfory ymlaen rydw i am gymryd pob cyfle pan ddaw. Pan fydda i'n cael cyfle i fwyta pysgod mawr tew, mi wnaf ar fy union yn hytrach na disgwyl am gyfle arall."

Cododd yn fuan iawn fore trannoeth. Roedd bron â marw eisiau bwyd. Dim ond gwlithen fach â blas drwg arni roedd wedi'i fwyta drwy'r dydd. Aeth i lan yr afon. Cerddodd i'r dŵr. Roedd cannoedd o bysgod mawr tew yn nofio yn y dŵr. Trywanodd un ... dau ... tri ... pedwar ohonyn nhw – un ar ôl y llall. Ymhen dim roedd wedi cael llond ei fol.

O Dduw, wnei di fy nysgu i gydio ymhob cyfle pan ddaw heibio. Amen.

✦ Pam roedd y crëyr yn gwrthod y cyfle i ddal y pysgod mawr?

✦ Fyddwch chi weithiau'n colli cyfle? Rhowch enghreifftiau.

Y Crëyr Glas

Yr Arth Gyfrwys
Gonestrwydd / Goddefgarwch

Pan gyrhaeddodd y llwynog ei ffau ar ôl diwrnod o hela, gwelodd fod coeden fawr wedi syrthio ar draws ceg y ffau. Roedd y gwynt wedi bod yn stormus drwy'r dydd a doedd dim modd i'r llwynog fynd i mewn i'r ffau.

"Mae'n rhaid i mi gael help gan rywun i symud y goeden," meddai'r llwynog. Aeth ar ei union i chwilio am yr Arth Fawr. Roedd hi'n byw ar ochr y mynydd.

I ffwrdd â'r llwynog nerth ei draed. "Helô, Arth Fawr," meddai. "Rwy'n siŵr nad wyt ti wedi gweld ceffyl heb goesau."

"Ceffyl heb goesau?" atebodd yr arth. "Amhosibl."

"Mi fedra i ddangos ceffyl heb goesau i ti," meddai'r llwynog.

Arhosodd yr Arth Fawr i feddwl am funud. "Mae gan yr hen lwynog cyfrwys rywbeth i fyny ei bawen," meddai'r Arth. "Beth am gael bet?" gofynnodd i'r llwynog, "ac os bydda i'n ennill beth fydd y wobr?"

"Fe gei di brofi mêl cartref," meddai'r llwynog ar ei union.

Dechreuodd yr Arth fawr lyfu ei cheg.

"Ond beth petawn i'n colli?" gofynnodd yr Arth.

"Mi fydd rhaid i ti symud coeden fawr sydd wedi syrthio ar geg fy ffau," meddai'r llwynog.

"Os bydda i'n colli yna mi fydda i'n siŵr o symud y goeden ar ôl i mi gysgu. Mi rydw i'n teimlo'n ddigon blinedig ac mi fydd yn rhaid i mi gael digon o nerth i symud y goeden."

Aeth y llwynog a'r Arth Fawr am dro i lan y môr ac eistedd ar graig fawr ar lan y môr. "Dyna fo," meddai'r llwynog – ceffyl heb goesau."

Craffodd yr Arth Fawr. Dyna lle roedd ceffyl dŵr yn nofio o gwmpas y graig.

"Ond nid ceffyl go-iawn ydi hwnna," rhuodd yr Arth Fawr.

"Wrth gwrs ei fod o'n geffyl go-iawn a does ganddo fo ddim coesau. Felly fi sy'n ennill y bet."

164

Rhuthrodd yr Arth oddi yno yn ei chynddaredd. Y bore dilynol aeth y llwynog i chwilio am yr Arth Fawr. Doedd yna ddim golwg o'r Arth yn unman. Eisteddodd y llwynog ar garreg fawr wrth ochr yr ogof. Daeth aderyn heibio a rhoi neges i'r llwynog. Darllenodd y llwynog y geiriau, 'Mi wna i symud y goeden pan fydda i wedi deffro y gwanwyn nesaf.'

"Beth?" meddai'r llwynog, wedi gwylltio.

"Ond fe ddywedodd y buasai'n symud y goeden ar ôl iddi gysgu," meddai'r aderyn.

"Ond soniodd hi ddim am gysgu dros y gaeaf," meddai'r llwynog.

"Wel," meddai'r aderyn. "Dydi'r Arth ddim yn credu bod yna botaid o fêl iddi hithau chwaith."

Aeth yr aderyn ymlaen. "Mae ganddi un cyngor bach i ti. Os wyt ti'n trin pobl yn onest, yna fe fyddan nhw yn dy drin di'n onest."

Ac aeth yr aderyn i ffwrdd. Bu'r llwynog yn meddwl a meddwl am ddyddiau.

O Dduw, helpa fi i fod yn blentyn gonest fel 'mod i bob amser yn cadw at fy ngair. Amen.

✦ Ydych chi'n credu bod y llwynog yn greadur cyfrwys?

✦ Pwy oedd y mwyaf cyfrwys o'r ddau?

✦ Pa mor bwysig ydi bod yn onest bob amser?

Yr Arth Gyfrwys

Y Tîm Gorau ar y Ddaear

Cydweithio / Dyfalbarhau

Y Tîm Gorau ar y Ddaear

Ar lawr y fforest mae darn o ddeilen yn symud. Oes yna rywbeth yn cario'r ddeilen? Ond mae mwy o ddail yn symud. Mae pryfed bychain brown yn cario'r dail yn eu cegau. Morgrug ydi'r rhain – morgrug y grawn. Maen nhwn cario'r dail i'w nyth. Y gweithwyr ydi'r rhain a dyma yw eu priod waith. Ar ôl cyrraedd y nyth, sydd fel arfer yng nghrombil y ddaear, bydd y morgrug yn gadael y dail er mwyn i'r garddwyr fynd ati i'w cnoi. Ymhen rhai dyddiau bydd math o ffwng neu rawn yn tyfu ar y dail. Y ffwng yma sy'n cael ei fwydo i'r morgrug bychain. Gellir dweud bod y morgrug yn ffermio yng nghrombil y ddaear.

Y frenhines – morgrugyn mawr – ydi pennaeth y nyth. Hi sy'n dodwy wyau ac os bydd y frenhines yn marw yna bydd y morgrug sy yn y nyth i gyd yn marw. Mae bywyd y morgrug i gyd yn troi o gwmpas y frenhines. Benywod ydi pob un morgrugyn sydd yn y nyth. Benywod ydi'r rhai sy'n chwilio am y dail a'u cario'n ôl i'r nyth. Benywod ydi'r garddwyr sy'n trin y grawn yn y nyth. Benywod ydi'r ymgymerwyr hefyd. Mae gwaith yr ymgymerwyr yn bwysig yn y nyth. Pan fydd morgrugyn yn marw bydd adar ac anifeiliaid yn sicr o ddod ar eu traws ac efallai y byddan nhw'n dod o hyd i'r nyth. Felly, rhag i hyn ddigwydd, bydd yr ymgymerwyr yn cario'r morgrug marw i'r fynwent sy'n rhan o'r nyth. O wneud hyn fydd creaduriaid eraill ddim yn darganfod y nyth.

O dro i dro gwelir morgrugyn llai ei faint yn cael ei gario ar ddarn o ddeilen. Bydd y gweithiwr druan yn gorfod cario deilen drom a morgrugyn arni. Y rheswm am hyn yw fod cacynod bychain yn y fforest yn ymosod ar forgrug ac yn dodwy eu hwyau ynddyn nhw. I osgoi hyn bydd y morgrug bach ar y ddeilen yn barod i ymosod ar y gacynen a'i rhwystro rhag dodwy ei hwyau yn y morgrug byw.

Mae milwyr hefyd yn byw yn y nyth. Os bydd unrhyw greadur yn ymosod ar y nyth bydd y milwyr – morgrug mawr â phennau enfawr a brathiad cynddeiriog – yn dod allan i ymosod.

Mae cydweithio perffaith yn y tîm. Pob morgrugyn yn gwybod yn iawn beth yw ei safle. Y gweithwyr yn cario. Y garddwyr yn trin y grawn. Yr ymgymerwyr yn claddu. Y milwyr yn gwarchod ac amddiffyn. A'r frenhines yn dodwy a chynhyrchu mwy o forgrug.

Y tîm delfrydol. A beth yw eu cyfrinach? Cydweithio.

O Dduw, wnei di fy nysgu
i fod yn rhan o'r tîm.
Mae gan bob aelod o'r tîm
ei ran i chwarae.
Gwna fi'n aelod da a
gweithgar o'r tîm. Amen.

✦ O ba wlad y mae morgrug y grawn yn dod?
✦ Beth ydi gwaith y frenhines? Os bydd y frenhines yn dodwy beth sy'n digwydd i weddill y nyth?

Y Tîm Gorau ar y Ddaear

Morgrugysor
Cryfder / Cadernid

Yng nghanol y fforestydd trofannol mae anifeiliaid rhyfedd iawn yn byw. Yn eu plith mae anifail sy'n byw ar fwyta morgrug a dim ond morgrug. Mae ei ben a'i goesau blaen wedi'u llunio'n ofalus i durio i nythod y morgrug. Mae ganddo drwyn hir, pigfain a thafod hir. Gyda'i dafod hir mae'n llyfu i mewn i ganol nyth y morgrug. Llygaid a chlustiau bychain sydd ganddo. Mae ei goesau blaen yn hirach ac yn gryfach na'i goesau ôl. Gyda'i goesau blaen mae'n crafu'r pridd er mwyn cyrraedd at y morgrug.

Pan fydd yn chwilio am bryd o fwyd ar lawr y fforest bydd yn tyrchu gyda'i goesau blaen. Ar ôl iddo ddarganfod y nyth bydd wedyn yn defnyddio ei dafod hir i fynd i mewn i gorneli'r nyth. Mae'n waith caled a llafurus iawn. Buasai'n well iddo fwyta'r ffrwythau sy yn y fforest – mae digonedd ohonyn nhw ymhob man o'i gwmpas! A phan fydd y morgrugysor yn cael cegaid o forgrug bydd y rheiny ymhob man ar ei drwyn a'i wyneb. Ffordd y morgrug o amddiffyn eu hunain ydi brathu neu chwistrellu hylif gwenwynig ar ei gorff. Ond dydi'r ymosodiadau hyn ddim yn rhwystro'r morgrugysor rhag mynd ati i fwyta'r morgrug.

Yn y fforest hefyd mae ganddo elynion sy'n barod i ymosod arno – anifeiliaid mwy nag ef fel y jagiwar. Ond wnaiff hwn, hyd yn oed, ddim ymosod ar y morgrugysor wyneb yn wyneb, ddim ond o'r tu ôl. Mae'n gwybod fod crafangau'r morgrugysor mor gryf a chadarn.

Un bore, daeth rhai o frodorion y fforest heibio i chwilio am fwyd. Byddai unrhyw fath o anifail yn werth i'w gael. Fel roedden nhw'n cerdded o dan y coed lle roedd yr adar yn canu gwelsant y morgrugysor yn tyrchu gyda'i bawennau blaen. Y gamp oedd ceisio mynd y tu ôl iddo. Cerddodd dau ohonyn nhw'n ddistaw o goeden i goeden. Aeth un o'r bechgyn ifanc i geisio'i ddal trwy fynd ymlaen i'w wynebu. Roedd y morgrugysor wrthi'n tyrchu ac yn amlwg yn dal y morgrug fesul un. Yn sydyn roedd y bachgen ifanc o fewn tafliad carreg ato a rhuthrodd amdano. Cododd y morgrugysor ei ben a chododd ar ei draed ôl. Gafaelai'r bachgen yn dynn ynddo ond doedd o ddim wedi sylweddoli pa mor gryf oedd yr anifail. I'w amddiffyn ei hun rhoddodd y morgrugysor ei grafangau blaen yng nghorff y bachgen. Erbyn hyn roedd y dynion eraill wedi cyrraedd. Cael a chael oedd hi i dynnu'r bachgen yn rhydd o grafangau'r anifail.

Creadur cryf, cadarn sy'n barod i wynebu peryglon bywyd ydi'r morgrugysor.

Gwna fi, O Dduw, yn berson cryf a chadarn.
Amen.

✦ Pa eiriau y byddech chi'n eu defnyddio i ddisgrifio'r morgrugysor?
✦ Beth rydych chi'n ei feddwl o bobl sy'n hela anifeiliaid?

Morgrugysor

Te Dagrau
Tristwch

Yn ymyl y felin roedd y dylluan wen yn byw. Hi oedd y dylluan ddoethaf yn yr ardal i gyd. "Mae hi'n amser paned o de," meddai. "Heno, rydw i am wneud te dagrau i mi fy hun." Dechreuodd y tegell ganu. Tra oedd y tegell yn canu meddyliodd am bethau oedd yn drist.

"Beth am gadeiriau heb goesau? Mae'r rheiny'n bethau trist iawn." Dechreuodd ei lygaid lenwi â dagrau. Syrthiodd y dagrau i'r tegell.

"Beth am ffenestri heb wydr? Dyna bethau trist." Syrthiodd deigryn arall yn syth i'r tegell.

"Beth am ffyrc sy'n syrthio tu ôl i'r cwpwrdd mawr? Does neb wedyn yn gallu symud y cwpwrdd mawr. Dyna i chi beth trist."

Disgynnodd mwy o ddagrau i'r tegell.

"Beth am lyfrau sydd wedi torri? Fydd neb yn gallu darllen y rheiny." Syrthiodd mwy o ddagrau i'r tegell.

"Beth am ddrws heb gliced? Fydd neb byth yn gallu agor y drws hwnnw."

Syrthiodd mwy o ddagrau i'r tegell.

"Beth am y cloc sydd ddim yn mynd? Fydd neb yn gwybod faint o'r gloch fydd hi." Daliodd y dagrau i syrthio i'r tegell.

Meddyliodd am fwy a mwy o bethau trist.

"Beth am fwyd poeth ar blât a hwnnw wedi oeri?"

Splash! Splash! i'r tegell.

"Beth am feiro a honno ddim yn sgwennu?"

Splash! Splash! i'r tegell.

Roedd y dylluan wen yn beichio crio erbyn hyn. Meddyliodd am fwy o bethau trist.

"Plant yn yr ysgol ddim yn gwrando ar yr athrawes?"

Splash! Splash! i'r tegell.

"Tylluanod sy'n drist bob amser."

170

Mwy a mwy o ddagrau i'r tegell. Erbyn hyn roedd y tegell yn berwi. Tywalltodd y dŵr berwedig ar y bagiau te yn y tebot.

Arhosodd am funud i'r te setlo. Dyma'r dylluan wen yn arllwys y te i'r gwpan.

"Mae hwn braidd yn hallt," meddai. "Ond mae te dagrau bob amser yn werth ei gael. Yfodd y te i gyd ac aeth i gysgu. Cysgodd yn sownd drwy'r nos.

O Dduw, mae yna rai pobl sydd bob amser yn drist. Gwna fi yn blentyn hapus. Amen.

✦ Pam mae pobl, o dro i dro, yn drist?
✦ Fyddwch chi'n drist weithiau? Pam?
✦ Fedrwch chi ychwanegu at y pethau oedd yn gwneud y dylluan yn drist?

Te Dagrau

171

Y Ffigysbren heb Ffigys

Rhoi cyfle / Amynedd

O gwmpas y pentref roedd y coed ffigys yn tyfu. Coed oedd y rhain oedd yn tyfu ymhob man. Roedd rhai ohonyn nhw'n tyfu ar ochr y bryn. Roedd eraill yn tyfu ar ochr y graig lle nad oedd ganddyn nhw fawr o bridd. Yn y gwanwyn byddai'r coed yn deilio. Byddai'r bobl wrth eu bodd yn gweld y coed yn deilio. Roedden nhw'n gwybod bryd hynny fod y gwanwyn wrth y drws.

Un diwrnod, penderfynodd gwinllannydd y pentref ei fod am blannu ffigysbren yn ei winllan. "Rydw i am blannu ffigysbren yn y winllan. Fe gawn ni ffigys arni i'w bwyta pan fydd yr hydref yn dod heibio."

Bob blwyddyn byddai'r gwinllannydd yn gofalu am y ffigysbren. Byddai'n palu a gwrteithio o'i chwmpas. Pan fyddai pobl ddieithr yn galw heibio byddai'r gwinllannydd yn siŵr o fynd â nhw i'r winllan. "Dowch i weld y ffigysbren. Mae hi'n goeden gwerth ei gweld."

Roedd y ffigysbren yn dair oed erbyn hyn. Doedd y gwinllannydd ddim yn gallu credu fod tair blynedd wedi mynd heibio er pan fu'n ei phlannu. Doedd hi ddim ond fel ddoe.

Clywodd fod y meistr yn ddyn digon caredig ond o bryd i'w gilydd byddai'n gallu bod yn llym.

"Mae'n rhaid i mi ofalu bod y winllan yn edrych yn dda pan ddaw'r Meistr heibio," meddai'r gwinllannydd. "Bydd yn rhaid i mi chwynnu a chael gwared â phob planhigyn sydd wedi marw rhag ofn i'r Meistr fod yn ddig."

Am wythnos gron gyfan bu'r gwinllannydd yn tacluso'r winllan. Gwnaeth yn siŵr fod pob planhigyn yn edrych ar ei orau.

Bore braf iawn oedd y bore pan ddaeth Meistr y winllan heibio. "Tydi hi'n fore ardderchog?" meddai'r Meistr wrth y gwinllannydd. "Dowch i ni gymryd ein hamser i fynd am dro o gwmpas y winllan."

Roedd y Meistr wedi'i blesio efo gwaith y gwinllannydd.

"Cyn i chi fynd, beth am i ni fynd i ben draw'r winllan i weld y ffigysbren?" meddai'r gwinllannydd.

I ffwrdd â nhw. Braidd yn siomedig oedd y Meistr. Gofynnodd i'r gwinllannydd. "Faint ydi oed y goeden erbyn hyn?"

"Tair oed, syr!" atebodd y gwinllannydd.

"O! Mae hi'n bryd i ni ei thynnu o'r gwraidd. Fe ddylai hi fod wedi ffrwytho a rhoi ffigys i ni erbyn hyn," meddai'r Meistr yn ddig braidd.

"Meistr," meddai'r gwinllannydd, "gawn ni roi un cyfle arall iddi? Mi wna i fy ngorau. Mi wna i balu a gwrteithio o'i chwmpas. Rwy'n siŵr y bydd yn dod â ffrwyth y flwyddyn nesaf."

"Ac os na ddaw â ffrwyth y flwyddyn nesaf?" gofynnodd y Meistr.

"Wel, fe gawn ei thorri i lawr bryd hynny. Fe rown un cyfle arall iddi," meddai'r gwinllannydd.

O Dduw, diolch am bobl debyg i'r gwinllannydd sy'n barod bob amser i roi cyfle arall. Amen.

✦ Darllenwch y stori hon yn y Beibl. Mae hi yn Efengyl Luc, pennod 13.
✦ Sut ddyn oedd y Meistr?

Y Ffigysbren heb Ffigys

Y Rhosyn
Gweld cyfle

Oes gennych chi hoff flodyn? Dyna i chi gwestiwn anodd gan fod yna gymaint o flodau prydferth o gwmpas. Maen nhw'n dweud mai brenin y blodau ydi'r rhosyn. Er bod gan y rhosyn flodyn hardd eto i gyd mae ganddo ganghennau pigog. Dyma stori am y pren rhosyn.

Pan oedd Iesu ar fin cael ei groeshoelio, gwelodd un o'r milwyr Rhufeinig rosyn hardd yn dringo dros y mur yn Jerwsalem. Roedd wedi sylwi ar y rhosyn hwn droeon pan oedd yn cadw gwyliadwriaeth yn y ddinas. Byddai'n dweud wrtho'i hun yn aml, "Mi fuaswn i'n hoffi mynd â rhosyn i'm gwraig draw yn yr Eidal. Efallai y ca i gyfle ryw ddydd."

Un bore Gwener roedd y milwyr yn arwain Iesu a dau arall i fryn Golgotha. Awgrymodd un o'r milwyr eraill eu bod yn rhoi coron o ddrain ar ben Iesu. Cofiodd y milwr am y rhosyn oedd yn tyfu ar fur y ddinas. Torrodd gangen yn llawn o ddrain pigog. Defnyddiodd arf i'w blethu'n gywrain a gwneud coron o'r drain pigog. Rhoddwyd gwisg o borffor am Iesu a'r goron ddrain ar ei ben.

Pan ddaeth Iesu allan i wynebu'r dyrfa wedi'i wisgo fel brenin dywedodd Peilat, "Wele eich brenin."

Cododd y bobl eu golygon i edrych arno. Y munud hwnnw ymddangosodd tri rhosyn ynghanol y goron ddrain. Roedd y tri'n disgleirio'n llachar yng ngolau'r haul. Roedden nhw'n edrych yn union fel gemau, gemau mewn coron frenhinol. Ar ôl i Iesu farw ar y groes a'i gladdu ym medd Joseff o Arimathea taflodd un o'r milwyr y goron ddrain i fan cysgodol yn yr ardd.

Ar y bore Sul pan ddaeth Mair Magdalen at y bedd welodd hi mo'r goron ddrain. Pan ddaeth Pedr ac Ioan at y bedd yn ddiweddarach wnaethon nhw ddim gweld y goron ddrain chwaith.

Aeth amser heibio. Pan oedd Joseff o Arimathea yn

crwydro yn yr ardd un bore gwelodd rosyn newydd yn tyfu mewn cornel dawel. Doedd o erioed wedi gweld y rhosyn hwn o'r blaen. Roedd yn rhosyn prydferth iawn ac arogl bendigedig arno. Ond roedd ei ganghennau'n llawn o ddrain pigog. Bob dydd byddai Joseff yn mynd yn syth at y rhosyn i'w arogli. Gwelodd un gangen syth â thro naturiol ar un pen iddi. Torrodd y gangen, a llyfnhau'r drain pigog oedd arni. "Bydd hon yn ffon dda i mi pan fydda i wedi mynd yn hen ŵr," meddai wrtho'i hun. Teithiodd Joseff o Arimathea drwy rannau helaeth o'r byd yn sôn am Iesu Grist. Yn ôl pob stori, bu yma ym Mhrydain. Bu'r ffon yn gymorth mawr iddo yn ei waith dros Iesu.

O Dduw, diolch i Ti am Iesu Grist.
Diolch i Ti am ei fywyd ac am ei ddysgeidiaeth.

✦ Sut blanhigyn ydi'r rhosyn?
✦ Beth fyddech chi'n ei ddweud ydi neges y stori hon?

Y Rhosyn

Dal yr Haul

Parchu natur / Diolchgarwch

Pan ddeffrodd Petros roedd yr haul wedi llosgi'i groen. "Yr haul digywilydd," meddai, "rwyt ti wedi llosgi fy nghroen. Mi rydw i am dy gosbi di am wneud hyn." Rhedodd adref. Roedd ei chwaer yn yr ardd. Dychrynodd pan welodd Petros wedi cyrraedd mor gynnar. Holodd Petros beth oedd wedi digwydd.

"Mi es i gysgu a phan wnes i ddeffro roedd yr haul digywilydd wedi llosgi fy nghroen. Mi rydw i am gosbi'r haul am wneud y fath beth!" meddai.

"Sut wyt ti'n mynd i gosbi'r haul?" gofynnodd ei chwaer iddo.

"Mi rydw i am ddal yr haul efo rhwyd. Wnaiff yr haul byth godi eto."

"Os wyt ti'n mynd i rwystro'r haul rhag codi i roi goleuni i'r byd, rwy'n siŵr y byddi'n difaru am hynny."

"Na fyddaf," meddai Petros yn syth.

Fore drannoeth bu ei chwaer yn gwneud rhwyd fawr o wallt ei phen i ddal yr haul. Aeth i fyny at y llyn. Gwyddai mai yno yr oedd yr haul yn codi. Yn araf, araf, cododd yr haul. Chwifiodd Petros ei rwyd a daliodd yr haul.

"Yr hen haul gwirion. Wnei di byth godi eto!" meddai Petros.

Rhedodd adref i ddweud wrth ei chwaer. Roedd mor hapus ei fod wedi dal yr haul. Ond yn ystod y dydd teimlai'n ddigalon. Gan na wnaeth yr haul godi'r diwrnod hwnnw roedd pobman yn llwydaidd ac yn oer. Arhosodd Petros a'i chwaer yn y tŷ. Doedd yr adar ddim yn canu yn y goedwig. Doedd y cwningod ddim yn dod allan o'u tyllau. Doedd y blodau ddim yn agor na'r coed yn deilio. Arhosodd y pysgod yng nghysgod y planhigion yn y dŵr. Doedd dim byd yn tyfu, yn nofio, yn rhedeg, yn hedfan. Dim byd o gwbl.

"Petros, beth wyt ti wedi'i wneud?" gofynnodd ei chwaer iddo.

"Doeddwn i ddim yn gwybod y buasai'r ddaear yn oeri heb haul."

"Mae'n rhaid i ti fynd i agor y rhwyd a gollwng yr haul y munud yma," meddai ei chwaer wrtho'n bendant.

"Ond fedra i ddim mynd yn agos ato. Mae'r haul yn llosgi mor danbaid," meddai Petros.

"Pwy sy'n mynd i dorri'r rhwyd, felly?" gofynnodd ei chwaer.

Wrth ymyl y llyn roedd cnocell fraith yn byw. Dechreuodd bigo'r rhwyd gyda'i phig fawr. Bu'n pigo a phigo am amser maith. Llosgodd yr haul y plu ar ei phen yn goch llachar. Ond daliodd ati ac yn y diwedd llwyddodd i dorri'r rhwyd. "Rydw i wedi llwyddo," meddai'r gnocell fraith.

Yn araf, cododd yr haul. Dechreuodd yr adar ganu. Agorodd y blodau eu petalau lliwgar. Daeth y cwningod allan o'u tyllau. Daeth y pysgod o'u cuddfan a dechrau nofio yn y dŵr. Dechreuodd popeth dyfu, nofio, rhedeg a hedfan. Daeth Petros a'i chwaer allan o'r tŷ. "Mae popeth fel yr oedd o'r blaen," meddai'i chwaer.

"Haul!" meddai Petros, "mae'n ddrwg gen i. Ond doeddwn i ddim yn deall dy fod ti'n gyfrifol am roi gwres a goleuni i ni. Doeddwn i ddim yn deall na fedrai'r byd fyw hebot ti. Diolch, Haul."

Rhedodd a dawnsiodd Petros a'i chwaer o gwmpas y caeau i ddiolch i'r haul.

Diolch i Ti, O Dduw, am wres a goleuni'r haul. Amen.

✦ Trafodwch pa mor bwysig ydi'r haul.
✦ Ydi cynhesrwydd a goleuni'r haul yn bwysig i bobl ac anifeiliaid?

Dal yr Haul

Yr Eliffant a'r Dynion Dall
Gwrando ar eraill / Ymddiriedaeth

Daeth chwech o ddynion dall i'r goedwig. Roedd pob un ohonyn nhw'n eiddgar iawn i ddysgu am y byd o'u cwmpas. Ond roedd y chwech ohonyn nhw'n ddall – doedden nhw'n gweld dim byd. Ar ôl cyrraedd y goedwig rhedodd bachgen bach atyn nhw a dweud, "Dowch i weld yr eliffant mawr. Dowch i weld! Dowch i weld!"

"Sgwn i beth ydi eliffant?" gofynnodd un o'r dynion dall i'r lleill.

"Wn i ddim ond fe awn ni efo'r bachgen bach i ni gael gweld," meddai un o'r lleill.

"Gweld?" meddai un arall o'r dynion. "Dydyn ni ddim yn gweld, ond fe allwn ni ei deimlo."

A ffwrdd â nhw ar ôl y bachgen bach. Ar ei ffordd dyma un o'r dynion dall yn taro yn erbyn ochr galed yr eliffant. Gwaeddodd dros y lle. "Bobol bach, mae'r eliffant yn debyg i wal solat!"

"Nac ydi wir," meddai'r ail ddyn dall. Roedd ef wedi gafael yn ysgithr yr eliffant. Teimlodd hyd yr ysgithr. Roedd o'n llyfn ac yn esmwyth ond roedd ganddo flaen miniog. "Mae'r eliffant yn debyg iawn i waywffon," meddai.

Gafaelodd y trydydd dyn dall yn nhrwnc yr eliffant. Mae hwn yn llyfn iawn. "Mae'r eliffant yn debyg i neidr fawr," meddai.

Roedd pob un o'r dynion dall wedi gafael mewn gwahanol rannau o gorff mawr yr eliffant.

Trawodd y pedwerydd dyn dall yn erbyn coes yr eliffant ac roedd yn sicr bod yr eliffant fel coeden fawr. Gwaeddodd dros y lle. "Mae'r eliffant yn debyg i goeden fawr."

Gafaelodd y pumed dyn dall yng nghlust yr eliffant. Gwaeddodd ar y lleill. "Mae'r eliffant yn debyg iawn i wyntyll. Mi fydd hwn yn help i mi pan fydd y tywydd yn boeth."

Bu'r chweched dyn dall yn chwilio a chwilio am hir. O'r diwedd daeth ar draws cynffon yr eliffant. Gwaeddodd ar y lleill.

"Mae'r eliffant yn debyg iawn i raff hir."

Drwy'r dydd bu'r dynion dall yn dadlau ymhlith ei gilydd. Drwy'r nos bu'r dynion dall yn dadlau ymhlith ei gilydd. Roedd pob un yn dweud. "Y fi sy'n iawn. Rydych chi i gyd yn anghywir."

Ac felly y buon nhw am ddyddiau, "Y fi sy'n iawn, y fi sy'n iawn, y fi sy'n iawn. Rydych chi i gyd yn anghywir."

O Dduw, gwna fi'n barod i wrando ar yr hyn sydd gan bobl eraill i'w ddweud. Amen.

+ Fedrwch chi ysgrifennu stori debyg i hon gan ddefnyddio anifail arall?
+ Beth ydi neges y stori tybed?

Yr Eliffant a'r Dynion Dall

Côr y Wig

Mwynhau byd natur

Ar ddechrau Ebrill a Mai mae'r adar ar eu gorau. Dyma'r adeg o'r flwyddyn pan fyddan nhw'n canu yn y bore bach. Bydd rhai adar yn dechrau canu tua hanner awr wedi pump i chwech o'r gloch y bore. Fel rheol, bydd un aderyn yn dechrau canu ac yna'n raddol un arall ac un arall ac yn sydyn bydd y wig yn fôr o gân. Erbyn canol Ebrill bydd llawer o adar mudol wedi cyrraedd ein gwlad a bydd y rheiny hefyd yn ymuno yn y gân.

Pam mae'r adar yn canu ar eu gorau yr adeg yma o'r flwyddyn?

Dyma'r adeg pan fo'r adar yn dechrau nythu. Bydd y ceiliogod yn amddiffyn eu tiriogaeth – hynny yw fe fyddan nhw'n hawlio darn o dir i godi nyth. Does wiw i aderyn arall ddod yn agos i'r tiriogaeth hwnnw. Ymhlith yr adar mwyaf ffyrnig mae'r robin goch. Mae ef wedi bod yn amddiffyn ei diriogaeth dros fisoedd y gaeaf. Os daw robin arall yn agos i diriogaeth robin bydd ymladdfa ffyrnig. Weithiau bydd dau robin yn ymladd hyd farwolaeth. Mae stori am arddwr yn rhoi darn o frethyn coch ar y clawdd drain yn ei ardd. Pan welodd robin y darn brethyn roedd yn sicr mai robin arall oedd yno. Aeth yn syth ato a dechrau ei bigo'n ddidrugaredd. Bu'n ymladd â'r darn brethyn am hydoedd. Yn y diwedd syrthiodd y darn brethyn i'r llawr. Roedd y robin yn teimlo ei fod wedi llwyddo i gael gwared â'r robin arall. Ond nid y robin yn unig sy'n amddiffyn ei diriogaeth. Mae'r titw tomos las, y fronfraith, y fwyalchen a llu o adar eraill yn amddiffyn eu tiriogaeth. Pan fydd yr adar yn canu ben bore maen nhw'n dweud wrth yr adar eraill 'y fi biau'r darn yma o dir'.

Rheswm arall pam fod yr adar yn canu yr adeg yma o'r flwyddyn yw er mwyn hysbysu adar eraill eu bod yn chwilio am gymar. Bydd y ceiliogod yn edrych ar eu gorau. Bydd ceiliog yr asgell arian yn ei wisg binc a phen glas. Y titw mawr yn ei siwt werdd a phen du. Bydd y ceiliog nico yntau yn ei benwisg goch.

Pwrpas y lliwiau llachar yma yw ceisio denu cymar. Ond y ffordd arall i ddenu'r iâr yw canu. Bydd yr ieir yn cael eu denu at y ceiliogod sy'n canu orau. Un o'r adar sy'n enwog am ei gân ydi'r eos. Aderyn sy'n dod atom yn y gwanwyn, o Affrica, ydi'r eos. Bydd yr eos weithiau'n canu yn ystod oriau'r nos. Er ei fod yn aderyn digon di-liw mae'n ganwr heb ei ail.

Prin y bydd yr eos yn ymweld â Chymru. Ond mae gennym ninnau ein cantorion hefyd ac mae'r rhain gyda ni gydol y flwyddyn. Beth sydd yna i guro cân y fronfraith neu'r fwyalchen? Mae cân y ceiliog mwyalchen gystal pob tamaid â chân yr eos.

Ar fore braf o Fai beth sy'n well na chodi'n gynnar a mynd allan i wrando ar gôr y wig? Bydd yn gwneud ein diwrnod ninnau'n llawn asbri a hwyl.

Diolch i Ti am gân yr adar yn y gwanwyn.
Maen nhw'n codi'n calon bob amser. Amen.

✦ Beth ydi'r rhesymau pam fod yr adar yn canu yn y bore bach?
✦ Rhestrwch yr adar sy'n canu yn y bore. Chwiliwch am fwy o wybodaeth amdanyn nhw.

Côr y Wig

Help!
Helpu eraill / Meddwl am eraill

Torrodd ton fawr ar y traeth. Gadawyd pysgodyn ar y tywod. Dyna lle roedd y pysgodyn yn ymdrechu i geisio mynd yn ôl i'r môr. Gwaeddai, "Help! Help! Wnewch chi fy helpu i fynd yn ôl i ddyfroedd y môr?"

Daeth dyn cyfoethog heibio'r traeth. Clywodd gri'r pysgodyn. "Mae'n wir ddrwg gen i, ond ni allaf dy helpu. Rwy'n brysur iawn. Rwyf ar fy ffordd i'r banc. Rydw i'n hwyr yn barod. Mae'n wir ddrwg gen i !" Ac i ffwrdd â fo ar frys.

Daliai'r pysgodyn i weiddi am help. Daeth ymwelydd heibio. Roedd ef ar ei wyliau yn yr ardal felly roedd ganddo ddigon o amser.

"Mae'n wir ddrwg gen i, ond alla i ddim helpu. Does gen i ddim ffon na dim i'th wthio'n ôl i'r môr. Does gen i ddim byd. Rwyf ar fy ngwyliau. Efallai y daw un o bobl yr ardal heibio. Mae'n well i mi fynd." Ac i ffwrdd â fo ar hyd y traeth.

Daeth gwraig wedi ei gwisgo mewn dillad llachar heibio. Clywodd gri'r pysgodyn. "Rwy'n marw. Os gwelwch yn dda wnewch chi fy ngwthio yn ôl i'r môr?" plediodd y pysgodyn. "Brysiwch, rwyf bron â marw."

Edrychodd y wraig yn dosturiol arno a meddai, "Cyn i mi fedru dy helpu mae'n rhaid i mi wybod mwy amdanat. Wnei di ddweud yn union sut rwyt ti wedi cyrraedd y traeth yma?"

Dywedodd y pysgodyn ei hanes i gyd. Soniodd am ei deulu, ei frodyr a'i chwiorydd, ei ddiddordebau a phopeth arall dan haul. Gwrandawai'r wraig yn astud ar y pysgodyn a meddai, "Ond cyn i mi dy roi yn ôl yn y môr mae'n rhaid i ti drio cofio sut yn union y cododd y don fawr a'th daflu ar y traeth. Oherwydd pan fydda i'n dy roi yn ôl yn y môr yna fyddi di byth yn dod yn ôl i'r traeth hwn nac i unrhyw draeth arall."

Pan oedd y wraig yn holi fel hyn, bu farw'r pysgodyn. Ysgydwodd ei phen ac aeth ar ei thaith.

Daeth hen ŵr heibio. Gwelodd y pysgodyn marw. "Tydi'r môr yn greulon," meddai'n ddigalon. "Dim gwerth poeni am y pysgodyn bellach. Beth fedrwn ni ei wneud? Fel yna mae bywyd. Mae bywyd yn gallu bod yn greulon iawn."

Bu'r traeth yn ddistaw am hydoedd. Rhyw fore daeth ton ysgafn a chodi corff y pysgodyn marw a'i gario'n ôl i ddyfroedd y môr.

Daeth yr ymwelydd heibio un bore a gwelodd y pysgodyn yn y môr. "Dyna fo," meddai, "roeddwn i'n iawn. Os oes rhywun yn awyddus i helpu ei hun yna mae'n sicr o lwyddo. Dyna fo – mae'r pysgodyn wedi mynd yn ôl i ddyfroedd y môr."

Tybed, Arglwydd, ai fi sy'n gyfrifol
fod llawer o bobl yn dioddef yn y byd,
am y rheswm syml nad ydw i'n
barod i helpu a gweithredu? Amen.

✦ Trafodwch un o ddamhegion Iesu Grist, sef Dameg y Samariad Trugarog yn Efengyl Luc. Oes yna debygrwydd rhwng y ddameg a'r stori hon?

Help!

Ebol Asyn i'r Brenin!
Diolchgarwch

Bore braf oedd y bore hwnnw. Tyrrai'r bobl i ddinas Jerwsalem. Pobl a phlant ymhob man a'r haul yn tywynnu. Hwn oedd y diwrnod roedd Iesu wedi penderfynu mynd i mewn i Jerwsalem.

Ychydig ddyddiau cyn hyn roedd wedi trefnu i'w ddisgyblion gael ebol asyn er mwyn iddo gael marchogaeth i mewn i ddinas Jerwsalem.

"Rydw i'n awyddus i fynd i mewn i Jerwsalem," meddai wrth ei ddisgyblion. "Os ewch chi i'r pentref nesaf bydd ebol asyn wedi ei rwymo wrth bolyn. Rydw i wedi gwneud trefniadau i chi ddod â'r ebol i mi. Os bydd rhywun yn gofyn, dywedwch fod ar y Meistr ei angen." Aeth y disgyblion ar unwaith i chwilio am yr ebol asyn. A dyna lle roedd yr ebol wedi ei rwymo wrth bolyn.

"Tyrd, ebol bychan," meddai un o'r disgyblion wrtho. "Rwyt ti'n dod efo ni heddiw." Dyma'r ebol yn dechrau nadu'n uchel. Cerddodd yn ufudd wrth ochr y disgyblion.

"Sgwn i beth mae'r Meistr yn mynd i'w wneud nesaf?" holodd un o'r disgyblion. "Y dyddiau diwethaf yma mae wedi bod ar fynd drwy'r amser. Rai wythnosau'n ôl roeddem i fyny yna yn y gogledd, yn ardal Cesarea Philippi, a dyma ni'n awr yn y ddinas fawr." Edrychodd y disgyblion ar ei gilydd yn amheus.

"Dydyn ni ddim yn gwybod beth sy'n digwydd y dyddiau yma."

Dyna oedd y sgwrs ar y ffordd i Jerwsalem. Wrth iddyn nhw gerdded i mewn i'r ddinas roedd Iesu'n disgwyl amdanyn nhw.

"Dyma chi wedi cyrraedd. Diolch i chi am fynd i gyrchu'r ebol asyn. Un bach del ydi o hefyd. Rydw i am eistedd ar ei gefn a mynd i mewn i Jerwsalem." Rhoddodd y disgyblion eu dillad ar gefn yr ebol. Eisteddodd Iesu ar ei gefn. Marchogodd i mewn i'r ddinas. Dechreuodd y bobl a'r plant weiddi. Roedd rhai ohonyn nhw'n torri canghennau o'r coed ac yn eu taenu o dan draed yr ebol. Dechreuodd rhai o'r dyrfa weiddi gyda'i gilydd, "Hwrê! Mae'r Brenin yn dod, ac roedd eraill yn gweiddi adnod roedden nhw wedi eu dysgu pan oedden nhw'n blant bach, "Hosanna i Fab Dafydd." Roedd rhai o'r plant yn taflu blodau gwyn o dan draed yr ebol. Roedd y ddinas yn ferw gwyllt. Pobl a phlant yn gweiddi ac yn curo dwylo.

Yn Jerwsalem y diwrnod hwnnw roedd pobl ddieithr. Doedden nhw ddim yn gwybod pwy oedd y dyn ar gefn yr ebol asyn.

"Pwy yw hwn?" medden nhw.

"Pwy yw hwn, yn wir?" atebodd un o'r dyrfa. "Hwn yw'r proffwyd Iesu. Hwn yw ein Brenin ni."

"Ie, hwn yw ein brenin. Hwrê! Hwrê!" gwaeddai'r dorf.

"Brenin ar gefn ebol asyn?" gofynnodd rhywun. "Ar gefn ceffyl mae brenin yn teithio."

"Na, mae'n brenin ni'n teithio ar gefn ebol asyn. Mae'n brenin ni'n wahanol i bob brenin arall yn y byd."

"Hwrê i'r brenin!" meddai'r bobl a'r plant gyda'i gilydd.

Diolch i Ti, O Dduw, am anfon Iesu i'n byd. Amen.

✦ Sut frenin oedd Iesu?
✦ Beth fyddech chi wedi'i wneud petaech chi yn Jerwsalem y diwrnod hwnnw?

Ebol Asyn i'r Brenin!

Llyffant y Coed

Meddwl am eraill / Parch at fywyd / Trefn natur

Yn y fforestydd trofannol lle mae'n boeth a llaith mae llyffant y coed yn byw. Creadur bychan, pedair coes, gyda chorff gwyrdd a dau lygad mawr coch ydi llyffant y coed. Bydd yn dringo'r coed o ddydd i ddydd i hel ei damaid – pryfed gan mwyaf. Mae'n anodd iawn ei weld ynghanol y tyfiant gan fod ei groen gwyrdd yn union yr un lliw â'r dail o'i gwmpas. Gall swatio yn y dail heb i'r un creadur arall ei weld. Dim ond dau lygad mawr fydd yn sbecian drwy'r tyfiant. Mae gan lyffant y coed guddliw ardderchog. Ond am gyfnod byr yn ystod y flwyddyn bydd y fenyw a'r gwryw yn dod i lawr o'r coed i chwilio am bwll o ddŵr. Yn y pwll bydd y llyffantod yn creu argae i ddodwy eu hwyau a hynny mewn grifft. Ar ôl i'r fenyw ddodwy bydd yn eu gadael yn y pwll ac yn dringo'n ôl i'r coed. Er na fydd hi'n gofalu am yr wyau bydd wedi paratoi lle addas iddyn nhw a bydd y grifft yn eu gwarchod rhag i anifeiliaid eraill eu bwyta.

Ymhen rhai dyddiau bydd yr wyau'n deor a bydd y penbyliaid yn dechrau nofio yn yr argae – lle delfrydol ar eu cyfer. Ond fel mae'r penbwl bach yn tyfu ac yn magu coesau bydd pwll yr argae yn rhy fychan iddo. Bydd angen gadael y dŵr a mynd i chwilio am dir. Bellach mae'n gallu anadlu fel ni trwy ei ysgyfaint yn hytrach na thrwy ei dagellau. Yn araf mae'n dringo dros ochr yr argae ac yn chwilio am dir. Fel ei rieni o'i flaen mae'n dechrau dringo'r coed sydd o'i gwmpas. A dyma fydd ei gartref am weddill ei fywyd.

Ond dydi o erioed wedi meddwl fod yna lyffant wedi adeiladu'r argae ar ei gyfer. I fyny yn y coed y bydd yn byw am weddill ei fywyd. Ond fe ddaw yna gyfnod bob blwyddyn pan fydd yn dod i lawr o'r coed a dechrau arni gyda'i gymar i godi argae gyda'r pwrpas o ddodwy wyau. Fel ei rieni o'i flaen does yna 'run llyffant wedi ei ddysgu. Does yna neb wedi dangos y ffordd iddo i godi'r argae. Bydd yr argae y bydd yn ei godi o'r maint a'r siâp iawn. Bydd yn y lle iawn ar yr adeg iawn.

Sut mae'n gallu gwneud hyn heb i neb ei ddysgu na neb ei arwain? Un o ryfeddodau'r cread.

Diolch i Ti, O Dduw, am bobl sy'n paratoi ar ein cyfer. Amen.

✦ Beth ydi'r gwahaniaeth rhwng llyffant y coed a llyffant sy'n byw yn ein gwlad ni?
✦ Beth ydi'r tebygrwydd sydd rhyngddyn nhw?
✦ Fedrwch chi feddwl am greaduriaid sy'n a) gwarchod eu rhai bach b) yn paratoi ar gyfer eu rhai bach c) yn gadael i'w rhai bach gymryd eu siawns?

Llyffant y Coed

Y Troellwr

Bai ar gam / Parch at fywyd

Pan oeddwn i'n hogyn bach, flynyddoedd yn ôl erbyn hyn, byddai sŵn rhyfedd iawn yn dod o'r tir o gwmpas fy nghartref. Sŵn yr haf oedd hwn i mi, o ddechrau Mehefin tan tua chanol Gorffennaf. Sŵn tebyg iawn i rywun yn rolio rîl bysgota oedd o. Ac fel y byddai'n nosi y byddai'r sŵn yn dechrau. Ac yna mi fyddai'n mynd ymlaen am oddeutu awr neu ddwy i'r nos.

Aderyn oedd yn gwneud y sŵn. Aderyn oedd yn dod yr holl ffordd o Affrica i Gymru i dreulio'r haf ac i fagu teulu. Un noson rwy'n cofio mynd i chwilio amdano. Y gamp oedd ceisio dilyn y sŵn, gan nad oedd modd gweld dim gan ei bod yn dechrau nosi. Ond, wir i chi, fe'i gwelais yn hedfan o gangen i gangen. Roedd o'r un ffurf â chudyll. Yna dyma fo'n aros ar y gangen a dechrau trydar o'i hochr hi. Bob hyn a hyn byddai'n troi ei ben o'r naill ochr i'r llall. Ac wrth iddo droi ei ben byddai'r sŵn yn pellhau. Maen nhw'n dweud mai'r ceiliogod sy'n gwneud y trydar er mwyn dangos i geiliogod eraill mai nhw biau'r rhan yna o'r tir.

Dyma'r adeg, pan fydd hi wedi dechrau nosi, y byddan nhw'n dal eu bwyd. Pryfed a gwyfynod ydi eu prif ymborth a'r adeg yma, yn y gwyll, mae digon ohonyn nhw ar gael. Maen nhw'n eu dal wrth hedfan o'r naill le i'r llall. Pig fychan sydd gan yr aderyn ond ceg fawr a honno'n llawn o flew. Mae'r blew yn bwysig rhag ofn i'r pryfed a'r gwyfynod fynd yn syth i lawr ei gorn gwddw a thagu'r aderyn.

Pan ofynnais i daid ffrind i mi am yr aderyn hwn, dywedodd nad oedd yr aderyn yn ffefryn gyda'r ffermwyr. Holais innau pam.

"Yn yr haf, pan fyddai'r gwartheg a'r geifr yn gorwedd am y nos byddai'r adar yn hedfan o'u cwmpas ac yn dechrau sugno'u llefrith," meddai.

"Sut oedden nhw'n gallu gwneud hynny?" gofynnais innau.

"Roedden nhw'n hedfan yn isel a phan fyddai'r anifeiliaid yn gorwedd mi fyddai'n hawdd iawn mynd at eu tethi. Wyddost ti beth oedd un o'r enwau Saesneg am yr aderyn hwn?"

"Na," meddwn innau, "dim ond wedi dechrau dysgu ei enw'n Gymraeg rydw i."

"Wel, 'goatsucker' oedd un o'r hen enwau Saesneg arno a'r rheswm am yr enw hwnnw oedd ei fod yn sugno'r geifr."

Erbyn heddiw dydi pobl ddim yn credu hyn. Dydi o ddim yn wir a doedd o ddim yn wir erstalwm chwaith. Y rheswm pam fod y troellwr yn hedfan o gwmpas yr anifeiliaid fel roedd hi'n tywyllu oedd i hel eu tamaid. Mae llawer o bryfed i'w gweld o gwmpas anifeiliaid yn wastad ac felly cael swper blasus roedd yr aderyn.

Am flynyddoedd cafodd y troellwr fai ar gam. Eto i gyd dal i ddod yn ôl a blaen o Affrica a wnâi er ei fod yn cael ei ymlid.

Diolch i Ti, O Dduw, am ryfeddodau byd natur. Amen.

✦ Pam mae'r aderyn yn cael ei alw'n "droellwr" tybed?
✦ Fedrwch chi feddwl am greaduriaid eraill sy'n cael 'bai ar gam'?

Y Troellwr

Y Llygoden a Gafodd Lond ei Bol
Diolchgarwch / Ymddiriedaeth

Unwaith, roedd llygoden fach frown yn byw ar ei phen ei hun mewn eglwys fawr. Wel, doedd yr eglwys ddim yn fawr fel rhai eglwysi ond roedd hi'n eglwys fawr, fawr i lygoden fach, fach. Llygoden fach denau, denau oedd y llygoden fach frown gan nad oedd yna ddim i'w fwyta yn yr eglwys. Felly, byddai'r llygoden fach yn gorfod mynd allan i'r caeau i chwilio am fwyd.

Lle peryglus oedd allan yn y cae gan fod gan y llygoden fach gymaint o elynion. Weithiau, byddai tylluan frech yn hwtian yn y goeden ffawydd. Dro arall, byddai cudyll coch yn hofran yn yr awyr uwchben. Lle peryglus iawn oedd y caeau agored. Ond roedd yn rhaid mentro pan oedd y stumog yn wag.

Un noson ddechrau mis Hydref daeth llawer o bobl i'r eglwys. Dyna lle roedd y llygoden fach yn sbecian o'i thwll. Roedden nhw'n cario pob math o fwydydd efo nhw. Roedden nhw'n cario llysiau o bob math – tatws, moron a bresych. Roedd eraill yn cario ffrwythau o bob math – afalau, orennau a grawnwin. Roedd ambell un yn cario bara a chaws ac un arall yn cario blodau lliwgar. Beth oedd yn digwydd, tybed?

Y noson honno doedd dim angen mynd allan i'r caeau i chwilio am fwyd. Drwy'r nos bu'r llygoden fach yn bwyta a bwyta nes roedd hi'n grwn. Aeth i'w gwely yn oriau mân y bore a chysgodd fel twrch.

Rywbryd yn ystod y bore clywodd sŵn siarad yn yr eglwys. Aeth i sbecian. Roedd yr eglwys yn llawn o bobl. Pobl nad oedd wedi'u gweld o'r blaen. Gwrandawodd yn astud. Soniodd un o'r bobl am 'Ddiolchgarwch am y Cynhaeaf'." Dyna pam roedd yna gymaint o bobl yn yr eglwys. Dod i ddiolch am eu bwyd roedden nhw.

Meddai'r llygoden fach wrthi'i hun. "Mi fuaswn i wrth fy modd petai hi'n ddiolchgarwch am y cynhaeaf bob dydd o'r flwyddyn i mi gael digon o fwyd i'w fwyta. Ac mae yna reswm arall hefyd – mae'r bobl yma i gyd yn edrych mor hapus."

Ar ôl i'r bobl fynd o'r eglwys mentrodd y llygoden fach allan o'i thwll. Edrychodd o'i chwmpas yn ofalus rhag ofn bod yna rywun o gwmpas. Ond roedd pobman yn ddistaw fel y bedd.

"Beth ga i i'w fwyta heddiw?" meddyliodd.

Aeth yn syth at y grawnwin oedd yn hongian o big yr eryr mawr sy'n dal y Beibl. Roedd yn anodd iawn dringo i fyny ond ar ôl trio fwy nag unwaith llwyddodd i gyrraedd y Beibl mawr. Cerddodd drosto ac at big yr eryr.

"Wel, dyma rawnwin blasus – rhai duon, melys," meddai wrthi'i hun.

Ar ôl iddi fwyta llond ei bol arhosodd yno i edrych ar y gwahanol fwydydd oedd yn yr eglwys.

Dywedodd un o'r bobl y bydden nhw'n dod yn ôl yfory i nôl y bwydydd i fynd i'r bobl yn yr ysbyty, ac i'r hen bobl mewn cartrefi. Sgwn i a ydi'r bobl yn gwybod eu bod nhw wedi rhoi bwyd ym mol llygoden fach lwglyd hefyd?

Daeth i lawr oddi ar y Beibl mawr yn sydyn ac i mewn â hi i'w thwll. Yno y bu hi wedyn yn cysgu a chysgu a chysgu.

Diolch i Ti, O Dduw, am y bwyd rydw i yn ei gael bob dydd. Mi rydw i hefyd yn cofio am bobl a'r plant sy ddim yn cael dim i'w fwyta. Amen.

✦ Ydych chi wedi bod mewn gwasanaeth i ddiolch am y cynhaeaf? Beth oedd yn digwydd yn y gwasanaeth?

✦ Lluniwch weddi i ddiolch am eich bwyd.

Y Llygoden a Gafodd Lond ei Bol

Dysgu cyd-fyw / Ymddiriedaeth

Ar gwr y goedwig roedd coed sycamor yn tyfu. Pan ddaeth yr hydref roedd clystyrau o hadau yn tyfu ar bob coeden. Roedd gan bob hedyn ddwy adain. Yn eu plith roedd un hedyn oedd yn teimlo'n well na'r holl hadau eraill. "Pan ddaw f'amser i hedfan mi fydda i yn mynd cyn belled â phosibl o'r lle hwn. Dydw i ddim am fod yn goeden ymhlith cannoedd. Does yna 'run goeden yn y lle hwn yn mynd i ddweud wrtha i sut i ymddwyn. Na, welwch chi mohono i yn byw yn y lle diflas hwn. Rwy'n mynd cyn belled ag y medra i oddi yma."

Arhosodd am ddyddiau ac wythnosau am wynt oedd yn ddigon cry i'w yrru cyn belled ag y medrai oddi wrth y coed sycamor eraill. Roedd yr hadau eraill i gyd wedi hedfan i ffwrdd ond roedd yr hedyn balch yn dal i aros ar y goeden. Un bore cododd storm enbyd. Hyrddiodd y gwynt yr hedyn bach i'r entrychion. Aeth i fyny'n uwch ac yn uwch. Chwythodd y gwynt yr hedyn bach dros y fforest, ac i lawr y dyffryn a glaniodd mewn gweirglodd dawel. Roedd wrth ei fodd pan welodd fod y coed eraill i gyd ymhell, bell o'r weirglodd.

Fel daeth y gwanwyn dechreuodd yr hedyn balch egino. Roedd ei wreiddiau'n ymledu ar eu hunion gan nad oedd coed eraill yn cystadlu am ddarn o dir. Tyfodd yr hedyn balch yn goeden sycamorwydden braf. "Rwyf yn tyfu ar fy mhen fy hun," meddai. "Does dim arall i'w weld o gwbl. Dyna braf yw cael digon o le i dyfu."

Ond yn fuan iawn sylweddolodd y goeden falch, hunanol nad oedd bod ar ei phen ei hun yn fêl i gyd. Coeden unig oedd hi. Doedd ganddi neb i siarad nac i sgwrsio gyda nhw. Roedd gan y coed eraill gwmpeini ond roedd hi ar ei phen ei hun. A phan fyddai'r gwynt yn chwythu, yn enwedig yn y gaeaf, byddai'n oer iawn. Doedd dim coed eraill i'w chysgodi a'i gwarchod.

Ond roedd gwaeth i ddod. Byddai plant y pentref yn dod

am dro i'r weirglodd. Gan mai hi oedd yr unig goeden yno byddai'r plant yn ei cham-drin. Byddai rhai ohonyn nhw'n torri eu henwau ar ei rhisgl. Yma a thraw ar ei rhisgl byddai llythrennau megis GA a PH a HGD. Llythrennau cyntaf enwau rhai o blant yr ardal oedd y rhain. Pan fyddai'r gwanwyn yn dod byddai rhai plant yn torri'r dail oddi ar y goeden. Yn wir, byddai rhai o wragedd y pentref yn dod heibio i dorri'r canghennau i wneud coed tân.

Bob blwyddyn byddai'r goeden falch yn cael ei cham-drin.

"Nac oes, wir," meddai'r goeden wrthi'i hun un diwrnod, "does dim hapusrwydd o fyw ar eich pen eich hun. Petawn i'n cael y dewis eto, mi fuaswn i'n cyd-fyw efo'r coed eraill."

Ond doedd y goeden sycamorwydden ddim yn gallu gwneud dim i wella ei chyflwr. Dyna oedd ei dymuniad – byw ar ei phen ei hun.

O Dduw, helpa fi i ddysgu byw efo pobl eraill. Amen.

✦ Fyddwch chi weithiau yn teimlo'n unig?
✦ Ydi bod ar eich pen eich hun 'run fath â "bod yn unig"? Beth yw'r gwahaniaeth?

Y Sycamorwydden Unig

Titw Tomos Las

Goddefgarwch / Parchu Eraill / Colli Cyfle

Ynghanol y pentref roedd hen ŵr a hen wraig yn byw. Dyn caredig oedd yr hen ŵr a dynes gas, angharedig oedd ei wraig. Bob dydd byddai titw tomos las yn dod i'r tŷ i gael bwyd. Doedd yr hen wraig ddim yn hoffi gweld yr aderyn yn y tŷ. Ond roedd yr hen ŵr wrth ei fodd yn ei weld.

Byddai'r titw'n glanio ar ei law a byddai'r hen ŵr yn siarad efo'r titw ac yn rhoi maldod a bwyd iddo.

Ond doedd yr hen wraig ddim yn caru neb yn y pentref – hyd yn oed ei gŵr ei hun. Yn sicr, doedd hi ddim yn hoff o weld y titw yn hedfan o gwmpas y tŷ.

Un diwrnod, pan oedd yr hen wraig yn glanhau'r tŷ, daeth y titw i mewn i chwilio am fwyd. "Dyma fy nghyfle," meddai'r hen wraig. "Reit, aderyn haerllug, paid ti â dod ar gyfyl y tŷ yma byth eto."

Rhedodd yn wyllt ar ôl y titw. Dechreuodd yntau hedfan i bob cyfeiriad. Roedd yr hen wraig yn ei ymlid efo dwster melyn. Wrth i'r aderyn daro yn erbyn y ffenestr collodd nifer o'i blu. Hedfanodd yn erbyn drych uwchben y silff ben tân. Gwelodd fod ffenestr y pantri'n lled-agored. Aeth yn syth drwy'r ffenestr agored. I ffwrdd ag ef tua'r goedwig ar gwr y pentref. Ond roedd hi'n anodd hedfan ac yntau wedi colli rhai o'i blu.

Pan ddaeth yr hen ŵr adref gyda'r nos dechreuodd chwilio am y titw ymhob man. Yna, dywedodd ei wraig yr hanes wrtho. Aeth yr hen ŵr i'w wely y noson honno'n drist iawn.

Fore drannoeth aeth yr hen ŵr i chwilio am y titw. Bu'n chwibanu a galw ar y titw am oriau. Ond doedd yna ddim siw na miw yn unman. Pan oedd yr hen ŵr ar fin troi tuag adref pwy ddaeth o gwr y goedwig ond titw tomos las a glaniodd ar fraich yr hen ŵr.

"Tyrd adref efo mi," meddai'r aderyn. "Fe gei di ginio efo mi ac ar ôl i ti gael cinio fe gei di anrheg gen i i fynd adref efo ti."

Aeth yr hen ŵr adref efo'r aderyn. Ar ôl bwyta cinio blasus rhoddodd yr aderyn ddewis i'r hen ŵr. "Pa fasged fuaset ti'n ei hoffi – y fasged drom neu'r fasged ysgafn?"

Doedd yr hen ŵr ddim eisiau bod yn farus. "Mi gymera i'r fasged ysgafn, meddai. "Diolch i ti," meddai'r hen ŵr a chychwynnodd ar ei daith adref. Ar ôl cyrraedd adref dywedodd ei stori wrth ei wraig.

"Agor y fasged yna ar unwaith," meddai hithau. Agorodd yr hen ŵr y fasged. Roedd yn llawn o emau prydferth. "O," meddai'r wraig, "mi fyddwn ni'n gyfoethog am weddill ein bywydau. Ond pam na fuaset ti'n dod â'r fasged drom i ni. Mi af i chwilio am y titw yfory er mwyn i mi gael y fasged drom."

Cyn i'r haul godi roedd y wraig ar ei ffordd i chwilio am y titw. Gwelodd y titw'n bwydo yn y goedwig. Aeth yr hen wraig i'w cartref ar gwr y goedwig. Gofynnodd y titw iddi pa fasged y buasai'n hoffi ei chael. "Y fasged drom," meddai hithau.

Rhuthrodd o dŷ'r titw heb gymaint â diolch. Wrth iddi gerdded drwy'r goedwig roedd y fasged yn mynd yn drymach a thrymach. Arhosodd i eistedd. Roedd wedi blino'n lân. Penderfynodd gael cipolwg i mewn i'r fasged. Caeodd y caead yn dynn. Roedd pob math o bryfed a thrychfilod mawr a bach yn y fasged. Gadawodd y fasged yn y goedwig a rhedodd adref i ddweud yr hanes wrth yr hen ŵr.

"Rwy'n addo na fydda i byth yn farus ac yn flin byth eto," meddai'r hen wraig. Fyth ar ôl hynny roedd hi bob amser yn garedig ac yn fwy na pharod i fwydo'r adar ac i helpu ei gŵr.

Weithiau, O Dduw, mi fydda i'n debyg iawn i'r hen wraig – eisiau, eisiau byth a hefyd.
Wnei di fy nysgu i fod yn hapus efo'r hyn sydd gen i? Amen.

✦ Lluniwch frawddegau i ddisgrifio'r
a) hen ŵr b) yr hen wraig.
✦ Sut aderyn oedd y titw tomos las?

Titw Tomos Las

Llwynog Bach y Wlad

Sefyll dros yr hyn sy'n bwysig / Ufudd-dod / Dewrder

Un ben bore cerddodd y llwynog bach i ben y bryncyn uwchlaw'r ffau. Yn y pellter gwelai adeiladau mawr â mwg yn codi o simneiau anferth. Dacw'r ddinas roedd y moch daear wedi sôn amdani. Yn ôl y moch daear, roedd y ddinas yn lle diddorol iawn.

"Mi fuaswn i'n hoffi mynd i weld y ddinas," meddai'r llwynog wrtho'i hun. "Mi af i ofyn i 'nhad a mam ga i fynd i fyw i'r ddinas."

Doedd ei rieni ddim yn hapus iawn, ond meddai ei fam, "Os wyt ti eisiau mynd i ffwrdd i'r ddinas, mi fydd dy dad a minnau'n ddigon bodlon i ti fynd, ond cofia di mae'r ddinas yn lle peryglus dros ben."

Cyn i'w fam orffen siarad roedd y llwynog bach ar ei ffordd o'r ffau. Roedd yn benderfynol o fynd i'r ddinas fawr.

Cychwynnodd yn araf i lawr y bryncyn tua'r rheilffordd. Roedd yn gwybod yn iawn ym mha gyfeiriad roedd y ddinas. Trodd i'r dde a charlamodd yn ei flaen. Yn sydyn, daeth sŵn trên i'w glustiau. Gwell fyddai swatio yn y mieri ar ochr y cledrau. Ymhen dim roedd y trên wedi diflannu yn y pellter. I ffwrdd ag ef nerth ei draed tua'r ddinas. Ar ôl bron i awr o deithio gwelodd fod y rheilffordd yn arwain at adeilad mawr. Hon oedd yr orsaf. Mae'n amlwg ei fod wedi cyrraedd y ddinas. Neidiodd dros y wal agosaf i gae wrth ymyl yr orsaf. Ond doedd hwn ddim yn gae mawr fel y caeau yn y wlad. Na, nid cae oedd hwn ond gardd. Roedd hi'n dechrau nosi.

Swatiodd yn y gwrych ar waelod yr ardd. "Wel, dyma le swnllyd," meddyliodd. Sŵn y trenau'n gwibio heibio. Sŵn pobl a phlant yn siarad. Sŵn ceir a lorïau'n chwyrlïo heibio yn brysur. Roedd hi mor wahanol yn y wlad. Ac roedd pob man yn olau; roedd goleuni ar y strydoedd ac yn y tai. Mor dywyll oedd hi yn y wlad.

Yn sydyn, gwelodd lwynog tebyg iddo yn neidio dros y

gwrych. Swatiodd yntau'n dynnach yn y gwrych. Neidiodd y llwynog arall ar y bin sbwriel a'i droi drosodd. Dechreuodd fwyta'r sbarion oedd yn y bin sbwriel. Cododd yntau o'r gwrych ac ymuno â'r llwynog ond trodd hwnnw arno a cheisio'i frathu. Yna, ar ôl llowcio popeth oedd ar gael yn y bin, neidiodd y llwynog drosodd i'r ardd drws nesa. "Dydw i ddim yn hoffi byw yn y ddinas, meddyliodd y llwynog bach. Mae hi'n swnllyd, yn olau drwy'r nos ac mae llwynogod y ddinas yn angharedig iawn." Arhosodd yno am rai dyddiau ond yr un oedd yr hanes.

Penderfynodd ei throi hi'n ôl am y wlad. Neidiodd dros glawdd yr ardd, rhedodd ar hyd y rheilffordd ac i fyny'r bryncyn. Pwy oedd yn sefyll ar ben y bryncyn ond ei dad.

"Wyt ti wedi dod yn ôl? Doeddet ti ddim yn hoffi'r ddinas felly?"

"Nac oeddwn," meddai'r llwynog bach. "Mae'n well gen i fyw yn y wlad."

"Wel, mae croeso i ti efo dy fam a minnau bob amser. Yma mae dy gartref, cofia hynny."

Rhedodd y llwynog bach nerth ei draed i'r ffau. Ac yno y bu am rai dyddiau.

O Dduw, mi ydw i, o dro i dro, yn ymdrechu'n rhy galed. Helpa fi, ar brydiau i fod yn ddiddig efo mi fy hun. Amen.

✝ Oes yna wahaniaeth rhwng llwynogod y wlad a llwynogod y dref?

✝ Gofynnwch i'ch athro ddarllen rhan o Efengyl Luc i chi (Luc, pennod 15)

Llwynog Bach y Wlad

Boneddiges y Wig

Trefn bywyd / Gofal

Yn ystod mis Mai bydd glöyn byw bach gwyn â blaenau ei adenydd yn oren yn deor o'i chwiler. Mae hwn yn un o löynnod byw cynta'r gwanwyn. Bydd y fenyw yn dodwy wyau oren ar flodau llefrith sy'n tyfu yn y gors. Bydd y fenyw'n dodwy un wy ar bob planhigyn. Mae yna reswm am hyn. Pan mae'r lindys yn fychan maen nhw'n ganibaliaid. Bydd y lindys yn mynd ati i fwyta'i gilydd. Bydd lindys mwy na'i gilydd yn bwyta'r rhai llai.

Felly, i rwystro hyn, mae'r glöyn yn dodwy wy fesul planhigyn. Ar ôl i'r lindys ddeor o'r wy byddan nhw'n mynd ati i fwyta plisgyn yr wy. Mae'r plisgyn yn llawn protîn. Ar ôl gwledda ar y plisgyn bydd y lindys yn symud wedyn at weddill y planhigyn. A dyna fydd eu hanes wedyn – bwyta a bwyta'n awchus.

Ar ôl mis o lenwi'i fol bydd y lindysyn wedi bwrw'i groen bump o weithiau. Y cam nesaf fydd chwileru ynghanol y tyfiant. Mae siâp diddorol iawn i chwiler y glöyn hwn – siâp bwmerang. Ar ôl iddo chwileru bydd yn aros yn y tyfiant am weddill y flwyddyn a thros y gaeaf.

Ond mae yna un ffaith ddiddorol arall y mae gwyddonwyr wedi ei ddarganfod yn ddiweddar. Pan fydd y lindys bach yn deor o'r wyau bydd y blodyn yn dechrau marw. Pan fydd y lindys yn tyfu bydd yn cael mwy o faeth o'r hadau na'r dail a'r blodau. Felly mae yna drefn bendant i'r cylchred bywyd.

O Dduw,
mae yna drefn yn dy fyd.
Weithiau dydw i ddim yn gallu gweld trefn.
Pan fydd y daeargryn yn ysgwyd y ddaear
bydd llawer o bobl yn cael eu lladd;
pan fydd y folcano'n ffrwydro
bydd llawer o bobl yn cael eu lladd;
pan fydd damwain ar y ffordd neu yn yr awyr
bydd llawer o bobl yn cael eu lladd.
Bryd hynny, dydw i ddim yn gweld trefn o gwbl.
O Dduw,
mae yna lawer o bethau sy'n fy mhoeni yn y byd –
plant tebyg i ni yn marw,
marw o newyn,
marw o afiechyd,
marw o haint.
Helpa fi, O Dduw, i weld trefn yn y byd. Amen.

✦ Oes yna drefn ym myd natur? Fyddech chi'n
dweud ei bod hi'n anodd gweld fod trefn yn y byd.
✦ Chwiliwch am fwy o wybodaeth am Foneddiges
y Wig.

Boneddiges y Wig

Nyth Gwennol y Bondo
Parch at fywyd / Gweld cyfle

Bob Ebrill, yn ddiffael, byddai gwennol y bondo yn cyrraedd ar ôl ei thaith bell o Affrica. Doedd hi ddim yn daith hawdd. Weithiau byddai stormydd yn codi a dro arall byddai pobl mewn gwledydd eraill yn ceisio'i dal er mwyn ei bwyta. Ond, dyma gyrraedd yn saff unwaith yn rhagor. Roedd gwennol y bondo wedi gwneud y daith bedair blynedd ar ôl ei gilydd. Ar ddiwedd y daith bob blwyddyn byddai gwennol y bondo yn teimlo'n flinedig. Ond blinder am ddiwrnod neu ddau ydoedd. Ymhen dim byddai'r ysfa i ddechrau gweithio yn drech na'r blinder. Ychydig oriau o hedfan yn isel dros ddŵr y llyn i gael pryd o bryfed blasus a dyna hi. Doedd dim amdani yn awr felly ond mynd ati i atgyweirio'r tŷ. Gwelai fod nyth y llynedd yno o dan y bondo. Gwell fyddai archwilio. Pan oedd hi'n hedfan tua'r nyth pwy welai yno ond pâr o adar to. Roedden nhw wedi meddiannu'r nyth. Roedd gwellt i'w weld yn gymysg â'r mwd. Mae'n amlwg eu bod nhw wedi bod wrthi'n malurio ceg y nyth er mwyn ei wneud yn fwy gan fod aderyn y to dipyn tewach na gwennol y bondo. Dechreuodd yr adar to ymlid gwennol y bondo. Adar ymladdgar iawn ydi adar y to. Doedd dim i'w wneud ond chwilio am le arall i nythu.

Drwy'r dydd bu wrthi'n archwilio'r tai. Erbyn canol y pnawn roedd hi wedi blino'n lân. Gorffwysodd am ychydig. Aeth i lawr i lan yr afon. Yno y byddai'n siŵr o gael mwd i wneud ei nyth. Yno hefyd y byddai ei ffrindiau i gyd yn trydar eu straeon. Roedd glan yr afon yn lle da i gyfarfod â hen ffrindiau ac i wneud ffrindiau newydd. Byddai gan bob un ei stori am y daith o Affrica, am yr helbulon a'r troeon trwstan.

Edrychodd i fyny at y tŷ gwyn oedd ar lan yr afon. Roedd hwn yn dŷ newydd. Yn sicr, doedd o ddim yno y llynedd. Edrychodd yn graff ar y bondo. Fedrai hi ddim coelio ei llygaid. Roedd yna ddau nyth o dan y bondo. Hedfanodd i weld pwy oedd yno. Er mai nythod gwenoliaid y bondo oedd y ddau nyth eto i gyd roedden nhw'n wag ac yn wahanol rywsut. Aeth gwennol y bondo yn nes atyn nhw. Doedd yna ddim aderyn ar gyfyl y lle. Roedd y rhain yn nythod newydd sbon. Ond nid nythod wedi cael eu codi gan y gwenoliaid oedden nhw. Nythod wedi eu gwneud yn arbennig gan berchnogion y tŷ newydd oedden nhw. Mae'n amlwg bod perchnogion y tŷ yn hoff o weld y gwenoliaid yn cyrraedd.

Aeth gwennol y bondo i mewn i'r nyth. Roedd hi wedi rhyfeddu. Popeth yn barod. Dim ond dodwy oedd raid iddi'n awr. Sylwodd ar un peth pwysig iawn ac meddai wrthi'i hun,

"Fydd dim modd i'r adar to falurio'r nyth yma i wneud nyth iddyn nhw eu hunain. Mae'r nyth hwn wedi ei wneud o ddeunydd caled iawn."

Hedfanodd gwennol y bondo i lawr i lan yr afon i ddweud y newydd wrth ei chymar. Cododd y ddau i'r awyr. Roedd bywyd yn brafiach eleni nag y bu erioed. Diolch i berchennog y tŷ gwyn.

Mae'n rhaid i ni weithiau helpu'r adar a'r anifeiliaid. O Dduw, helpa fi i wneud fy rhan i'w helpu bob adeg o'r flwyddyn. Amen.

✦ Beth fedrwch chi ei wneud i helpu'r creaduriaid a) yn y gaeaf b) yn yr haf?
✦ Chwiliwch am fwy o hanes gwennol y bondo. Oes yna adar eraill sy'n symud o un rhan o'r byd i ran arall (ymfudo)?

Nyth Gwennol y Bondo

Bai ar Gam
Colli cyfle / Bod yn amyneddgar / Parch at fywyd

Mewn gwlad bell, bell i ffwrdd roedd mongŵs wedi dod yn ffrindiau efo teulu bach. Yn y tŷ roedd tad, mam a babi bach yn byw. Roedd y rhieni wrth eu bodd efo'r babi bach. Hwn oedd y babi delaf yn y byd i gyd yn grwn. Bob bore byddai'r fam yn bwydo'r babi bach. Yn y pnawn byddai'n mynd ag ef am dro ar hyd y llechweddau. Gyda'r nos byddai'n suo'r babi bach i gysgu. Weithiau byddai'n deffro yn y nos ac yn crio. Byddai'r fam yn rhoi bwyd iddo a byddai'n cysgu wedyn tan y bore.

Yn y tŷ hefyd roedd anifail anwes go ryfedd yn byw. Creadur bron yr un maint â charlwm efo côt ddu a gwyn a chynffon hir ydoedd. Mongŵs oedd hwn. Hwn oedd y creadur oedd yn gallu lladd nadroedd gwenwynig. Roedd llawer o nadroedd gwenwynig yn yr ardal lle roedd y teulu'n byw. Roedd rhieni'r babi wedi magu'r mongŵs er pan oedd yn ddim o beth.

Roedd o'n rhan o'r teulu. Ond doedd y rhieni ddim yn gallu ymddiried yn llwyr yn y mongŵs. Wedi'r cwbl, anifail oedd o. Roedd arnyn nhw ofn iddo ymosod ar y babi bach.

Un diwrnod bu'n rhaid i'r fam fynd ar frys i'r dref. "Wnei di ofalu am y babi bach tra bydda i yn y dref?" Roedd ei gŵr yn brysur yn yr ardd. Anghofiodd bopeth am yr hyn ddywedodd ei wraig wrtho. Bu wrthi'n palu a chwynnu bob yn ail. Roedd drws y tŷ yn llydan agored. Sleifiodd neidr fawr dywyll ei chroen i mewn i'r tŷ. Cyrliodd yn dorch o dan grud y babi bach. Daeth y mongŵs o'i gawell yn y sied. Aroglodd o'i gwmpas. Roedd arogl neidr yn llenwi'r tŷ. Chwiliodd bob twll a chornel am y neidr. Ond doedd dim golwg ohoni'n unman. Aeth i'r llofftydd i chwilio. Ond doedd yna ddim golwg o'r neidr.

Daeth yn ôl i'r ystafell lle roedd crud y babi bach. Yn sydyn gwelodd rywbeth yn symud o dan y crud. Syllodd yn ofalus. Gwelodd dafod fforchog y neidr yn ymddangos. Ymosododd ar y neidr a'i llarpio. Bu farw'r neidr yn syth. Rhedodd y mongŵs allan o'r tŷ i'r ardd pan gyfarfu â'r fam.

Gwelodd y fam waed y neidr ar ei wefusau. Gwaeddodd yn uchel. Gafaelodd mewn carreg a'i thaflu at y mongŵs. Trawyd ef yn ei ben a bu farw. Roedd hi'n siŵr bod y mongŵs wedi lladd ei babi. Rhedodd at ei gŵr oedd yn dal i weithio yn yr ardd. Dywedodd y stori wrtho. Roedd ar y ddau ofn mynd i mewn i'r tŷ. Roedd y drws yn llydan agored. Camodd y ddau i mewn yn bryderus. Aethon nhw'n syth at grud y babi bach. Dyna lle roedd y baban yn cysgu'n dawel yn ei grud fel petai dim byd wedi digwydd. Ar y llawr roedd darnau o'r neidr wenwynig. Dechreuodd y wraig grio'n hidl.

"Wyddost ti beth rydw i wedi'i wneud?" meddai wrth ei gŵr. "Pan welais y mongŵs yn dod i'm cyfarfod â gwaed o gwmpas ei geg roeddwn yn meddwl yn siŵr ei fod wedi lladd ein babi bach. Ond lladd y neidr wenwynig wnaeth o."

Wylodd y ddau wrth sylweddoli eu bod wedi lladd eu ffrind gorau.

Wnei di fy nysgu, O Dduw, i fod yn berson amyneddgar, pwyllog? Amen.

✦ Roedd y wraig wedi barnu'r mongŵs cyn iddi wybod yn iawn beth oedd wedi digwydd. Fyddwch chi'n fyrbwyll weithiau?

✦ Oes gennym ni stori debyg i hon yng Nghymru?

Bai ar Gam

203

Chwys yr Haul
Parch at fywyd / Cyfrwystra

Prin y byddai pobl yn mynd am dro i'r gors. A'r unig reswm mae'n siŵr oedd ei bod mor wlyb yno. Doedd yr anifeiliaid chwaith ddim yn rhy hoff o'r gors. O dro i dro byddai ambell fuwch fwy hy na'i gilydd yn rhoi ei thrwyn yno ond buan iawn y byddai hi'n troi'n ôl. Roedd hi, bob amser, yn rhy wlyb yn y gors ac roedd hi'n anodd iawn gwybod lle i roi eich traed. Ar ddechrau'r haf byddai planhigyn bach rhyfedd yn ymddangos yn y gors. Roedd hwn yn wahanol iawn i'r holl flodau eraill oedd yn tyfu yn y gors. Planhigyn bychan yn tyfu'n isel ar y llawr oedd hwn. Planhigyn bychan oedd wrth ei fodd yn y gwlybaniaeth. Yn wir, fuasai o ddim yn gallu byw ar dir sych. Roedd ganddo gryn dipyn o ddail â blew bach coch, gludiog arnyn nhw. Byddai'r blew hyn yn ymddangos yn union fel petai gwlith arnyn nhw. Fel arfer mae gwlith y bore'n codi ond roedd y gwlith yn aros ar hwn drwy'r dydd.

Ddechrau Mehefin byddai blodyn gwyn hir yn ymddangos o ganol y dail. Doedd y blodyn ynddo'i hun ddim yn un arbennig. Yn y dail cochion roedd harddwch hwn.

Ond beth oedd yn wahanol am y planhigyn hwn – chwys yr haul – i'r planhigion eraill oedd yn tyfu yn y gors? Wel, mi roedd chwys yr haul yn byw ar bryfed. Pryfed! Dyna oedd pwrpas y dail blewog, gludiog, Roedd y lliw coch yn denu'r pryfed. Ydyn, mae lliwiau'n denu gwahanol fathau o drychfilod. Pan fyddai'r pryfyn yn glanio ar y blew coch, gan feddwl fod yna bryd blasus o fwyd yno, byddai'r glud yn ei ddal. Nid gwlith oedd ar flaenau'r dail ond glud i ddal y mân bryfed. Ac yn araf, araf byddai'r ddeilen yn cau am y pryfyn ac yn ei wasgu. Doedd dim modd dianc wedyn. Roedd hi'n rhy hwyr! Ond cofiwch, nid proses gyflym ydi hon. Na – yn araf, araf y mae'r ddeilen yn cau am y pry gan sugno'r maeth ohono. Ymhen diwrnod neu ddau wedyn dim ond coesau ac adenydd y pryfyn fydd ar ôl. Yna bydd y dail yn agor yn araf, araf.

Pam fod chwys yr haul yn gwneud hyn? Tir gwael ydi tir y gors. Does yna ddim llawer o faeth i'w gael o'r tir gwlyb, corsiog. Felly mae chwys yr haul yn dibynnu ar ei faeth o'r pryfed. A dyna i chi ffordd dda o dwyllo'r pry i lanio ar y dail. Blew coch â glud ar ei blaenau! Maen nhw'n dweud y gall un planhigyn ddal cymaint â dwy fil o fân bryfetach mewn tymor. Dyna i chi gamp!

Mae yna blanhigyn arall sy'n dal pryfed. Mae hwn hefyd yn tyfu yn y gors. Enw hwn ydi 'tafod y gors'. Dail hirion siâp tafod sydd gan hwn. Pan fydd pryfyn yn glanio ar y ddeilen, bydd y ddeilen wedyn yn cau yn araf amdano. Ar ôl rhai dyddiau dim ond adenydd a choesau fydd ar ôl.

Mae'r ddau blanhigyn yma yn gyffredin iawn yng Nghymru. Dau blanhigyn sy'n cael y maeth angenrheidiol trwy ddal y mân bryfed sy'n hedfan o gwmpas.

Diolch i Ti, O Dduw, am y rhyfeddodau sydd dan fy nhrwyn. Amen.

✦ Pa ran o'r planhigyn hwn sy'n bwysig – y blodyn ynteu'r dail?
✦ Ydych chi'n credu fod yr enw Cymraeg ar y planhigyn hwn yn enw da?

Chwys yr Haul

Gwas y Neidr

Prydferthwch bywyd / Gweledigaeth newydd

Yng ngwaelod y cae, ger yr adwy, roedd pwll o ddŵr. Yno roedd gwahanol greaduriaid y dŵr yn byw. Yn eu plith roedd cyw gwas y neidr. Doedd cyw gwas y neidr ddim yn hoff iawn o'r penbyliaid. Roedden nhw'n nofio ymhob man yn y pwll. Cyn iddyn nhw ddeor o'r wyau duon roedd y pwll yn lle distaw iawn. Dim ond ambell chwilen ddu a sgorpion y dŵr oedd yn cadw cwmni i gyw gwas y neidr. Bodlonai ef ar gerdded yn araf ar waelod y pwll. Weithiau, byddai'n cuddio yn y mwd a dim ond ei ben yn y golwg. Gyda'i dafod ryfedd byddai'n gallu dal ambell bryfyn oedd yn pasio heibio. Roedd wedi bod ar waelod y pwll ers diwedd yr haf. Roedd y gaeaf wedi mynd heibio a'r gwanwyn wedi dod yn ei dro. Dyna pam roedd cannoedd o benbyliaid duon ymhob man. Cofiwch chi, roedd digonedd o benbyliaid yn golygu y byddai digon o fwyd ar gael. Fel roedd y gwanwyn yn rhoi heibio i'r haf roedd y penbyliaid yn magu coesau ac yn gadael y pwll. Dechreuai cyw gwas y neidr aflonyddu hefyd. Roedd yr awch am fwyd wedi mynd. Roedd yn anniddig iawn ar waelod y pwll. Roedd y tywydd yn cynhesu a'r haul crasboeth yn cynhesu'r dŵr. Ar lan y dŵr roedd lili'r dŵr yn mwynhau gwres yr haul.

Roedd yr awydd i ddod allan o'r dŵr yn mynd yn fwy ac yn fwy. Braf oedd gweld y penbyliaid wedi troi'n llyffantod bychain yn aros yn llonydd ar y dail ar ochr y pwll.

Un bore, a'r haul wedi codi ers tro, cerddodd cyw gwas y neidr yn araf tuag at goesyn un o'r planhigion oedd yn tyfu allan o'r dŵr. Yn hamddenol, crafangodd i fyny coesyn y planhigyn. Ymhen dim roedd allan o'r dŵr. Teimlai'r haul yn danbaid ar ei gefn. Arhosodd yn llonydd ar goesyn y planhigyn.

Yno y bu am gyfnod hir yn mwynhau'r haul. Roedd yr haul yn ei anterth erbyn hyn. Dechreuodd cyw gwas y neidr deimlo'n wahanol rywsut. Yn ara, dechreuodd croen ei gefn hollti. Allan o'r hollt daeth creadur newydd sbon. Roedd hwn mor wahanol. Roedd ganddo adenydd tryloyw. Pedair ohonyn nhw. Roedd ei gorff hir yn ddu a melyn. Roedd ganddo ddau lygaid enfawr ar ochr ei ben. Allan o'r plisgyn brown roedd gwas y neidr hardd wedi ymddatod.

Arhosodd ar y planhigyn i sychu ei adenydd. Ymhen awr neu ddwy roedd yn barod i hedfan. Cododd ar ei adain ac fe welodd yr olygfa orau a welodd erioed. Roedd y lliwiau mor llachar. Ac yntau wedi arfer efo lliwiau tywyll yng nghanol y pwll, roedd y gwyrdd ar y coed a'r caeau mor wahanol.

Dechreuodd hedfan i fyny ac i lawr, ar hyd ac ar led, dros y caeau a'r coed. Roedd pob man mor wahanol! Doedd gwas y neidr ddim yn blino o gwbl ar yr olygfa newydd hon. Pan oedd o'n byw ar waelod y pwll, undonog iawn oedd bywyd iddo ond erbyn hyn roedd ei fywyd i gyd mor wahanol. Pwy fuasai'n meddwl y gallai ei fyd newid mor ddramatig.

O Dduw, pan fydda i'n teimlo'n drist a difywyd wnei di f'atgoffa fod yma fyd hapus a phrydferth? Amen.

✦ Sut fywyd oedd bywyd y pwll i gyw gwas y neidr?
✦ Fedrwch chi feddwl am greaduriaid eraill sy'n trawsnewid yn gyfan gwbl?

Gwas y Neidr

Lindys yn y Dosbarth
Parch at fywyd / Gofal / Tynerwch

"Miss, mae plant dosbarth pump wedi cael bochdew fel anifail anwes. Gawn ni anifail anwes yn ein dosbarth ni?"

"Yn ystod yr haf mi fyddwn yn astudio pob math o greaduriaid 'gwahanol'. A'r pryd hwnnw mi gawn ni anifeiliaid gwahanol i'w hastudio a bydd yn rhaid i ni ofalu amdanyn nhw yn ofalus iawn," meddai'r athrawes.

Ar ôl gwyliau'r Pasg roedd y plant yn ysu am fynd yn ôl i'r ysgol. Y rheswm pennaf oedd am eu bod yn cael astudio'r anifeiliaid 'gwahanol' roedd yr athrawes wedi sôn amdanyn nhw.

Y bore cyntaf, ar ôl y gwyliau, esboniodd yr athrawes ei bod yn disgwyl amlen arbennig drwy'r post. "A wyddoch chi beth fydd yn yr amlen?" gofynnodd i'r plant. Cafodd bob math o atebion – bochdew, llygoden, pysgodyn aur, bwji, ac awgrymodd un bachgen gi.

"Go brin," meddai hithau, "y buasai anifeiliaid fel yna'n dod mewn amlen." Esboniodd ei bod yn disgwyl wyau glöyn byw.

Roedd y plant i gyd wedi rhyfeddu. Fore trannoeth cyrhaeddodd y postman efo amlen i'r athrawes. Agorodd hithau'r amlen yn ofalus. Mewn bocs bychan tryloyw roedd clwstwr bychan, bach o wyau melyn. Wyau y Glöyn Mawr Gwyn oedd y rhain. Roedden nhw wedi cael eu hanfon o fferm glöynnod byw. Efo'r wyau roedd cyfarwyddiadau ar sut i ofalu amdanyn nhw.

Bob dydd byddai'r plant yn eu hastudio'n ofalus efo chwyddwydr. Ymhen wythnos roedd yr wyau wedi deor a lindys bychain duon yn crwydro ymhob man. Roedd hi'n bryd chwilio am fwyd iddyn nhw. Bob dydd byddai'r plant yn dod â dail bresych i'r lindys. Erbyn y bore roedd y dail wedi diflannu'n llwyr. Mae'n amlwg mai dros nos roedd y lindys yn bwyta. Yn ystod y dydd roedden nhw'n ddigon swrth a chysglyd.

"Miss, mae'r rhain yn bwyta fel eliffantod," meddai un o'r plant. Am bron i bump wythnos bu'r plant yn cario dail bresych i'r lindys llwglyd. Ond un bore roedd digonedd o ddail ar ôl. Beth oedd yn digwydd, tybed? Roedd y lindys tewion yn crwydro yma a thraw ar hyd ac ar led y cynhwysydd. Chwilio am le roedden nhw i droi'n chwiler.

Esboniodd yr athrawes mai hwn oedd cyfnod y trawsffurfio o fod yn lindys i fod yn löyn byw. Bob bore byddai'r plant yn mynd ar eu hunion i weld a oedd yna löyn byw yn y cynhwysydd. Ac un bore roedd tri glöyn byw gwyn yn y cynhwysydd. Ar ôl eu hastudio'n ofalus awgrymodd yr athrawes mai gwell fyddai eu gollwng yn rhydd. Aeth y plant â nhw i ardd yr ysgol i'w rhyddhau. Yno y buon nhw yn eu gwylio yn hedfan yn uwch ac yn uwch nes diflannu dros bennau'r tai.

Tymor difyr iawn oedd y tymor hwnnw pan oedd y plant yn gwylio un o ryfeddodau natur o'r wy i'r glöyn byw.

O Dduw, mae hanes y glöyn byw yn ddiddorol. Mi hoffwn i ddysgu mwy am fyd natur. Amen.

✦ Ydych chi'n credu ei bod yn rhaid i ni fynd ati i helpu rhai o'r creaduriaid erbyn hyn?
✦ Trafodwch yn fanwl beth ydi cylchred bywyd y glöyn byw.

Lindys yn y Dosbarth